源氏物語のモデルたち

斎藤正昭
Saito Masaaki

笠間書院

はじめに——発表の場から浮かび上がるモデルたち

モデルとは何か——准拠《じゅんきょ》とモデル

物語とは何か——これについて紫式部は、光源氏の口を借り、次のように語っている。

（物語は）神代より世にある事を、記し置きけるななり。日本紀《にほんぎ》などは、ただ片そばぞかし。これらにこそ、道々しく、詳しき事はあらめ。（「螢」巻）

〈（物語というものは）神代の時代から世の中にある事を書き留めたようだ。日本紀（＝『日本書紀』に代表される六国史《りっこくし》の総称、もしくはその類）などは、ただ（その）一部に過ぎない。物語にこそ、道理に適《かな》って、詳しい事はあろう。〉

ここで紫式部は、物語とは「世にある事」を記したものとした上で、物語作者としてのプライドにかけて「日本紀などは、ただ片そばぞかし」〈日本紀などは、世を語る一部でしかない〉と、権威ある日本の歴史書を見切り、物語の優位性を高らかに宣言している。

物語が虚構の世界でありながら、あくまで「世にある事」に基づくことは、「いづれの御時にか……」（「桐壺」巻頭）「光源氏、名のみ事々しう……」（「帚木」巻頭）に示されている通りである。『源氏物語』の書き出しにふさわしい、この二つの冒頭は、准拠（「いづれの御時にか……」）とモデル（「光源氏、名のみ事々しう……」）を、それぞれ前提としている。物語の始まりの常套句であった「今は昔……」〈今となっては昔の事であるが〉「昔……」に変えて、こう語り出しているものの、あくまで虚構ではなく、事実を語るという体裁を採っていることに変わりはない。

　こうした物語における虚実の関係については、先の「螢」巻の引用に続き「ありのままに、言ひ出づる事こそなけれ」〈ありのままに、書き記すことこそないが〉「ひたぶるに、空言《そらごと》と言ひ果てむも、事の心、違ひてなむありける」〈ひたすら作り事と言い切ってしまうのも、実情とは違ってしまう〉と語られている。そして譬えとして、仏の教えにある方便を引き合いに出し、悟りと煩悩《ぼんのう》の違いのように、紙一重のところがあると説明する。

　このように、紫式部にとって物語とは、ありのままを語るものでもなく、かといって全くの作り話でもない。それは、歴史書でもとらえきれない世の実相を、仮の形で現す手段（方便）であり、虚構と現実、そのいずれにも完全に属さず、紙一重の差に位置するものであった。この現実世界と物語世界との微妙な距離感にこそ、紫式部の言うところの「物語」の本質が隠されている。〈准拠〉〈モデル〉は、こうした物語の本質に関わる、現実世界と物語世界を結びつける有効な概念にほかならない。

　そもそも准拠とは、「准《なぞら》へ拠《よ》る」べきところの意で、鎌倉・室町以降の古注釈用語としては、「物語中の人物や事件が連想させずにおかない歴史上実在の人物や事件を指す」（清水好子「源氏物語の源泉Ⅴ準拠論」『源氏物語講座　第八巻』有精堂、昭47）。

　しかし、本書で使用する〈准拠〉は、対象を人物に限定して使う〈モデル〉と区別するため、人物を除く事件・出来事等の事象を指すこととしたい。いわゆる、〈広

（図1）

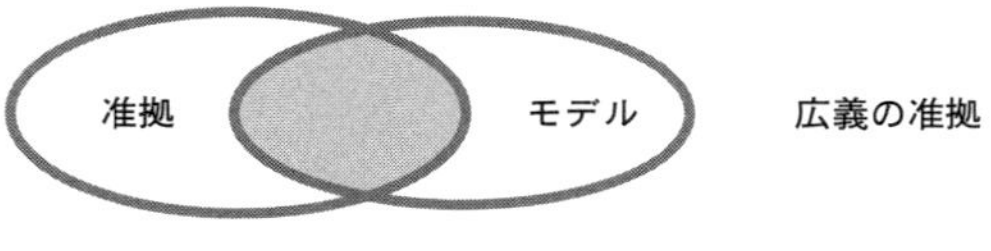

義の准拠〉に対する〈狭義の准拠〉である。これらの関係を図示するならば、**図1**の通りとなろう。

それでは、現実世界と物語世界、そして、それらを結びつける〈准拠〉〈モデル〉の関係とは、如何なるものか。これについて参考となるのは、本居宣長《もとおりのりなが》『玉の小櫛《おぐし》』で語られている次の条である。

> 物語に書きたる人々の事ども、みな、ことごとく、なぞらへて、当てたる事あるにはあらず。大方は、作り事なる中に、いささかの事を、より所にして、その様《さま》を変へなどして書ける事あり。……大方、此の准拠といふ事は、ただ作り主の心のうちにある事にて、必ずしも後に、それを、ことごとく考へ当つべきにしもあらず。

物語に描かれている人物は、誰も全て実在するわけではない。大体は作り事であるが、その中に、わずかな事を踏まえて、その様子を変えなどして書いた場合がある。大体、この准拠というものは、ただ作者の心中にある事で、必ずしも後で全て当てはめて考えるべきではないとある。現実世界は物語世界に投影されはするが、それは全てではない。登場人物の全てを実在の人物に当てはめることは出来ないし、そうすべきでもない——このように宣長は説いている。妥当な発言と言えよう。この考え方を、先の准拠の定義を踏まえて図示するならば、**図2**の通りとなろう。

（図２）

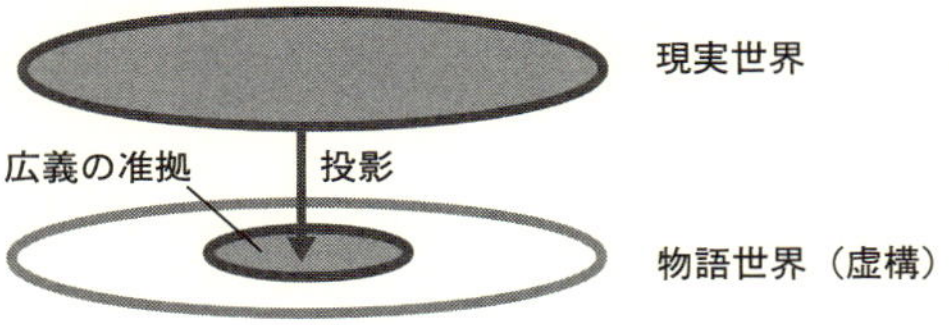

二つの前提条件――正しい巻序と正しい出仕年度

このように、紫式部にとって「物語」とは、現実世界と物語世界、双方に対して不即不離の関係をもつものであった。そして准拠・モデルは、その二つの異なる次元の世界を繋ぐ架け橋にほかならない。したがって、『源氏物語』のモデル・准拠を明らかにすることは、すなわち、その本質・核心に迫ることを意味する。特に『源氏物語』のモデルの解明（モデルを特定し、その諸相を明らかにすること）は、世の実相を解き明かすことに直結しよう。

それでは、『源氏物語』のモデルを正しくとらえるための条件とは何か。五十四帖に及ぶ大作は、例えば『竹取物語』といった小作品とは異なる性格をもつ。すなわち、長期間の執筆となるため、執筆当時の環境が著しく異なる場合が生ずる。発表（披露）の場が異なれば、当然、モデル・准拠に対するアプローチも異なってくる。また、時事性を帯びている場合、その執筆時期を正しくとらえられないことは、解釈上、致命的ともなりうる。王朝貴族の美意識からして、巻々を執筆・発表した季節が、大きな要素となる場合もあろう。五十四帖の各巻が、いつ、いかなる環境のもとで書かれたかを知ることが、モデル論を正確に語るための不可欠な条件と言わねばならない。

このように考えると、先ず、発表当時の五十四帖の巻序を正しくとらえることが求められる。ちなみに、現行巻序（現行の巻々の順序）でモデルを特定することは、現行巻序＝執筆順序が前提となる。しかし、それは現行巻序に従って『源氏物語』を読み進める時に生ずる様々な矛盾――年立・記事の変化・呼称の先取り・女君の突然の登場と退場、巻末・巻頭の不整合等の多くに目をつぶることにほかならない（拙著『源氏物語　成立研究――執筆順序と執筆時期――』笠間書院、平13、参照）。

次に必要となるのは、『源氏物語』の執筆時期を確定する際、重要な目安となる彰子中宮のもとへ出仕した年度である。その出仕年度は、ほぼ寛弘二年（一〇〇五）説か三年説に絞られているが、もし誤った説を採用した場合、たとえ正しい執筆順序に基づいても、一年のずれにせよ、出仕以降に執筆した巻々の全てに食い違いが生ずることとなる。

（図3）

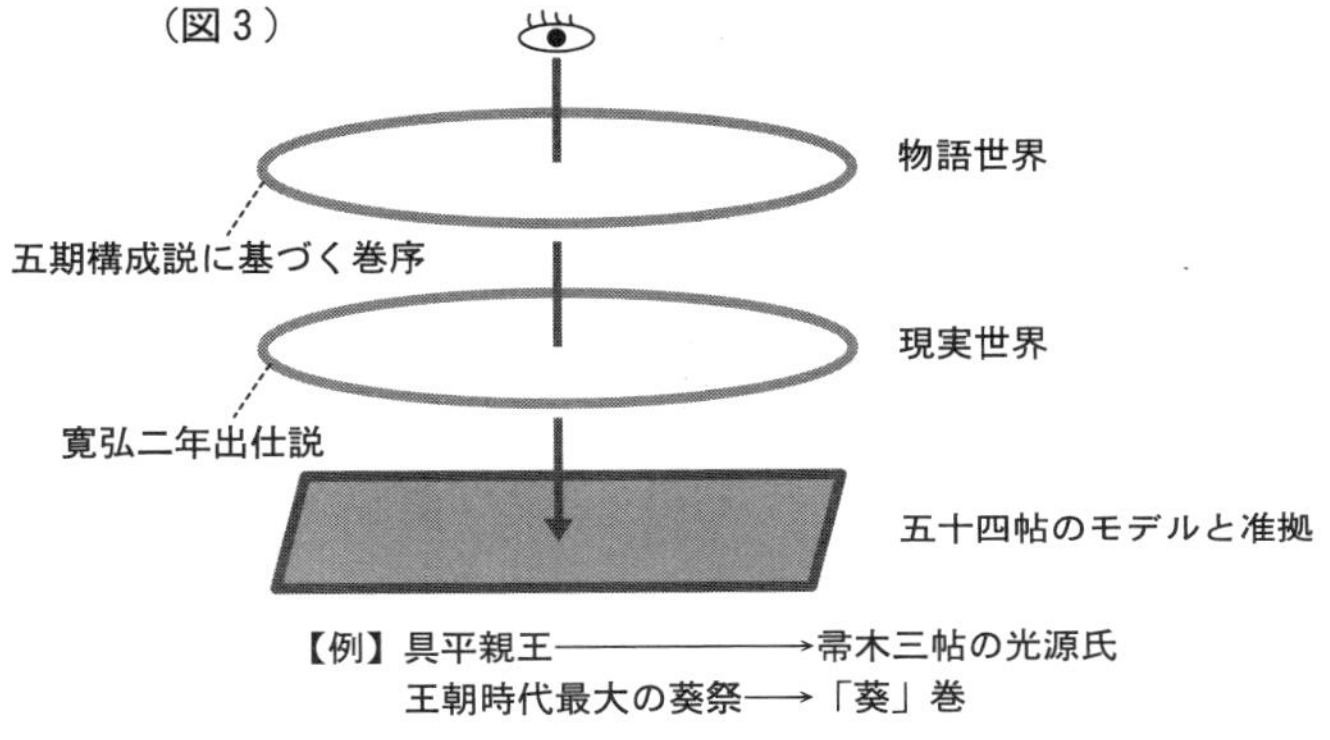

正しい執筆順序と正しい出仕年度――この二つの条件が整ったとき、初めて正確にモデルを特定する第一歩が踏み出せる。しかし、この二つの条件に現時点で定説はない。定説を求める限り、その真理を手にすることは不可能となる。これは自家《じか》撞着《どうちゃく》である。この矛盾を打開するためには、とりあえず仮説に則って考察し、その結果次第で、その是非を判断するという折衷案を採るしかあるまい。本書では、巻序は自説である五期構成説の推定巻序、そして出仕年度は寛弘二年説に拠った（本書所収の「五十四帖の構成」222頁と「おわりに」参照）。〈五期構成説〉の巻序に基づく「物語世界」、そして〈寛弘二年出仕説〉に代表される「現実世界」、この二つの世界を重ね合わせ、そこから映し出された「五十四帖のモデルと准拠」は、新たなモデル・准拠論の地平を切り開くものと信ずる。この三者の関係を図示するならば、**図3**の通りである。

この「五十四帖のモデルと准拠」の成否を判断する基準は、巻々の出来事と史実との関係の整合性にある。すなわち、「物語世界」の執筆・発表時期と「現実世界」の時間軸を重ね合わせ、巻中の出来事と「現実世界」の出来事が関連性をもった場合、そこから結論づけられるモデル・准拠は、信憑性《しんぴょうせい》が高いと見なすことができる。この一致が複数となり、その数が多くなればなるほど、その信憑性は高まり、おのずと偶然性は低くなる。なぜならば、そこで浮かび上がる一致の一つ一つは、「物語世界」「現実世界」から導き出された、それぞれの絶対的な基準に基づいているからである。一仮説が真理となる瞬間――それは、巻々の出来事と史実との関係の整合性の中に隠されている。ちなみに、本書の成果は「巻々の主要なモデル一覧」「五十四帖の出来事と史実の関係一覧」228頁～235頁の各表で示した通りである。

モデルの諸相――複合モデルと着想的モデル

『源氏物語』におけるモデルの諸相を語る際、確認しておかなければならない点が二つある。一つは、一人の登場人物に複数のモデル、もしくは複数の登場人物に一人のモデルが織り込まれる場合があることである。これに関して『玉の小櫛』では、モデルは「必ず一人を一人に当てて作れるにもあらず」とある。また、加賀乙彦氏は、そのエッセイ集『作家の生活』(潮出版社、昭57)で、次のように語っている。

多くの研究者や読者に誤解されているように、モデルの描写がそのまま作中人物になったのではなくて、一人のモデルの諸特徴は何人もの作中人物に分与されている。逆に言えば一人の作中人物は何人ものモデルの合成なのである。

(「プルーストにおける亡霊の誕生」)

この「複合モデル」説は、時代を超えた真実であり、『源氏物語』にも当てはまる。

もう一点は、モデルの度合に強弱があることである。同じモデルとは言っても、強くモデルを意識した場合もあれば、単に「いささかの事を、より所にして、その様《さま》を変へなどして書ける事あり（＝わずかな事を踏まえて、その様子を変えなどして書いた場合がある）」（『玉の小櫛』）。本書では、後者の場合を指して「着想的モデル」と呼んでおきたい。

本書の構成

最後に、本書の構成について述べておく。Ⅰ・Ⅱは、モデル（「光源氏、名のみ事々しう……」）と准拠（「いづれの御時にか……」）を、それぞれ前提として始まる帚木三帖・「桐壺」巻の各位相から映し出されるモデルたちを一覧した。すなわち、作者直結の世界が強く投影された帚木三帖と、その対極として五十四帖中、最も複雑な構造をもつ「桐壺」巻、それぞれのモデルを特定した。以下、モデルの諸相そのものに目を向けて、Ⅲ・Ⅳでは、単巻における複合モデル・巻を隔てた複合モデルの例を若紫と六条御息所で示し、Ⅴ～Ⅶにおいては、連動・変容・成長するモデルの例として、それぞれ朝顔斎院・玉鬘・薫と匂宮を取り上げた。そしてⅧ・Ⅸで、その他のモデルたち・その他の着想的モデルたちを、Ⅹでは、Ⅰ～Ⅸにおいて触れえなかった、発表の場から浮かび上がる准拠について列挙した。最終章Ⅺは、道長は光源氏のモデルか否か等、『源氏物語』モデル論を語る際、避けて通れない、残されたモデル・准拠の問題点について言及している。

なお、本書は『源氏物語』モデル論における体系的考察という主旨のもと、『源氏物語』のモデルの特定と、その諸相の解明を意図したものであるが、辞書的な活用も視野に入れている。巻末所収の「巻々の主要なモデル一覧」「五十四帖の出来事と史実の関係一覧」「モデル名索引（物語作中人物・実在人物）」と併用を願えれば幸いである。

源氏物語のモデルたち——目次

I

帚木三帖（「帚木」「空蟬」「夕顔」）——作者直結の世界

帚木三帖は、『源氏物語』五十四帖中、紫式部の実生活が最も色濃く反映されている巻々である。〈老受領《ずりょう》の後妻〉という設定に象徴されるように、「帚木」「空蝉」両巻のヒロイン空蝉は、紫式部の自画像に最も近い女君と言われている(1)。受領（任国に赴く国司）経験もある夫宣孝《のぶたか》は、紫式部とは親子ほどの年齢差があり、妻子も多かった。また、物語の主要な舞台の一つである紀伊守《きのかみ》邸のある「中川のわたり(2)」は、紫式部の居宅である堤《つつみ》中納言邸（父方の曾祖父《そうそふ》、〝堤中納言〟と称された藤原兼輔《かねすけ》の邸宅）があった所で、紀伊守邸は、この堤中納言邸にも擬せられる。そればかりではない。「帚木」巻の約三分の二を占める〝雨夜《あまよ》の品定《しなさだ》め〟には「藤式部丞《とうしきぶのじょう》」という、この巻限定のキャラクターが登場するが(3)、「式部丞」（式部省の判官）」とは、永観二年（九八四）、花山天皇の即位に伴って父為時《ためとき》が得た名誉ある官職である。紫式部の「式部」という呼称は、この時期の父親の官職名に由来し、彼女自身「藤式部」とも呼ばれていた（『栄花物語』）。さらに〝雨夜の品定め〟では、この藤式部丞(4)の体験談として、博士の娘で、滑稽なまでに色香には無縁な女学者が登場する。風邪のため韮《ひる》（ニンニク）を服用し、その臭さに辟易《へきえき》して退散させられる、いわゆる「韮食いの女」は、紫式部の自虐的自画像とも言うべき女性である。

このように、帚木三帖は**図4**の通り、作者自身の世界が強く投影された物語

（図4）

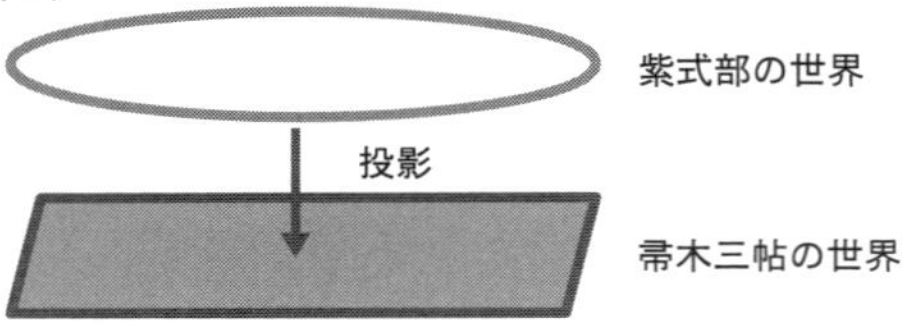

であることが窺われる。

しかし、作者の世界の投影は、こうした紫式部の自画像とも言うべき「**空蟬**」や「**韮食いの女**」、父親為時の存在を連想させる「**藤式部丞**」の登場、そして「**中川のわたり**」という物語の舞台設定に限らない。以下、述べるように、帚木三帖からは、光源氏を始めとする主要な登場人物の多くが、紫式部ゆかりのモデルとして浮かび上がってくる。

1 「帚木」「空蟬」巻

▼光源氏（具平《ともひら》親王）と空蟬（紫式部）

光源氏、名のみ事々しう、言ひ消たれ給ふ咎《とが》（＝欠点）、多かなるに、「いとど、かかる好き事どもを、末の世にも聞き伝へて、軽びたる名をや流さむ」と、忍び給ひける隠ろへ事をさへ、語り伝へけむ人の、もの言ひさがなさよ。

（「帚木」巻頭）


「光源氏」と名ばかり仰々しく、あげつらわれなさる過ちは多くあるようなのに、「一層、こんな好色事を後世にも言い伝えて、浮き名を流す事になろうか」と隠密になさっていた隠し事までも語り伝えたであろう世の人の口さがなさよ——帚木三帖は、物語の始まりを告げるにふさわしい、この堂々たる巻頭から始まる。その光源氏のモデルの第一候補として挙げられるのが、村上天皇第七皇子、**具平親王**（九六四〜一〇〇九）である。その博学多才ぶりは、光源氏に比肩しうる程で、『栄花物語』では陰陽道・医師の方面から漢詩・和歌にまで至っていると絶賛されている。[5] その一方、雑仕女《ぞうしめ》（雑役に従事する下女）との身分違いの恋に落ち、怪死させるというスキャンダラスな事件も起こしている（2の「夕顔」巻、参照）。

紫式部（九七五?～一〇一四?）[6] との関係も密接であった。彼女が彰子中宮のもとに出仕した後年、左記の通り、藤原道長の口から直接、「そなたの心寄せある人（＝具平親王家側から贔屓《ひいき》のある者）」と告げられている。

中務《なかつかさ》の宮（＝具平親王）わたりの御事を（道長様は）御心に入れて、「そなたの心寄せある人」と思して、語らはせ給ふも、まことに心のうちは思ひゐたる事、多かり。

（『紫式部日記』寛弘五年十月中旬の条）[7]

道長様は具平親王周辺の御事を御熱心に、「私を親王家と強い信頼関係がある人」とお思いになって、相談事を持ちかけなさるにつけても、誠に心中、複雑な思いを抱き続ける事が多い――ここで道長が紫式部に相談事を持ちかけた「中務の宮わたりの御事」とは、道長が進めようとしていた嫡子頼《より》通《みち》と具平親王女隆姫《たかひめ》との縁談にほかならない。頼通と隆姫の結婚は、寛弘六年四月から秋の間になされ、紫式部に両家の連絡係を依頼した半年～一年弱前の、この記述に照応する。[8] 将来、摂関家《せっかんけ》を担う次代のホープ頼通との結婚話を進めるための第一段階として、具平親王家と縁故がある紫式部に道長は白羽の矢を立てたのである。

具平親王家にとって、頼通との婚姻を拒む理由があろうはずもない。この縁談は、スムーズに進んだはずである。紫式部にとっても、次代政権担当者の正妻を取り持つのは、女房として、これ程、実りのある話はない。その恩恵は遠い将来にも及ぶ。しかし、この両家の橋渡し役を期待した道長、直々の御指名に対して、紫式部の反応は「本当に心中、複雑な思いが多い（「まことに心のうちは思ひゐたる事、多かり」）という意外なものであった。両家双方にとって喜ばしいはずの、この縁談に対して、何か奥歯に物が挟まったような言い方。紫式部には、そう言わざるをえない微妙な立場があった。すなわち、具平親王家を去って、彰子中宮のもとに出仕したという経緯である。『紫式部集』には、そうした事情を窺わせる、具平親王から紫式部に贈られた和歌が残されている。

八重山吹《やへやまぶき》を折りて、ある所に奉れたるに、一重《ひとへ》の花の散り残れるを、おこせ給へり

折からを　一重にめづる　花の色は　薄きを見つつ　薄きとも見ず

（『紫式部集』52番）(9)

紫式部が八重山吹を手折って、ある高貴な方の所に差し上げたところ、相手からは一重山吹の盛りを過ぎ、散り残ったのを、送ってこられた。そのお方の和歌には「季節柄、ひたすら賞美する花の色は、薄いと見ながらも、薄いとは見ません」とあった。濃くて美しい〈八重山吹〉のお返しとして、薄く見栄えのしない、しかも散り残った〈一重山吹〉を贈り、その薄い花の色を「薄きとも見ず」としている。「薄し」の歌語は、一般的に愛情の薄さや衰えを表すが、このいわくありげな歌は、詞書の「散り残れる」からも知れるように、次の歌を踏まえている。

我が宿の　八重山吹は　一重だに　散り残らなむ　春の形見に

（『拾遺和歌集』巻第一・春、詠み人知らず）

我が宿に咲く八重山吹の花びらが季節の移ろいにより、一枚一枚と散っていく中、せめてその一枚だけでも春の形見として残ってほしい――この歌からは、凋落《ちょうらく》する自家を去り行く者たちへの思いが連想される。その場合、「我が宿」（自家）、「八重山吹」（自家に仕える女房たち）、「一重」（その中の一人の女房）といった主従関係が前提となり、[10]高貴な「ある所」と紫式部がそうした関係であったことを示唆する。こうした主従関係を前提とするような歌を紫式部に贈りえた貴人は誰か。彰子中宮方に対して「ある所」という物言いは、ありえない。紫式部が彰子中宮のもとに出仕する以前の人間関係と推測され、自ずと具平親王が浮かび上がる。この謎めいた歌は、具平親王家との深い繋《つな》がりを断って、紫式部が彰子中宮の後宮へ出仕することに対する親王の了解の歌とするのが自然である。[11]「ある所」と、あえて具平親王の名を伏せているのは、事が紫式部自身のみならず、親王の名誉に関わる微妙な件であったからにほかならない。

　自らのもとを去り、今を時めく摂関家のもとに走る紫式部に対して、具平親王は「薄きを見つつ薄きとも見ず」（私への忠誠心は薄いように見えるが、全くないとも見ない）と断じた。そこには、紫式部の元主人側としての親王のプライドが見え隠れする。この「裏切りとまでは言わないまでも、手放しに許している訳ではない」という明確な親王の意思表示は、紫式部の心の奥底に突き刺さるものがあったはずである。道長からの相談事に対する思い「まことに心のうちは思ひゐたる事、多かり」からは、そうした具平親王に対する彼女の屈折した感情が、ひしひしと伝わってくる。

　『百人一首』でも有名な『紫式部集』冒頭歌は、紫式部が少女時代、具平親王家に出入りしていた証《あかし》でもある。

　　早うより童《わらは》友達なりし人に、年頃、経て、行き会ひたるが、ほのかにて、七月十日の程、月

に競《きほ》ひて帰りにければ

めぐり逢ひて　見しやそれとも　分かぬ間《ま》に　雲隠れにし　夜半《よは》の月影

（『紫式部集』）

この歌は、ずっと以前から幼友達であった人と、何年かぶりに出会ったのに、わずかな時間で帰ってしまったのを惜しんで詠まれた。詞書にある「早うより童友達なりし人」の存在は、少女時代における紫式部の交遊関係の一端を覗《のぞ》かせる。二人が久々に再会した場所が具平親王邸であったことは、詞書に「行き会ひたる」から窺われる。「行き合ふ」とは、出会う双方が、第三者の場所で落ち合うことを意味する。そこからは、紫式部が少女時代、女房見習い的に女童《めのわらは》として具平親王邸に出入りしていた姿が垣間見《かいまみ》られよう。

このように紫式部は、彰子中宮のもとに出仕する以前、具平親王家に出入りし、帚木三帖発表も、彰子中宮出仕以前に、この親王家周辺でなされた。次の『紫式部日記』寛弘五年（一〇〇八）十一月中旬の条には、そうした発表事情が記されている。

見所もなき古里の木立を見るにも、ものむつかしう思ひ乱れて、年頃、つれづれに、ながめ明かし暮らしつつ、花鳥の色にも音にも、春秋にゆきかふ空の景色、月の影、霜雪を見て、「その時、来にけり」とばかり思ひ分きつつ、「いかにやいかに」とばかり、行く末の心細さは、やる方なきものから、はかなき物語などにつけて、うち語らふ人、同じ心なるは、あはれに書き交はし、少しけ遠きたよりどもを尋ねても言ひけるを、ただこれを、様々にあへしらひ、そぞろ事に、つれづれをば慰めつつ、……さしあたりて、「恥づかし、いみじ」と思ひ知る方ばかり逃れたりしを、さも残る事なく思ひ知る身の憂さかな。試みに、物語を取りて見れど、見しやうにも覚えず、あさましく、あはれなりし人の語らひしあたりも、「我をいかに面《おも》なく心浅き者と思ひ落とすらむ」と推し量るに、それさへ、いと恥づかしくて、え訪れやらず。……中絶ゆとなけれど、おのづから、かき絶ゆるも、あまた。

（『紫式部日記』）

彰子中宮出仕後の里下がりした折のこと。紫式部は、見慣れた実家の木々に目をやるにつけても、「年頃、つれづれに、ながめ明かし暮らし」た寡居《かきょ》時代（夫宣孝《のぶたか》死後、彰子中宮方出仕以前）が彷彿《ほうふつ》された。それは、花鳥風月から知る時節の移ろいを何らの感慨もなく受け止め、将来の不安を抱きつつ過ごした日々であった。そして、そうした日々の中で無聊《ぶりょう》を慰められたのが、傍線部「はかなき物語」などを介して知り合った、気心の合う者同志たちとの交流であり、そこで物語について、しみじみと書簡を交換したり、少し遠い縁故を尋ねてまで、あれこれやり取りをしたとある。こうして広がった交友関係の輪の中で読まれた「はかなき物語」の中に、紫式部のオリジナルが含まれていたことは、傍線部「試みに、物語を取りて見れど、見しやうにも覚えず」〈試しに物語を手にとって見るけれど、かつて見たようにも思われない〉という自作に対する彼女自身の失望感より知られる。紫式部は、熱中して創作した当時とのあまりの印象の違いに驚き呆れて、かつてしみじみと語り合った人たちが、「我をいかに面なく心浅き者と思ひ落とすらむ」〈自分をどんなに厚かましく思慮浅い者と軽蔑しているることか〉と推量するにつけても恥ずかしく、絶交するということはないが、自然と交流が途絶える人も多くあったという感慨にふけっている。

その交流の中心であった、かつてしみじみと語り合った人たちとは、具平親王家との縁で結ばれた人たちにほかならない。結婚以降、やや疎遠になっていた具平親王家周辺の人達との関係が、寡婦《かふ》となり、育児も一息ついた段階で、自ずと復活されたと思われる。後に彰子中宮に出仕した当初、同僚の女房たちは新参者の紫式部に対して、「物語好み、よしめき、歌がちに、人を人とも思はず、ねたげに見落とさむ者（＝物語を好み、上品ぶり、何かと歌を詠みがちで、他人を馬鹿にし、妬ましげに見下す者）」（『紫式部日記』）という先入観を抱いている。それは物語作者としての紫式部の名声が、彰子中宮出仕以前において既に広まっていたことを雄弁に物語っている。帚木三帖は、こうして寡居時代の無聊《ぶりょう》を慰める、この交流の輪の中で発表されたのである。

以上、**光源氏（具平親王）**、**空蟬（紫式部）**とする物語成立の背景を述べた。すなわち、彰子中宮のもとに出仕する以前、紫式部が主家筋と仰ぐ具平親王をモデルとして、自らもヒロインとして登場させて執筆したのが帚木三帖にほかならない。具平親王との主従関係的なスタンスは、その跋文《ばつぶん》（「夕顔」巻末）からも窺われる。

かやうの、くだくだしき事は、あながちに隠ろへ忍び給ひしも、いとほしくて、みな漏らしとどめたるを、「などか、帝の御子ならむからに、見む人さへ、かたほならず、もの誉めがちなる」と、作り事めきて、とりなす人、ものし給ひければなむ。あまり物言ひ、さがなき罪、さり所なく。

〈これまでお話ししたような繁雑な事は、（光源氏様御当人も）ひたすらお隠しになったのも気の毒で、一切、口外しないでいたのに、「どうして帝の御子だからといって、周囲の者までが、やたらと誉めてばかりなのか」として、作り事めいて、とりなす人がおられたので（こうしてお話ししたのです）。（しかし結果的に）あまりに謹みがないというお咎めは、逃れようもなく。〉

（帚木三帖、跋文）

これまでのお話は、光源氏様ご本人が隠そうとされていた事なのだが、世間で、ちやほやされていた、やっかみから、あえて話をねじ曲げる人がいたので、本当の事を伝えたのだけれど、かえって口性《くちさが》なくなってしまった――こうした光源氏の古参女房の一人が語るという物語の体裁も、まさに宮仕え前の、具平親王と紫式部の立ち位置を反映している。

ちなみに、帚木三帖における具平親王の影響は、親王家に対する配慮からも読み取れる。左大臣家の姫君は〝雨夜の品定め〟の女性論に適う理想的な女性であり、光源氏の気に沿わないのは、そのあまりの上品さに親しみにくく思われるからである。光源氏は「帚木」巻頭で紹介されているように、浮ついた好色事は好まぬ「御本性」でありながら、まれに不可解な執着を見せる「癖」ゆえに、そうした理想的正妻を差し置いて、「中の品」の女性との身分違いの恋に我を忘れることになる。しかし、その恋の行方は、空蟬の再度の逢瀬拒否と夕顔横死《おうし》という、言わば自業自得の結末であり、最終的には正妻のもとに戻ることが予想される。具平親王の正妻は、**源高明女所生の為平親王（村上天皇第四皇子）女**（生没年未詳）と推定される高貴な血筋である。紫式部との直接的な関係は不明であるが、正妻に非がないという姿勢で貫かれていることは、具平親王家側に立った在り方である。こうした点を踏まえるならば、**左大臣家の姫君（具平親王正妻、為平親王女）**も導き出されよう。

▼伊予介《いよのすけ》・紀伊守《きのかみ》親子（父為時《ためとき》・伯父為頼《ためより》兄弟と夫宣孝《のぶたか》・継子隆光《たかみつ》親子）

為時一家と具平親王家の繋がりは、紫式部と具平親王の祖母の代に始まる。荘子《そうし》女王（具平親王の母。九三〇～一〇〇八）兄弟は、母亡き後、[12]その実家である〝三条右大臣〟藤原定方《さだかた》（醍醐天皇母の叔父。八七三～九三二）邸に引き取られた[13]（『大和物語』）。荘子女王は、叔母である為時の母たちに見守られながら、故定方邸で育ったと思われる。

この定方の流れによる結び付きに支えられ、**藤原為頼**（?〜九九八）・**為時**（生没年未詳）兄弟は、具平親王を取り巻く風流人士グループの一員であった。為頼と親王の贈答歌が『為頼集』に何首か残されており、為頼の死を悼《いた》んだ具平親王の歌には、次のように親王の深い嘆きが詠み込まれている。

【系図1】

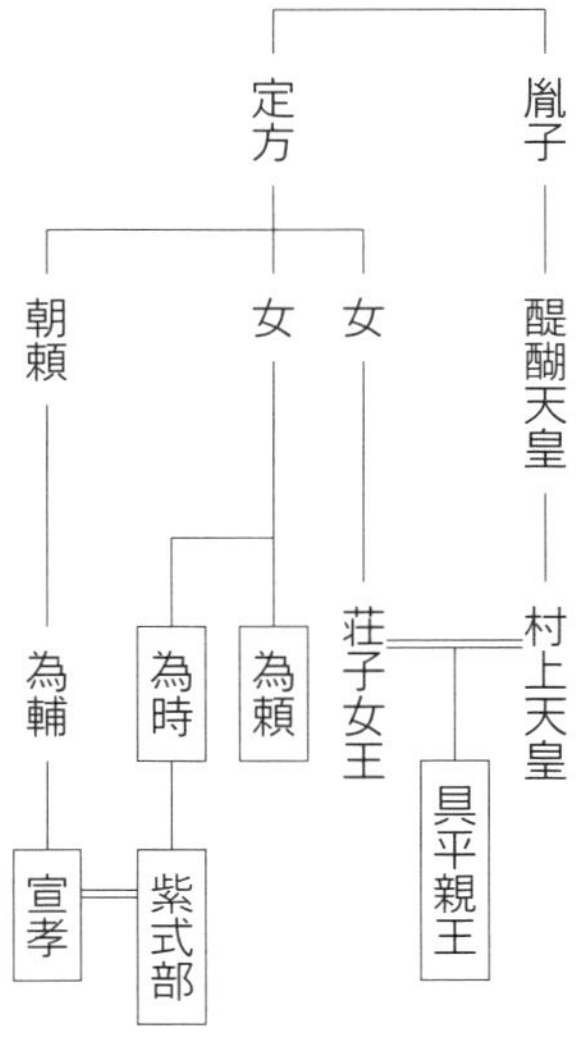

春頃、為頼、長能《ながよし》など相《あひ》ともに歌詠み侍りけるに、「今日の事をば忘るな」と言ひわたりて後、為頼朝臣《あそん》、身まかりて、又の年の春、長能が許《もと》に遣はしける

中務卿具平親王

いかなれば　花の匂ひも　変らぬを　過ぎにし春の　恋しかるらむ

（『後拾遺和歌集』巻第一五・雑一）

〈春頃、為頼・長能などと一緒に歌を詠みました折に、「今日の事を忘れないように」と言い続けた後、為頼朝臣が亡くなって、次の年の春、長能のもとにおくった（歌）。

中務卿具平親王

どのような訳で花の美しさも変わらないのに、過ぎ去った春が（こうも）恋しいのであろうか。〉

二人の関係が特に親密な間柄であったのは、**2**の「夕顔」巻で詳述するように、具平親王の御落胤《ごらくいん》が為頼の長男の養子となっていること（35頁）からも窺われる。
一方、為時も寛和二年（九八六）、具平親王主催の宴遊に列して、次のように自らを「藩邸ノ旧僕」、すなわち親王の邸に出入りする古くからの家来と称している。

去年ノ春、中書大王（＝具平親王）、桃花閣ニテ詩酒ヲ命ズ。……蓋《けだ》シ（＝思うに）以テ翰墨《かんぼく》ノ庸奴《ようど》（＝文才のない平凡な男）、藩邸ノ旧僕タルノミ。……

（『本朝麗藻』巻下）

ちなみに、この宴遊が催された「桃花閣」は、荘子女王の兄である〝桃園中納言〟源保光《やすみつ》（九二四〜九九五）の邸と考えられる。(14) この保光邸で具平親王は誕生している（『日本紀略』）。保光が王孫としては珍しい文章生《もんじょうしょう》出身であったことも、為時が同じ文章生出身ゆえに、為時一家にとって、より親近感の抱ける心強い縁戚であったろう。結果、具平親王のお世話係の一人として保光邸に頻繁《ひんぱん》に通うこととなり、「藩邸ノ旧僕」と公言しても不自然ではない関係となったと思われる。

この具平親王と為頼・為時兄弟の主従関係は、光源氏を主家筋と仰ぐ伊予介（空蟬の夫）・紀伊守親子に投影されている。「親しく仕うまつる人」（「帚木」巻）とある紀伊守は、光源氏のもとに参上して、方違《かたたが》え先としての訪問の旨を承諾した後、「空蟬一行の滞在によって邸内が手狭となっているから、失礼があっては」と陰で漏らしたが、その嘆きは、そのまま光源氏に伝わり、さらに、それでも構わないとする光源氏の言葉が伝令されている（同巻）。このような濃やかな対応は、婿入り先の左大臣家側の人間を介してではなく、光源氏の供人による紀伊守との直接的な関係を前提として可能となる。(15) 光源氏が空蟬との逢瀬以前の段階で、あらかじめ彼女についての基本的な情報を得ていたのも、(16) それゆえである。一方、紀伊守の父伊予介は、伊予国より上京した折、旅姿のままで真っ先に光源氏のところに挨拶《あいさつ》に参上している（「夕顔」巻）[17]。また、伊予介一行が任国に下向する際、光源氏は空蟬との別れを惜しみ、女房たちへ贈る名目に事寄せて、不審に思われる事なく餞別《せんべつ》の中に彼女との思い出の品を忍ばせている（同巻）。それも、光源氏との強い主従関係があればこそである。

しかし、伊予介・紀伊守親子のモデルは、この為時兄弟だけではない。光源氏――伊予介・紀伊守親子ラインとは別に、空蟬――伊予介・紀伊守親子ラインからもモデルは浮かび上がる。すなわち、老受領で空蟬という後妻をもつという設定から、紫式部の夫**藤原宣孝**（？～一〇〇一）が、そして、その繫がりから、長男**隆光**（九七三？～一〇二三以後）が指摘される。宣孝は、紫式部とは親子ほど年が離れており（紫式部出生年と推定される九七五年より二年前の九七三年には、隆光が生まれていることは、『枕草子』勘物《かんもつ》から確認される）、妻子も多かった。『紫式部集』に「もとより人のむすめを得たる人なりけり」（31番歌の左注）とあるように、宣孝には下総《しもうさ》守藤原顕猷《あきみち》女・讃岐《さぬき》守平季明《すえあきら》女・中納言藤原朝成《ともなり》女と最低、三人の妻の存在が確認されている。息子も隆光（母顕猷女）以外にも、頼宣《よりのぶ》（母季明女）・儀明《のりあき》・隆佐《たかすけ》（母朝成女）・明懐《あきちか》（同）と五人はいた。ちなみに宣孝は、紫式部と同じく三条右大臣定方の曾孫《ひまご》で、その婚姻も定方の流れの中のこととなる。

この宣孝・隆光親子については、『枕草子』に有名な吉野詣でのエピソードが紹介されている。すなわち、正暦元年（九九〇）三月、宣孝は吉野の御嶽《みたけ》精進に詣でた。その際、清浄な衣で詣でる慣例を「つまらない事だ。粗末な身なりで詣でよと御嶽権現も決しておっしゃるまい」として、仰々しい鮮やかな出で立ちで、息子の隆光にも人目を引く派手な衣装を着せて参詣した。古今例のないこの宣孝の行動に、それを見た人たちはあきれかえったが、参詣後、程なく筑前守に任ぜられたことから、「なるほど彼の言葉に間違いなかった」と評判になったという（第一一四段）。隆光の長男としての存在感は、このエピソードの時点でも明らかである。紀伊守は、後に「関屋」巻において、父伊予介亡き後、継母である空蟬に関係を迫り、彼女を出家へと追い込む。紫式部も夫亡き後、求婚者が現れる（『紫式部集』49～51番）が、その候補の一人として、隆光が挙げられている。「関屋」巻における紀伊守のモデルとしても、この隆光が投影されている可能性は高い。

このように、**空蟬（紫式部）**と**伊予介・紀伊守親子（宣孝・隆光親子）**という関係に、**光源氏（具平親王）**と**伊予介・紀伊守親子（為時・為頼兄弟）**の主従関係を重ね合わせることで、空蟬との恋物語は展開している。換言するならば、空蟬との恋の物語は、具平親王（光源氏）と紫式部（空蟬）の二人を軸として、夫宣孝・継子隆光親子、父為時・伯父為頼兄弟の四人を、伊予介・紀伊守親子二人に収斂させるという人物構図から成り立っている。空蟬物語が語られ出す、方違《かたたが》えによる「中川のわたり」の紀伊守邸訪問の件が当初より、伊予介絡《がら》みで語られているのは、[18] その証左でもある。紫式部当人を含む、この六人の作者直結の人間関係の上に、基本的に空蟬物語は築かれているのである。

▼小君（弟惟規《のぶのり》）と衛門督（曾祖父兼輔《かねすけ》）

この六人に並んで、空蟬物語に映し出されている紫式部周辺の人物で忘れてはならないのが、彼女の弟**藤原惟規**（九七六?～一〇一一）である。この年子の弟について、『紫式部日記』には、有名なエピソードが語られている。

> この式部の丞と言ふ人（＝惟規）の、童にて書読《ふみよ》み侍りし時、聞き習ひつつ、かの人は遅う読み取り、忘るる所をも、（私は）あやしきまでぞ聡く侍りしかば、書に心入れたる親（＝父為時）は、「口惜しう、男子にて（お前を）持たらぬこそ、幸ひなかりけれ」とぞ、常に嘆かれ侍りし。
>
> （『紫式部日記』）

惟規が漢籍を遅く読み取り、忘れているところも、傍らで、いつも聞いていた紫式部は驚き呆れる程よくできたので、学問に熱心だった父為時は「おまえが男でなかったのは、我が家の不運であること」と常に嘆いたとある。この頃、一家に栄光の時代が訪れつつあった。次代における更なる繁栄を望めただけに、弟惟規に対する父為時の失望の言葉は無理からぬところもあるが、惟規にしてみれば結果的に、学習意欲を殺ぐ以外の何物でも無かったようだ。惟規は「極《いみじ》ク和歌ノ上手」(『今昔物語集』巻二四「藤原惟規読二和歌一被レ免語第五七」)と評され、『惟規集』(全三二首)も残しているが、和歌の方面を除いて、全く精彩を欠いている。彼の漢詩は後世に一篇も伝えられておらず、詩会などに出席した記録もない。この漢籍の学習の遅さを伝えるエピソードそのままに、官吏としては凡庸であり、加えて職務上の失敗もあった。(19) 父からは半ば諦められ、「あやしきまでぞ聡く」あった利発な姉には、頭が上がらずに育った惟規の姿が目に浮かぶようである。

そうした姉弟の力関係は、帚木三帖に見られる空蟬・小君姉弟に、そのまま重ね合わされる。「空蟬」巻末、光源氏の和歌を携え、姉空蟬のもとにやってきた幼い小君を、待ち構えて、次のように叱りつけている。

> 小君、かしこに行きたれば、姉君、待ちつけて、いみじく宣《のたま》ふ。「あさましかりしに。とかう紛らはしても、人の思ひけむ事、避《さ》り所なきに、いとなむ、わりなき。いと、かう心幼き心ばへを、かつは、いかに思ほすらむ」とて、恥づかしめ給ふ。
> (「空蟬」巻)

夫のある姉の身にもかかわらず、光源氏の手引きをした弟の行為に対して、空蟬は、その思慮の無さを厳しく問いただし、叱責した(「恥づかしめ給ふ」)とある。この有無を言わさぬ強い発言力には、母代わりでもある姉としての教育的配慮も覗《のぞ》かれるが、それは同時に、為時一家の次代を担うべく、惟規を叱咤《しった》激励しようとする紫式部の姉心にも似通う。紫式部の弟思い・干渉ぶりは、後年ながら、惟規の恋人に対するチェックにも及んでいる。紫式部は、惟規の恋人であった斎院の中将の手紙を密かに見る機会を得たが、その評価は極めて厳しい。大層気取っていて、自分だけが何事も分別し、思慮深く、何につけ世間の人はダメなように思っているようなのは、無性にむかついて憎らしく思えた(『紫式部日記』[20])とある。実際、この女性は清少納言同様、紫式部が嫌った典型的なタイプの一人であったのだろうが、弟の将来をサポートするべき伴侶としては、ふさわしからぬ相手として、小姑《こじゅうとめ》的に一層厳しい評価となったと思われる。そもそも、弟の恋人に強い関心を抱くこと自体、惟規に対する思い入れの深さが知られる。ここにも、**小君(惟規)、空蟬(紫式部)**という図式が見て取れよう。

　ちなみに、宇治十帖の掉尾《とうび》を飾る「手習」「夢浮橋」巻において、脇役ながら存在感を見せる浮舟の幼い異父弟も、同じ「小君」の名である。薫の使者となり、姉浮舟との連絡係を果たす役回りは、「帚木」「空蟬」巻における小君と変わりない。「空蟬」巻末では、空蟬との逢瀬が適わなかったことに対して、小君は光源氏から「幼かりけり」と、その不首尾を責められている。一方、「夢浮橋」巻末は、浮舟との再会を期して小君を使者に送った薫が、何らの返事を得ることなく、誰かが浮舟を隠したかと不審に思うところで閉じられる。小君(惟規)、空蟬(紫式部)という図式を、宇治十帖の場合は、**小君(惟規)、浮舟(紫式部)**に

【系図2】

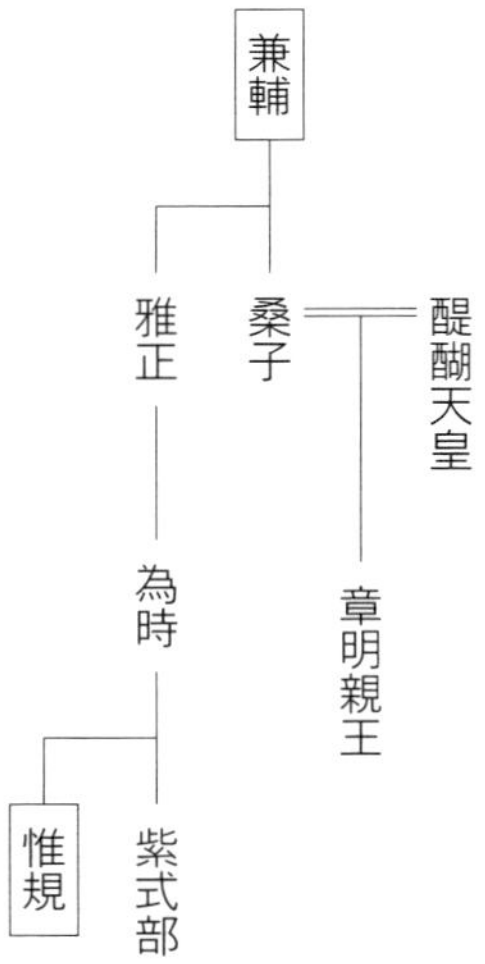

置き換えて、紫式部得意なパターンを使ったと言うべきである。
この小君・空蟬姉妹と関連して、その父「故衛門督《えもんのかみ》（中納言）」(21)も、紫式部の系譜から導き出される。父方の曾祖父《そうそふ》、**堤《つつみ》中納言兼輔《かねすけ》**（八七七～九三三）は、衛門督でもあった。女桑子《そうし》を醍醐天皇の後宮に入れ、第十三皇子である章明《ふみあきら》親王（九二四～九九〇）が生まれている。空蟬は「中の品」に落ちぶれてはいるものの、かつて入内の話があったとある。(22)紫式部は、醍醐天皇の御代、その文化隆盛の一角を担った、一門の誉れである兼輔を、空蟬の父に投影させているのである。

▼空蟬・軒端《のきば》の荻《おぎ》・光源氏（故姉君・紫式部・夫宣孝）

空蟬との再度の逢瀬に失敗した光源氏は、紀伊守邸を三度、訪れ、空蟬との関係を迫るが失敗し、同室に居た継娘《ままむすめ》軒端の荻と契りを結ぶこととなる。この「空蟬」巻のメインとなる軒端の荻との逢瀬の一件には、紫式部自身の運命を変えた青春時代における思い出が刻印されている。その思い出とは、『紫式部集』四・五番に残されている、謎めいた異性との交流である。

方違へに渡りたる人の、なまおぼおぼしき事ありて、帰りにける早朝《つとめて》、朝顔の花をやるとて
おぼつかな　それかあらぬか　明け暗《ぐ》れの　空おぼれする　朝顔の花
返し、手を見分かぬにやありけむ
いづれぞと　色分く程に　朝顔の　有るか無きかに　なるぞ侘《わび》しき
（『紫式部集』）

ある男が方違えのため紫式部の里邸に宿泊した折、何か訳のわからない事があって、その男が帰る翌日の早朝、紫式部は朝顔の花に添えて、その男のもとに「気掛かりに存じます。こちらの方か、あ

ちらの方かと空とぼけする、夜明け時のあなた様の朝のお顔を思い出すにつけても」という歌を送った。それに対して男は、筆跡がわからなかったためか、「（あなたが）どちらの方かと考えておりますうちに、ちょうど朝顔がしぼんで（どこに咲いているのかわからなくなってしまいますように）、わからなくなってしまったのは、何とも切ないことです」と返歌したとある。

傍線部「生朧朧《なまおぼおぼ》しき事（＝真相がつかめない、ぼんやりした事）」とは、紫式部の歌に詠まれている「それか、あらぬか」の事であり、それが具体的には〈私なのか、そうでないのか〉ということであるのは、相手の男からの「いづれぞと色分く程に……」という返歌と、それに対する「手（＝筆跡）を見分かぬにやありけむ」という紫式部の判断から窺われる。方違えのため紫式部のいる邸宅に泊まった男と彼女との間に何があったかは、推測するしかない。しかし、夜明け方、自分なのかそうでないか、はっきりしない「空おぼれする（＝とぼけて知らぬ顔をする）」態度のまま帰っていった男に対して、その真意を確かめるために、時を移すことなく歌を送ったこと、そして男の寝覚め顔「朝顔」を見たという歌の内容からすると、男女関係の有無を詮索したくなるのは当然であろう。紫式部が、ある女性と同じ部屋にいたところに、たまたま方違えで宿泊した男が、何か求愛めいた行動をしたのであろう。しかしそれが、もともと紫式部本人と知ってのことであったのか、同室の女性のつもりが誤って紫式部となってしまったか、ついに分からずじまいのまま、男は早朝、邸宅を去っていった。そこで男にその真意を問うべく紫式部が歌を送った――これが事の真相であったと思われる。

それでは、この方違えで宿泊した男とは誰か。儒教的倫理観が強かった紫式部が、自撰集と思われる『紫式部集』[23]の冒頭近くに、あえて青春時代、唯一、異性との交流を記した贈答歌を添えた意味を忖度《そんたく》するならば、自ずとその答えは導き出される。すなわち、将来の夫**藤原宣孝**（?〜一〇〇一）以外に考えられまい。宣孝は、藤原為輔《ためすけ》（三条右大臣定方の孫。正三位権中納言。九二〇〜九八六）の三男で、紫式部とは再従兄妹《またいとこ》に当たる。勧修寺流《かじゅうじ》（醍醐天皇母胤子《いんし》の実家）を継いだ人物で、為時とは花山天皇の代に蔵人として同僚であったこともあり、方違え先として、紫式部の里邸である堤中納言邸に宿泊したと思われる。この贈答歌は、宣孝との記念すべき馴れ初めの歌ということになる。そして、紫式部が自分か否か確かめたかった、もう一人の女性は、この時点で健在であった紫式部の**姉**（九七四?〜九九六以前）であろう。

紫式部には、越前下向（九九六）以前に没した姉がいた（『紫式部集』15番の詞書、100頁）。謎めいた贈答歌が交わされた背景には、紫式部と同室にいた、この姉の存在が大きく関わっている。そこからは、自らのもとに忍んできた宣孝の気配を察して、妹の紫式部を残して、そっとその場を離れた状況が察せられる。おそらく病弱であった姉君は、短い余命を予感してか、自らは身を引き、妹と宣孝の結婚を望んだのだろう。少なくとも紫式部には、結果的に、そのように受け止められ、宣孝との運命的な縁を与えてくれた亡き姉の思い出としても、この四・五番の贈答歌を残したのである。

以上のように、軒端の荻との逢瀬には、紫式部の青春時代における、宣孝をめぐる彼女と姉君のエピソードが投影されている。このエピソードに限り、あえて、そのモデルを特定するならば、**空蟬（故姉君）・軒端の荻（紫式部）・光源氏（宣孝）**ということになろう。光源氏と空蟬との逢瀬は、「方違え」から始まる。その発想の原点に、この夫宣孝との馴れ初めともなった「方違え」の一件が深く関与しているのである。

なお、紫式部が宣孝の継娘と交流があったこと（『紫式部集』42・43番）を考慮するならば、**軒端の荻（宣孝女）**とすることも可能である。

2 「夕顔」巻

▼夕顔（具平親王寵愛《ちょうあい》の雑仕女《ぞうしめ》）と撫子《なでしこ》（具平親王御落胤《ごらくいん》、藤原頼成《よりひら》）

帚木三帖中、具平親王と光源氏のダイレクトな関係を最も映し出しているのが、最終巻「夕顔」である。この巻における〈光源氏と夕顔との悲恋の物語〉は、鎌倉中期成立の説話集『古今著聞集』「後中書王具平親王雑仕を最愛の事」で紹介されている、次の具平親王のエピソードから着想を得ている。

後中書王（＝具平親王）、雑仕を最愛せさせ給ひて、土御門の右大臣（＝源師房）をば、まうけ給ひけるなり。朝夕これを中に据ゑて、愛し給ふ事、限りなかりけり。月の明かりける夜、件《くだん》の雑仕を具し給ひて、遍照寺へ、おはしましたりけるに、彼の雑仕、物にとられて失せにけり。中書王、嘆き悲しみ給ふ事、ことわりにも過ぎたり。思ひ余りて、日頃ありつるままに違へず、我が御身と失せにし人との中に、この児《ちご》を置きて見給へる形《かた》を、車の物見の裏に、絵に書きて御覧じけり。……今に、大顔の車とて、かの家に乗り給ひつるは、この故に侍りとぞ申し伝へたる。

（『古今著聞集』巻第一三、四五六段）

月明かりの夜に具平親王が連れ出した雑仕女（雑役に従事する下女）は、物の怪に襲われて急死し、それを嘆き悲しんだ親王は、遺児と共に親子三人の姿を牛車の窓の裏に描いて偲《しの》んだという。月明かりの夜、邸外に連れ出し、物の怪に襲われて急死した――洛西の遍照寺と五条近くの廃院、雑仕女と五条界隈で出会った謎の女性という違いはあるものの、この具平親王と雑仕女の逸話は「夕顔」巻のストーリーと酷似している。[24] 夕顔が怪死した廃院にしても、具平親王と無縁ではない。親王の別邸千種殿《ちぐさ》は六条にあり、[25] 具平親王在世時においても荒廃していたようである。[26] 夕顔も、雑仕女ではないが当初は「下の品」と見なされるべき女性として登場している。[27]

夕顔の三歳の遺児撫子の設定についても、この『古今著聞集』に残されたエピソードとの関連が見いだされる。雑仕女との間に生まれた子供は、「後中書王、雑仕を最愛せさせ給ひて、土御門の右大臣をば、まうけ給ひけるなり」と、最初に語られながらも、雑仕女の子を「土御門の右大臣」、すなわち源師房《もろふさ》（一〇〇八～一〇七七）とするには疑問の余地があると付言されている。[28] 師房は、「母式部卿為平親王女」（『公卿補任』）「母為平親王女」（『尊卑分脈』）等にあるように、明らかに具平親王の正妻腹の御子である。一方、具平親王には、次のように親王の御落胤で、紫式部の伯父藤原為頼の長男伊祐（？～一〇一四）の養子となった、母方が不明な頼成がいた。

藤原頼成為蔵人所雑色。阿波守伊祐朝臣男、実故中書王御落胤。　　（『権記』寛弘八年正月の条）

雑仕女との遺児は、この**藤原頼成**（生没年未詳）であろう。親王の実子の男児を物語では連れ子の女児にしているものの、具平親王家側からすれば、横死した雑仕女を哀れんで、具平親王の御落胤を為頼の長男伊祐の養子としたという美談となる。

そもそも『古今著聞集』は、その逸話の採録に当たって虚説を廃して実録性を重んずるという編集態度が採られており、[29] 称徳天皇と道鏡の性的秘事を巻頭に掲げる『古事談』といった説話の類とは一線を画す。また、「夕顔」巻におけるハイライト、夕顔怪死事件で採られている克明なドキュメンタリータッチの手法[30]は、帚木三帖の序跋（17頁と23頁）に宣言されている〈光源氏周辺の人物が事の真相を語る〉という帚木三帖の体裁と照応するものである。『古今著聞集』に取り上げられていることから窺われるように、具平親王の雑仕女怪死事件は、当時、評判となり、様々な風説が飛び交ったことであろう。その有名なスキャンダラスな恋愛事件に想を得て、具平親王家周辺の一人である紫式部が、光源氏の物語に仕立てたのであるから、夕顔怪死事件が事細かに記されているのも当然の結果と言える。

【系図3】

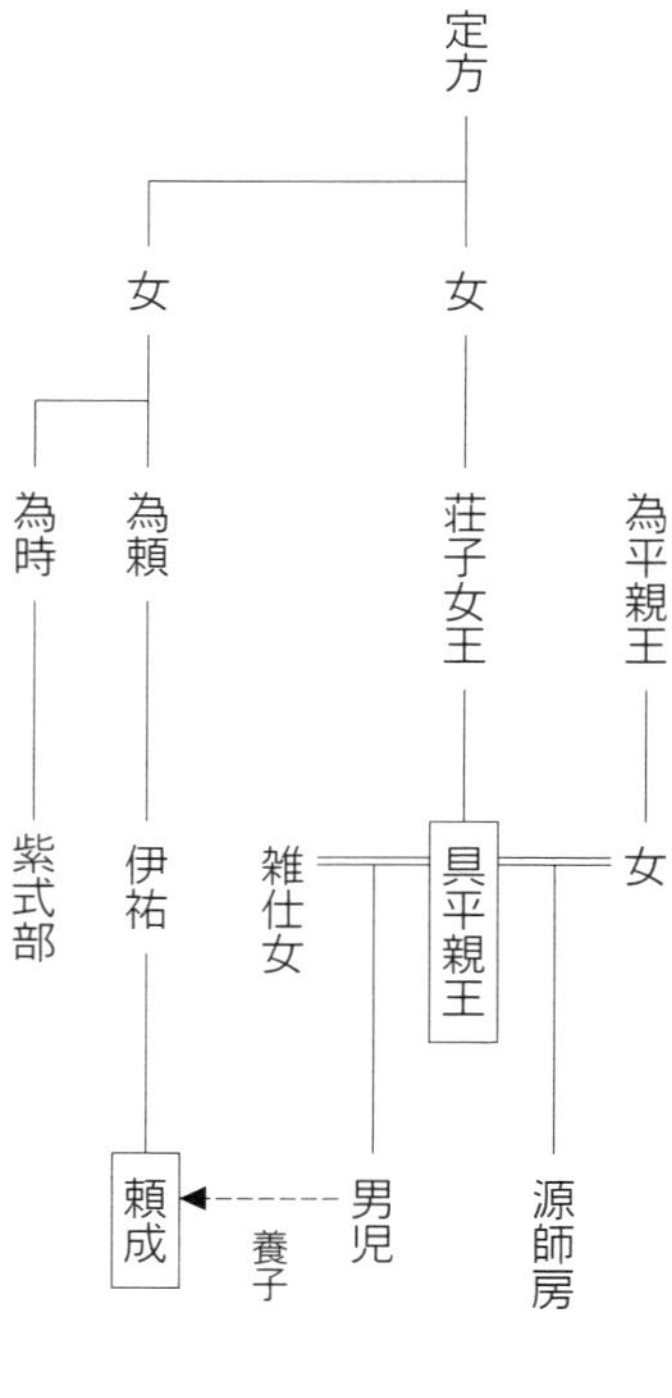

　以上のように、「夕顔」巻の中核をなす夕顔怪死事件のモデルとして、**光源氏（具平親王）**はもとより、**夕顔（具平親王寵愛の雑仕女）**と**撫子（具平親王御落胤、藤原頼成）**が挙げられる。「夕顔」巻が帚木三帖のみならず、『源氏物語』中において白眉たるゆえんも、こうした紫式部にとって主家筋、具平親王の最もスキャンダラスな事件を描くという緊張感、そして、その史実性の高さに支えられているのである。

▼惟光《これみつ》（具平親王のおじたち、源重光《しげみつ》・保光《やすみつ》・延光《のぶみつ》）

「夕顔」巻より登場し、光源氏の乳母子にして無二の腹心である惟光についても、具平親王との関連が見いだされる。すなわち、「惟光」の命名に当たっては、具平親王のおじたちの存在が関与している。

具平親王の母荘子女王の同腹には、**源重光**（九二三〜九九八）・**保光**（九二四〜九九五）・**延光**（九二七〜九七六）三兄弟がおり、それぞれ正三位・従二位・従三位という高位についている。荘子女王とは幼少時、母定方女亡き後、父代明親王とともに、故定方邸に移り住み、代明親王が去った後も、そのままそこで養育された（『大和物語』[31]）という経緯もある。荘子女王は、兄保光の邸で具平親王を出産している（『日本紀略』[32]）。〝延喜時之三光〟（『二中歴』）とも称された、この具平親王のおじたちは、親王の誕生時より、その成長を見守り続けたことであろう。「惟」は〈思う・思惟〉のほかに、〈ただ・これ〉の意味もあり、要するに「惟光」には、光源氏一筋といったニュアンス、ユーモアが含まれている。この〈光源氏を惟う〉という意と、具平親王の後見人的立場にあったおじたちを重ね合わせたところに、そのネーミングが生まれたと言える[33]。

「光源氏」という名称についても、このおじたちの存在は深く関わっている。もとより、「光源氏」という名称は、左大臣にまで登りつめた源融[34]（八二二〜八九五）・仁明天皇の一世源

【系図4】

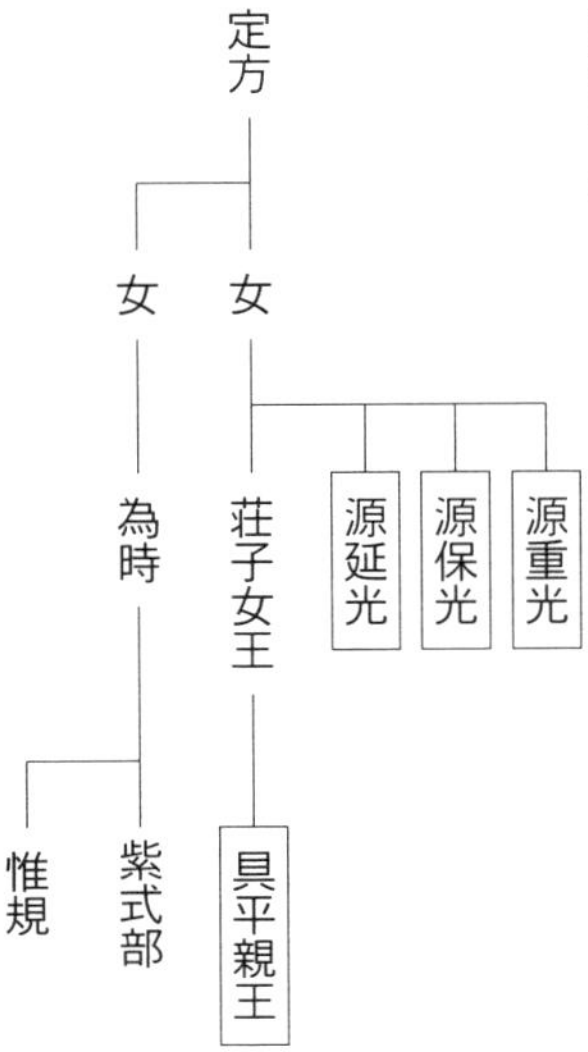

氏である源光（八四五〜九一三）・「光る源中納言」と呼ばれた是忠親王（八五七〜九二二）・容姿甚《はなは》だ美しく「玉光宮」と称された敦慶親王（八八七〜九三〇）等、様々な過去の〝光〟と冠されたであろう皇子や源氏たちに依拠している。帚木三帖も、そうした言わば光源氏伝説にのっとった形式で語り出されているが、その際、具平親王を光源氏に一層容易に結び付ける要因のひとつとして、このおじたちの名前が挙げられるのである。紫式部が賢子を出産する頃には既に、この三人は逝去《せいきょ》しているが、「光源氏、名のみ事々しう……」（「帚木」巻頭）と、具平親王ゆかりの物語を執筆するに際して、このおじたちの名が脳裏をよぎったであろうことは想像に難くない。

　このように、具平親王と源重光・保光・延光三兄弟の関係は、「光源氏」と「惟光」の命名に一役買っている。具平親王は源氏でないにもかかわらず、帚木三帖が抵抗感なく光源氏伝説として受け入れられた背景の一因、そして帚木三帖の着想のひとつとして、この**光源氏（具平親王）**と**惟光（「延喜時の三光」源重光・保光・延光）**の不可分な関係が浮かび上がるのである。

II

「桐壺」巻

──多重構造の世界

Ⅰで述べた、作者直結の世界である帚木三帖と対極に位置するのが、「桐壺」巻である。この巻はモデル・准拠論的観点からすると、五十四帖中、最も複雑な構造から成り立っている。すなわち、**図5**に示したとおり、少なくとも四つの異なる位相から成る。その主たる原因は、具平親王家サロンから彰子中宮サロンへという発表の場の大きな転換に求められる。新たな物語への転換は、同時に光源氏のモデル交代も意味する。これまで紫式部は自身の世界の多くを、そのまま物語に投影させていたのに対して、「桐壺」巻においては、彰子中宮サロンという全く異なる世界を前提とした物語の創作を余儀なくされた。帚木三帖において容易に可能であった自己表現というモチベーションを保ちつつ、如何に新たな物語を創作するか――この課題の克服が、結果的に〈多重構造〉という極めて複雑な位相を映し出すこ

（図５）

「桐壺」巻の多重構造

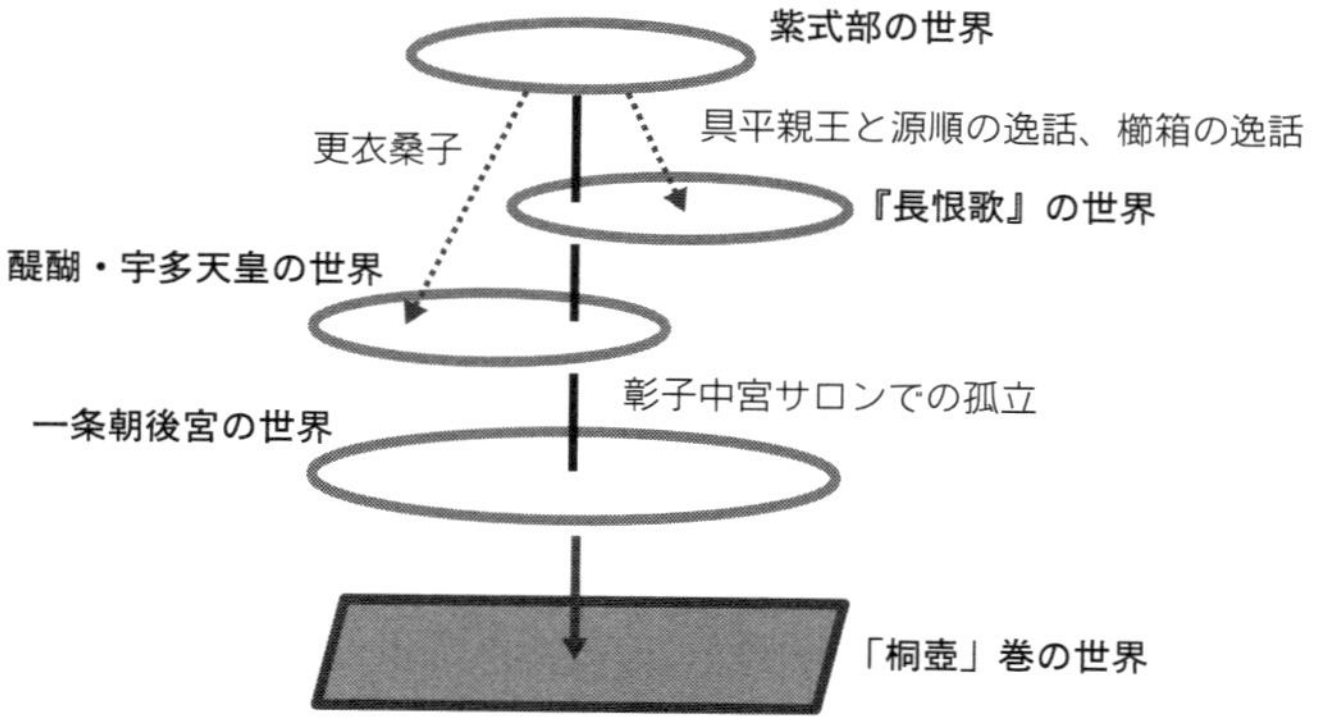

とになったと言えよう。

以下、『長恨歌』の世界を皮切りに、「桐壺」巻における諸位相を一つ一つ明らかにしていきたい。

1　『長恨歌』の世界

▼桐壺帝（玄宗皇帝）・桐壺更衣（楊貴妃）・靫負命婦《ゆげいのみょうぶ》（方仕）・典侍《ないしのすけ》（方仕）・藤壺（李夫人）

王朝人に最も愛された唐土の詩人、それは、かの盛唐の〝詩聖〟杜甫ではなく、〝詩仙〟李白でもなかった。中唐詩人、白居易（字《あざな》、楽天）（七七二〜八四六）その人である。彼の詩を撰じた『白氏文集《はくしもんじゅう》』は、漢詩のみならず、和歌、そして物語と王朝文学全般に多大な影響を与えた。『枕草子』には、「書《ふみ》は文集。文選、新賦。史記、五帝本紀。……」と漢籍の筆頭に挙げられている。その『白氏文集』の中でも特に愛唱されたのが、**玄宗皇帝**（六八五〜七六二）と**楊貴妃**（七一九〜七五六）の至高の愛を謳《うた》い上げた『長恨歌』にほかならない。『長恨歌』は、老皇帝玄宗が傾国の美女楊貴妃への愛欲に溺《おぼ》れ、安史の乱を引き起こしたとされる唐の歴史を、叙情的な恋愛詩に昇華した七言一二〇句、計八四〇字の長編古詩である。この名作が「桐壺」巻を生んだ。それは「桐壺」巻頭で宣言されている通りである。

いづれの御時にか、女御・更衣、あまた、さぶらひ給ひける中に、いと、やむごとなき際にはあらぬが、すぐれて、ときめき給ふありけり。初めより「我は」と思ひ上がり給へる御方々、めざましき者に貶《おと》しめ嫉《そね》み給ふ。……上達部・上人なども、あいなく目を側めつつ、いと、まばゆき人の御おぼえなり。「唐土にも、かかる事の起こりにこそ世も乱れ、あしかりけれ」と、やうやう天の下にも、あぢきなう人のもて悩み種《ぐさ》になりて、楊貴妃の例も、引き出でつべうなりゆくに、いと、はしたなき事、多かれど、かたじけなき御心ばへの類ひなきを頼みにて、交らひ給ふ。

（「桐壺」巻頭）

〈いつの帝の御代か、女御・更衣が大勢、仕えておられた中に、それほど重々しい身分ではないけれども、格別に御寵愛をお受けになる方があった。初めより「我こそは」と気位を高くお持ちになっていた方々は、（この方を）心外な者として、さげすみ、嫉妬なさる。……上達部・殿上人なども、むやみに眉をひそめたりして、とても正視に耐えられない程の、この方への御寵愛ぶりである。「中国でも、このような事が起こったからこそ、世も乱れ、悪くなったのだ」と次第に世の人も苦々しく、悩みの種となって、楊貴妃の例も引き合いに出しかねない程になっていくので、大層、不都合な事が多いけれど、もったいない御愛情の比類ないのを頼みとして、宮仕えなさる。〉

傍線部「唐土《もろこし》にも……」「楊貴妃の例《ためし》も……」に示されているように、桐壺帝の桐壺更衣寵愛は、『長恨歌』で語られている玄宗皇帝の楊貴妃寵愛に基づく。波線部「上達部《かんだちめ》・上人《うへびと》なども、あいなく目を側《そば》めつつ」にも、『長恨歌伝』（作者は陳鴻《ちんこう》。白居易の要請で『長恨歌』と同時に作られ、『白氏文集』には『長恨歌』の直前に併載されている）の一節「京師ノ長吏モ之ガ為ニ目ヲ側ム」が引用されている。

この桐壺帝（玄宗皇帝）と桐壺更衣（楊貴妃）の関係が最もよく描き込まれているのが、巻のハイライトと言うべき、『長恨歌』の引用がちりばめられた次の場面である。

命婦は、まだ大殿籠《おおとのごも》らせ給はざりけるを、あはれに見奉る。……この頃、明け暮れ御覧ずる長恨歌の御絵、……大和言の葉をも、唐土の歌をも、ただ、その筋をぞ枕言《まくらごと》にせさせ給ふ。……贈り物、御覧ぜさす。「（方士が）亡き人の住みか（＝楊貴妃の住む仙界）尋ね出でたりけむ、印の釵（＝金釵）ならましかば」と（桐壺帝は）思ほすも、いと、かひなし。

　尋ね行く　幻（＝幻術士・方士）もがな　伝《つて》にても　魂《たま》の在りかを　そこと知るべく

絵に描《か》きたる楊貴妃の容貌《かたち》は、いみじき絵師と言へども、筆、限りありければ、いと、匂ひなし。……なつかしう、らうたげなりし（更衣）を思し出づるに、花・鳥の色にも音にも、よそふべき方ぞなき。朝夕の言ぐさに、「羽を並べ、枝を交はさむ」と、契らせ給ひしに、適はざりける命の程ぞ、尽きせず恨めしき。

桐壺更衣亡き後、桐壺帝は、故更衣の里邸に靫負命婦を弔問の使者として送り出し、命婦は北の方から贈られた更衣の遺品を携え、宮中に戻った。そこには、まだ、お休みにならず、絵にせよ和歌・漢詩にせよ、常日頃、『長恨歌』関連のもので悲しみを紛らわす帝のお姿があった。帝は更衣の遺品を手にして、「これが、かの鈿合金釵《でんごうきんさい》（螺鈿《らでん》の小箱と黄金の釵《かんざし》）であったならば」と願わずにはいられない。「尋ね行く方仕がいてほしいものだ。人づてであっても、魂の在りかを、そこと知るためにも」――このように玄宗皇帝の悲嘆を自らに重ね合わせた桐壺帝は、「絵に描いてある楊貴妃の姿は、どんな優れた絵師と言っても、筆には限界があるから、匂い立つものはない」として、更衣を偲《しの》んだとある。

右の本文を含む北の方弔問・更衣追慕の場面は、更衣の里である北の方邸を『長恨歌』における仙界に、そして帝の宮中を玄宗皇帝の蓬莱宮《ほうらいきゅう》に見立てて、『長恨歌』の世界を重ね合わせながら描かれている。玄宗皇帝＝帝、楊貴妃＝故更衣、仙界＝北の方邸という図式の中で、落胆する北の方を慰め、更衣の遺品を持ち帰り、自らの職務を忠実に果たす靫負命婦は、まさしく玄宗皇帝の命により仙界に派遣され、鈿合金釵をもたらす方士の役割を担っている。(1)

しかし、靫負命婦が持ち帰った更衣の遺品は、方士がもたらした鈿合金釵とは所詮《しょせん》、似て非なるものである。「鈿合金釵であったならば」と嘆く帝にとって、仙界を自由に往来し、死者の魂との交歓が可能な方士の存在は、到底、靫負命婦に代わりうるものではない。帝の独詠歌「尋ね行く幻もがな……」は、方士の不在を訴えて止まない。この意味において、帝にとっての真の方士は靫負命婦ではなく、三代にわたって宮仕えし、帝に藤壺の存在を知らしめた老女典侍であると言わねばならない。(2)

年月に添へて、御息所（＝故更衣）の御事を、思し忘るる折なし。……「三代の宮仕へに伝はりぬるに、え見奉りつけぬに、后の宮の姫宮（＝藤壺）こそ、いと、よう、おぼえて、生ひ出でさせ給へりけれ。……」と（典侍が）奏しけるに、（帝は）「まことにや」と御心とまりて、懇《ねんご》ろに聞こえさせ給ひけり。（「桐壺」巻）

右に述べられているように、桐壺帝は故更衣の面影が忘れられず、彼女に酷似する女性の存在を典侍から知らされ、結局、この帝の強い熱意によって入内を実現するに至る。そこには、「絵に描きたる楊貴妃」に不満を抱き、故更衣に少しでも近い生身の女性を希求した帝の姿勢が、そのまま窺われる。更衣と瓜二つの女性の登場という奇跡は、まさにこの帝の切実な願いによって、もたらされている。玄宗皇帝が仙界より鈿合金釵を手にした奇跡は、「桐壺」巻においては、故更衣の再生とも言うべき〈藤壺登場〉という形でなされるのである。典侍は、老齢ゆえに代々の皇女たちに詳しく、宮中において稀有《けう》な存在である。超現実的な存在である方士と比較すれば、極めて現実的人物ではあるが、靫負命婦に比べ神秘性を秘めており、本来の方士の役割に、より近いと言えよう。

この典侍（方仕）に関連して導き出されるのが、藤壺のモデルである。そもそも『長恨歌』は、**漢の武帝**（前一五九〜前八七）が故**李夫人**《りふじん》（生没年未詳）の面影を一瞬、浮かび上がらせた反魂香《はんごんこう》（亡者の魂を呼び起こすために、道士が焚いたとされる不思議な香）の逸話を典拠としている。桐壺帝が絵の限界を嘆き、生身の姿を渇望した結果の藤壺登場――そこには、この反魂香の逸話も投影されている(3)。すなわち藤壺（李夫人）が指摘しうる。

以上、『長恨歌』の世界からは、そのモデルとして、**桐壺帝**（**玄宗皇帝**）、**桐壺更衣**（**楊貴妃**）、**靫負命婦**（**方仕**）という基本的関係に、巻終盤に登場する**典侍**（**方仕**）と**藤壺**（**李夫人**）の二人が加えられよう。

2 「いづれの御時」の世界

▼桐壺帝（醍醐天皇と宇多天皇）

「桐壺」巻頭等から窺われる物語の時代設定は、「いづれの御時にか」と、ぼやかされているものの、〝延喜《えんぎ》の治《ち》〟と称賛された**醍醐天皇**（八八五〜九三〇）の御代（在位八九七〜九三〇）と言われている。『河海抄』には「いづれの御時にか」について「延喜の御時と言はむとて、おぼめきたる也」とある。醍醐天皇の後宮では、二十人近くの妃が寵愛を競い合い、まさに「女御・更衣、あまたさぶらひ給ひける」状況にあった。また、「紅葉賀」巻頭「朱雀院の行幸は神無月の十日余りなり」とある「朱雀院の行幸」は、父宇多法皇の四十賀、五十賀を祝った醍醐天皇の朱雀院行幸を念頭に置いているとされ、ここにおいても、桐壺帝の御代は醍醐天皇を前提としていることが知られる。

しかし、「桐壺」巻から示唆される「いづれの御時」は、この醍醐天皇の御代に限定されない。醍醐天皇の父**宇多天皇**（八六七〜九三一）の御代（在位八八七〜八九七）も、その候補に挙げられる。醍醐天皇と同様、宇多天皇が如何に重要な存在であるかは、先の「朱雀院の行幸」以外にも、その名が「桐壺」巻において二度、記されていることから窺われる。すなわち、靫負命婦の帰参時、桐壺帝が『長恨歌』の絵を見ながら悲嘆する場面では、「長恨歌の御絵、亭子院《ていじのゐん》（＝宇多院）の描《か》かせ給ひて、伊勢・貫之に詠ませ給へる……」とあり、また、光る君を高麗人《こまうど》が観相する場面では「宇多の帝の御戒めあれば……」とある。

『伊勢集』には、宇多院が描かせた「長恨歌屏風」に対して、伊勢が詠じた十首の歌が残されている。(4)「長恨歌の御絵、亭子院の描かせ給ひて、伊勢・貫之に詠ませ給へる」が、史実に基づいている証左である。その『長恨歌』の絵を描かせた宇多天皇の意図は、藤原胤子《いんし》（醍醐天皇母。三条右大臣定方《さだかた》の姉。八八八年、宇多天皇更衣となり、八九三年、女御となるが、同年六月、逝去）追悼《ついとう》にあったという。(5)『長恨歌』を介して、宇多天皇＝桐壺帝が浮かび上がるのである。

宇多天皇は、父光孝天皇崩御《ほうぎょ》と同時に立太子して、同年、即位した経緯をもつ帝で、即位直後には阿衡《あこう》事件（八八七年）を起こす等、その御代当初から波乱があった。阿衡事件とは、藤原基経《もとつね》を関白に任ずる勅書の解釈をめぐって起きた事件で、基経は半年間、政治をボイコットしたため、新帝宇多は、自らの過失を認める宣命《せんみょう》を下して、基経に屈服した形で一応、決着している。桐壺更衣を寵愛するあまり、孤立の危機を招く桐壺帝のイメージは、聖代と称された醍醐天皇の御代に求めることは困難で、この宇多天皇の御代と重ね合わされる。

このように、「いづれの御時」として紫式部が想定した御代は、第一義的に醍醐天皇、第二義的に宇多天皇の御代で、モデルとしては**桐壺帝**（**醍醐天皇・宇多天皇**）となる。

3　一条朝後宮の世界

▼桐壺帝（一条天皇）・桐壺更衣（中関白家《なかのかんぱくけ》三姉妹、定子・原子・御匣殿《みくしげどの》）・藤壺（彰子中宮）・光る君（敦康《あつやす》親王）・弘徽殿女御（藤原義子）

帚木三帖において顕著であった発表の場の投影は、「桐壺」巻においても見られる。彰子中宮サロンを包み込む**一条天皇**（九八〇〜一〇一一）の後宮世界の影響は、『長恨歌』以上に、この巻の主要人物全般に及んでいる。

彰子（九八八〜一〇七四）入内の経緯を鑑《かんが》みるとき、誰もがその脳裏に浮かべるのは、**定子皇后**（九七六〜一〇〇〇）の存在であろう。この一帝二后の並立という前代未聞の状況に象徴される彰子中宮方と中関白家との対立関係は、「桐壺」巻の世界と一見、無縁に思われる。しかし、一条天皇の第一皇子、定子所生の**敦康親王**（九九九〜一〇一八）を考慮に入れた場合、事情は一変する。すなわち、敦康親王・彰子中宮・一条天皇という三者の関係が、「桐壺」巻における光る君・藤壺・桐壺帝と重なるという事実である。(6)

敦康親王誕生の翌年、定子皇后は薨去《こうきょ》。親王は定子生前より後見していた**御匣殿**（**藤原道隆四女**、

定子の同母妹）（?～一〇〇二）のもとで、そのまま養育された（『栄花物語』）。しかし二年後、彰子中宮のもとに引き取られ、程なく彼女も死去している。七歳に成長した親王の読書始《ふみはじめ》の儀は、彰子中宮の御在所である藤壺で執り行われた（『小右記』）(7)。紫式部の彰子中宮への出仕はその一カ月半後である。その前年から寛弘三年（一〇〇六）にかけて親王が常に彰子中宮と共にあったことは、『御堂関白記《みどうかんぱくき》』等から裏づけられている(8)。

定子皇后の遺児にもかかわらず、彰子中宮が如何に敦康親王を可愛がったかは、親王の立太子を強く希望していたことからも知られる。それは驚くべきことに自身の御子、敦成《あつひら》親王・敦良《あつなが》親王を儲《もう》けた後においても、変わることはなかった（『栄花物語』『御堂関白記』）(9)。結局、敦康親王の立太子は、道長の度々の反対により実現するに至らなかったが、この美談は過去の両家の因縁を越えた二人の麗しい関係を象徴している。

当然ながら、敦康親王に対する一条天皇の寵愛も深かった。親王とする宣旨《せんじ》は直々に右大臣顕光に命じて下している（『権記』）。また敦康親王の着袴《ちゃくこ》の儀は、一条天皇臨行《りんこう》のもとで行われた。そして先の親王の読書始の折には、密かに渡御《とぎょ》するという熱の入れようであった（『小右記』）(10)。こうした一条天皇の姿は、故桐壺更衣への愛をそのまま光る君に注ぐ桐壺帝とおのずと重ね合わされる。敦康親王に対する彰子中宮の愛情も、この一条天皇の親王に対する思いを充分に汲んだものでもあったろう。

桐壺更衣の名称についても、中関白家との関連性が指摘しうる。道隆の次女**原子（定子の同母妹）**（?～一〇〇二）は長徳元年（九九五）、東宮居貞《いさだ》親王に参入し、「淑景舎（＝桐壺）」「淑景舎女御」と呼ばれた。しかも「更衣藤原子」（『本朝世紀』長保四年（一〇〇二）八月十四日の条）(11)とも呼ばれている。桐壺を女御や更衣と呼ばれる地位の人が局とした例は、この原子が初見である。原子は東宮の深い寵愛をえていたが、長保四年に「御鼻口より血あえさせ給ひて、ただ、にはかに失せ給へるなりけり」（『栄花物語』）

という非業《ひごう》の死を遂げた女御である。先に参入して寵をえていた宣耀殿女御（藤原娍子）による毒殺かと噂されたという（『栄花物語』）。一方、先に述べた敦康親王を定子生前より後見した御匣殿は、定子亡き後、一条天皇の寵愛を受けたが、御子を懐妊したまま、急死している（『栄花物語』『権記』）。原子怪死の約二カ月前、敦康親王が数え年四歳、三度目の誕生日を迎える前のことである。桐壺更衣は定子皇后以外に、その妹二人にも代替されていると言えよう。桐壺更衣の准拠として、悲劇的結末を迎えた、この定子皇后の妹二人が挙げられるのである。

ちなみに、藤壺の呼称も、彰子中宮の存在を前提としている。「藤壺と聞こゆ」と、後宮十二司の中で藤壺が選ばれたのは、本内裏（大内裏の中の内裏）での彰子中宮の殿舎が常に藤壺であった（『権記』『小右記』）からにほかならない。[12]

一条天皇の後宮には、弘徽殿女御も実在していた。弘徽殿女御と呼ばれた**藤原義子**（九七四〜一〇五三）その人である。[13] 義子は内大臣公季《きんすえ》（右大臣師輔《もろすけ》の十一男）の一女で、長徳二年（九九六）七月、一条天皇に入内し、翌月、女御となった。前年に道隆逝去《せいきょ》、同年三月、伊周・隆家兄弟の配流という中関白家失墜《しっつい》を見届けての入内である。一条天皇の後宮は、この義子以降、藤原元子（右大臣顕光《あきみつ》女）が二カ月後に、藤原尊子（故藤原道兼《みちかね》女）が翌々年二月に入内し、それぞれ承香殿《しょうきょうでんの》女御《にょうご》、暗部屋《くらべやの》女御《にょうご》と呼ばれた。そして最後に長保元年（九九九）十一月、彰子が入内している。かくして「女御・更衣あまた、さぶらひ給ひける」程の状況ではないにせよ、定子による後宮独占の時代は終わりを告げた。その先鞭《せんべん》をつけたのが義子なのである。義子は一条天皇の寵愛薄き女御で、御子誕生もなかった。しかし一条天皇の后である限り、彼女が彰子中宮サロンにとってライバルの一人であり、敵視の対象であったことに変わりはない。[14] 弘徽殿女御が敵役として設定される必然性も、そこに見いだされる。

「我はと思ひあがり給へる御方々、めざましき者に、おとしめ、そねみ給ふ」（「桐壺」巻頭）――このような帝の寵愛をめぐる後宮の陰湿な争いは、弘徽殿女御（義子）絡《がら》みで起こっている。長徳三年（九九七）の暮、懐妊した承香殿女御（元子）一行が、宮中を退出するに当たり、弘徽殿の細殿《ほそどの》の前を通過したときのことである。弘徽殿女御側は、その様子を見ようと、御簾を押し出して、女房たちがはみ出んばかりであった。それを見て承香殿女御のお供の童女が「簾《すだれ》の身も孕《はら》みたるかな（＝簾の身も孕んでいるわね）」と強烈な皮肉を浴びせかけ、弘徽殿女御の女房たちを悔しがらせたとある。しかし、これには後日談が伴う。翌年六月、臨月を過ぎた承香殿女御は破水という異常出産となり、あまりの世間体の悪さに、かの童女も女御のもとを辞し、弘徽殿女御側の人たちは、ここぞとばかり囃し立てたという（『栄花物語』「浦々の別」巻）。この有名なエピソードは、桐壺更衣が桐壺から桐壺帝のもとへ参上する際、その途上、糞尿の類が撒き散らされるとする出来事を連想させる。(15) 実際に承香殿女御の臨月には、一条天皇の御座に糞が置かれるという事件も発生している（『日本紀略』）から、なおさらである。ちなみに、この義子と元子の後宮争いは、叙位にも及んでいる。寛弘二年（一〇〇五）正月、義子に正三位、尊子に従三位が、それぞれ贈られることを事前に知った元子の父右大臣顕光が、元子にも義子同様の正三位をと一条天皇に奏上し、結果的に元子・義子、共に従二位を賜っている（『御堂関白記』）。

　以上のように「桐壺」巻では、定子皇后に代表される中関白家三姉妹の悲劇（次女原子は「淑景舎（＝桐壺）女御」「更衣藤原子」とも呼ばれ、非業の死を遂げた東宮女御。四女御匣殿は一条天皇の御子を懐妊しながら逝去）を踏まえ、定子皇后の遺児、敦康親王（彰子所生の敦成親王出生前までの皇太子第一候補）を光る君、そして敦康親王を可愛がった彰子中宮を藤壺（本内裏における彰子の常用殿舎の呼称）に投影させ、定子の後宮独占を終わらせる先鞭をつけた弘徽殿女御、藤原義子(16)を、そのまま弘徽殿女御として敵役として描いた。すなわち、**桐壺帝（一条天皇）**と**桐壺更衣（定子・原子・御匣殿）**、**藤壺（彰子中宮）**と

光る君（**敦康親王**）の関係に、**弘徽殿女御**（**弘徽殿女御、藤原義子**）を加えたところに、この巻の主要人物構図は形成されているのである。

4　紫式部の私的世界

▼桐壺更衣（紫式部）

「桐壺」巻において、**紫式部**の姿が垣間見《かいまみ》られるのは、野分《のわき》の段である。桐壺帝の命を受けて故更衣の母北の方邸を靫負命婦が弔問する、この名場面には、紫式部自身の境遇が投影されている。そこには、幼い賢子を残したまま、夫宣孝に先立たれた未亡人の悲哀が織り込まれている。靫負命婦が目の当たりにした、野分の風が吹き、八重《やえ》葎《むぐら》が生い茂る、更衣亡き後の里邸の物寂しさは、まさに寡婦《かふ》紫式部の心象風景であろう。しかし、この巻から窺われる紫式部の視線の先は、そうした過去ばかりではない。彰子中宮出仕後の現在にも向けられている。

紫式部の宮仕えは、新しい同僚たちとの確執により、当初から滞りがちであった。『紫式部集』に収められている次の一連の贈答歌は、それを如実に物語っている。

まだ、いと初々しきさまにて、古里に帰りて後、ほのかに語らひける人に

58　閉ぢたりし　岩間の氷　うち解けば　緒絶えの水も　影見えじやは

返し

59　深山辺《みやまべ》の　花吹き紛《まが》ふ　谷風に　結びし水も　解けざらめやは

　正月十日の程に「春の歌、奉れ」とありければ、まだ出で立ちもせぬ隠れ処《が》にて

60　み吉野は　春の気色に　霞めども　結ぼほれたる　雪の下草

　弥生《やよひ》ばかりに、宮の弁のおもと、「いつか参り給ふ」など書きて

61　憂《う》き事を　思ひ乱れて　青柳《あをやぎ》の　いと久しくも　なりにけるかな

返し

62　つれづれと　ながめふる日は　青柳の　いとど憂き世に　乱れてぞふる

　かばかり、思ひ屈じぬべき身を、「いといたう、上衆《じやうず》めくかな」と、人の言ひけるを聞きて

63　わりなしや　人こそ人と　言はざらめ　自ら身をや　思ひ捨つべき

　まだ宮仕えに馴れないまま里下がりした紫式部は、わずかながら親しく語り合えた同僚の女房に、「春になり、打ち解ける雰囲気の宮中になりましたならば、再び姿をお見せしないことがありましょうか」と詠んでいる（58）。これに対する返歌は、彰子中宮サロンの雰囲気を春の「深山辺の花吹き紛ふ谷風」に譬《たと》えたもので、そこには早く宮仕えに馴れてほしいと願う同僚としての優しさが滲《にじ》み出ている（59）。しかし「まだ出で立ちもせぬ隠れ処にて」とあるように、里邸に引きこもったまま、正月十日頃に「春の歌をお詠み申せ」との彰子中宮方からの要請にも、「中宮様の御前は春めいて霞んでおりますが、私は雪に埋もれた下草のように心が晴れない状態でおります」と応えている（60）。さらに、こうした里居の期間が長かったためか、三月頃になって、今度は中宮付きの女房である「宮の弁のおもと」から、「いつ参内なさるの」と催促されている。その手紙に添えられた歌には、「宮仕えの辛い事を（あなたが）あれこれお悩みのうちに、お顔を見ない日が随分と長く経ってしまったこ

とです」とある（61）。このように頑《かたく》なな紫式部の態度は、同僚の女房たちの反発を募らせたようだ。里下がりの長さは、彼女たちの目には、いかにも不承不承の出仕と映り、それは何より彼女たちのプライドを損なうものであった。「いといたう、上衆めくかな（＝随分とお高く止まっていること）」という陰口が紫式部の耳にも届くようになったとある（63の詞書）。

元来、評判の物語作者として鳴り物入りでの宮仕えだっただけに、紫式部の動向に対しては周囲の者も過敏になっていたらしい。同僚の女房たちが抱いていた紫式部への印象は、次のように悪しく歪んだものであったことが、後に述懐されている。

いと艶《えん》に恥づかしく、人見えにくげに、そばそばしき様《さま》して、物語好み、よしめき、歌がちに、人を人とも思はず、ねたげに見落とさむ者となむ、皆、人々言ひ、思ひつつ憎みしを、……。

（『紫式部日記』）

〈大層、気取っていて気が張り、とっつきにくげに疎遠な風で、物語を好み、上品ぶり、何かと歌を詠みがちで、他人を馬鹿にし、妬《ねた》ましげに見下す者と、誰も言い、思っては憎んでいたが〉

紫式部当人は「かばかり、思ひ屈じぬべき身」（63の詞書）で「いとど憂き世に乱れてぞ経る」（62）といった状況にあったにもかかわらず、である。そうした、やり切れなさからか、紫式部は「どうしようもない。人は私の人格を決して認めないであろうが、どうして自分で自分を見捨てることができようか」（63）と、ある種の開き直りでもって応じている。

紫式部の置かれていた、このような四面楚歌的状況は、「桐壺」巻頭で語られる桐壺更衣に対するいじめを連想させずにはおかない。「初めより我はと思ひ上がり給へる御方々、めざましき者に、おとしめ、そねみ給ふ。同じ程、それより下臈《げらふ》の更衣たちは、まして安からず」——彰子中宮サロンにおける新参者としての孤独・憂愁は、後宮の冷たい視線と嫉妬により、やがて死に追い込まれていく悲劇のヒロイン桐壺更衣の姿に投影されている。それは、同僚たちへのメッセージともなったであろう。

紫式部が自らを重ね合わせたのは、このような彰子中宮サロンという発表の場ばかりではない。彰子中宮出仕により、これまでの具平親王家周辺の発想から物語を作る方法が困難となった中、摂関家との接点を自家の栄光ある過去に求めた。「桐壺」巻頭等から窺われる物語の時代設定は、「いづれの御時にか」とぼやかされているものの、〝延喜の治〟と称賛された醍醐天皇の御代（在位八九七～九三〇）と言われている（45頁）。父方の曾祖父、堤中納言兼輔《かねすけ》が活躍したのは、まさにこの醍醐天皇の御代である。親交の厚かった三条右大臣定方は、醍醐天皇の母方の叔父であり、この定方の庇護の下、兼輔は女《むすめ》桑子を醍醐天皇の後宮に入内させ、第十三皇子である章明親王を儲《もう》けている。桑子は更衣であり、桐壺更衣のモデルにも擬せられる。一方、定方女と醍醐天皇第三皇子である代明親王との間に生まれた荘子女王は村上天皇の女御となり、具平親王を儲けている。帚木三帖が、〝天暦の治〟と称された村上天皇の御代（在位九四六～九六七）を視野に入れているのに対して、「桐壺」巻は、村上天皇の父帝である醍醐天皇の御代を前提として語られているのである。

宇多天皇との関係も、紫式部から見いだされる。宇多天皇女御・醍醐天皇母である藤原胤子は、三条右大臣定方の姉で、紫式部の主家筋にあたる勧修寺流《かじゅうじ》（醍醐天皇の母方の実家の一門）[17]繁栄の礎《いしずえ》を築いた女性である。紫式部の家門意識からすると、宇多天皇は醍醐天皇に準じて重きがおかれる帝と言ってよかろう。『長恨歌』の絵を描かせた宇多天皇の意図が、胤子追悼にあったとするならば（46頁）、なおさらである。ちなみに、宇多天皇と共に、その名が挙げられている紀貫之・伊勢も、紫式部の先祖ゆかりの人物である。すなわち、貫之は曾祖父堤《つつみ》中納言兼輔《かねすけ》をパトロン筋と仰ぎ、その邸に出入りしていたし(18)、伊勢は隣人として交友関係が偲《しの》ばれる祖父雅正《まさただ》との贈答歌を残している(19)。このうち伊勢は、『伊勢集』冒頭「いづれの御時にか」がそのまま「桐壺」巻頭に用いられている等(20)、「桐壺」巻においても重要な役割を担っている。

「桐壺」巻の展開方法の基盤となっている『長恨歌』を取り込む着想についても、紫式部との関係が指摘しうる。それを知る手掛かりは『江談抄』から窺われる。

楊貴妃帰唐帝思　李夫人去漢皇情　対レ雨恋レ月 源順

故老云、数年作設、而待八月十五夜雨、参六条宮所作也云々。（『江談抄』第四）

〈楊貴妃帰りて唐帝の思ひ　李夫人去りて漢皇の情　雨に対《むか》ひて月を恋ふ　源順

故老云はく、「数年、作り設け、而《しか》して八月十五夜の雨を待ち、六条宮に参りて作るところなり」と云々。〉

雨で中秋の名月が見えない今宵の気持ちは、楊貴妃亡き後の玄宗皇帝の思いや、李夫人に先立たれた漢の武帝の追慕の情のようなものである。『和漢朗詠集』にも収められているこの源順《したごう》（九一一〜九八三）の句は、数年前、出来ていたものを、八月十五夜が雨になるのを待って、彼が六条宮、すなわち具平親王の千種《ちぐさ》殿に参上した際、披露したとある。源順は、二十代にして『倭名類聚抄』を著し、四十代には梨壺《なしつぼ》の五人の一人として『後撰和歌集』の撰者《せんじゃ》を務めた当代随一の博学な才人である。『竹取物語』等の物語作者にも擬せられている。この句が披露された年は不明ながら、九六四年生の具平親王の年齢からして、おそらく彼の晩年近くであったろう。この老学者源順と、才気溢《あふ》れる若い具平親王との、世代を越えた二人の麗しい名句誕生のエピソードは、敬意の念とともに、紫式部に強く印象づけられていたはずである。新たな物語の題材を模索するに当たって、この名句が彼女の脳裏に鮮明に浮かび上がったとしても不思議ではない。

また、この句に対する紫式部の母親に関わる思い出は、それを一層、後押ししている。亡母への愛を込めた、次の父為時の歌は、『長恨歌』の終盤、仙界より持ち帰らせた楊貴妃の形見の品である鈿合金釵を、玄宗皇帝が手にして悲嘆する場面を想起させる。

亡き人の　結び置きたる　玉櫛笥《たまくしげ》　あかぬ形見と　見るぞ悲しき

（『玄々集』）

〈亡き妻が結んで置いた美しい櫛箱――もう彼女によって二度と開かれることのない、いつまでも見続けてしまうこの箱を、妻の形見と見るにつけても、悲しいことであるよ。〉

里邸の片隅に置かれていたに違いない、この母の忘れ形見である櫛箱――それは、李夫人の姿を漢の武帝の眼前に浮かび上がらせた反魂香（45頁）のように、紫式部にとって、物心付かぬ間に、この世を去った母の幻影を垣間見させてくれたことであろう。

以上のように、紫式部の私的世界は、彰子中宮サロンとの関係から、**桐壺更衣**（**紫式部**）に代表される。しかし、この私的世界に関わるのは、彰子中宮サロンばかりではない。この彰子中宮サロンを包み込む一条朝後宮の世界の位相に加えて、**図5**（40頁）にも示したように、他の二位相「いづれの御時」の世界、『長恨歌』の世界とも深く結びついている。「桐壺」巻において諸位相が併存し、多重構造が成立しうるのは、この紫式部の私的世界が、諸位相を結びつける核的役割を果たしている結果でもある。

Ⅲ

若紫——「若紫」巻における複合モデル

「若紫」巻で語られる、北山における若紫登場の名場面に、「初冠の段」等、『伊勢物語』の影響が色濃く投影されていることは、従来、多く論じられてきた。(1)まさに「若紫」巻誕生の背景には、そうした先行文学の影響が考えられよう。しかし、「若紫」巻における若紫の有力なモデルとして、紫式部にとって最も身近で、かつ重要な人物がいることを忘れてはならない。紫式部の一女賢子と、紫式部が仕えた彰子中宮である。この二人は、若紫の複合モデルとして、「若紫」巻の着想にも深く関わっている。〈幼さ〉と〈賢さ〉――この一見、矛盾する若紫最大の特徴が併存する理由も、そうした賢子と彰子の融合体というモデルの性格から導き出される。

1　若紫（賢子《けんし》）と北山尼君（紫式部）

北山での光源氏の垣間見《かいまみ》による、次の有名な若紫登場の場面は、読者に鮮烈な印象を与えずにはおかない。

日も、いと長きに、つれづれなれば、夕暮の、いたう霞みたるに紛れて、かの小柴垣のもとに立ち出で給ふ。人々は、帰し給ひて、惟光の朝臣と覗《のぞ》き給へば、……中に「十ばかりにやあらむ」

と見えて、白き衣、山吹などの萎《な》れたる着て、走り来たる女子、あまた見えつる子どもに似るべうもあらず、いみじく、生ひ先見えて、うつくしげなる容貌《かたち》なり。髪は扇を広げたるやうに、ゆらゆらとして、顔は、いと赤くすりなして立てり。「何事ぞや。童べと腹立ち給へるか」とて、尼君の見上げたるに、……「雀の子を、犬君が逃がしつる。伏籠《ふせご》のうちに籠《こ》めたりつるものを」とて「いと口惜し」と思へり。……尼君、「いで、あな幼や。……おのが、かく今日・明日に思ゆる命をば、何とも思したらで、雀慕ひ給ふ程よ。『罪得ることぞ』と常に聞こゆるを。心憂く」とて、「こちや」と言へば、ついゐたり。……尼君、髪をかき撫でつつ、「けづる事を、うるさがり給へど、をかしの御髪や。いと、はかなう、ものし給ふこそ、あはれに、うしろめたけれ。……ただ今、おのれ、見捨て奉らば、いかで世に、おはせむとすらむ」とて、いみじく泣くを、見給ふも、すずろに悲し。……

生ひ立たむ　在りかも知らぬ　若草を　おくらす露ぞ　消えむ空なき

（「若紫」巻）

生い育っていく場所もない若草に、先だって消えていく朝露は、消えようにも消える空もない――

右の引用の最後に詠まれている北山尼君の歌は、「若草」を孫娘に、「露」を病に冒されて明日をも知れぬ我が身に譬《たと》えている。「消えむ空なき」とは、少女の行く末が心配で、仏道修行も身に入らず、このままでは成仏できないという、切ない尼君の心境を吐露したものにほかならない。この場面を名場面たらしめているのは、当然ながら紫式部の筆力に拠るものである。しかし、傍線部「十ばかりにやあらむ」可愛い女の子が、向こうからチョコチョコと走り寄って来て、赤く目をこすりながら「雀の子が逃げてしまった」と泣いて訴える姿、そしてちょこんと座った女の子の髪を撫でながら嘆く尼君の姿は、余りにリアルであり、全くの虚構とは言い切れない現実感を伴ってはいないか。波線部

「あな幼や」「いと、はかなうものし給ふ」とあるように、そこで強調されている幼さは、そうした印象をさらに強めている。紫式部自身が実生活で体験したエピソード（もしくは身近な人より聞いた話）から着想を得て、舞台を北山に移し替えて生まれたのが、この場面であるとする推定も、充分に可能であろう。

　このように考えてみると、次の『紫式部集』五十四番歌は、極めて示唆的である。

　　世を常なしなど思ふ人（＝私、紫式部）の、幼き人（＝賢子）の、なやみけるに、唐竹《からたけ》といふ物、瓶《かめ》に挿《さ》したる、女房の祈りけるを見て

若竹の　生ひゆく末を　祈るかな　この世を憂《う》しと　厭《いと》ふものから

〈若竹が育ちゆく先を祈ることであるよ。この世を辛いと厭いながらも〉

　北山尼君の詠歌の「若草」に対して「若竹」、「生ひ立たむ在りか」に対して「生ひゆく末」。歌の内容からしても、出家願望を抱きながら幼子の将来を憂えるのは、共通している。ところで、五十四番歌が詠まれた時期はいつか。一女**賢子**（九九九？〜一〇八二？）の誕生は、長保元年（九九九）冬、もしくは、その翌年とされる。前後の歌の配列からして、この歌が詠まれたのが寡居期（夫宣孝没後から彰子中宮のもとに出仕するまでの時期）であることは間違いあるまい。[2]『紫式部集』には、同じく寡居期に詠まれたと思われる、自身が病魔に冒された時の歌が、次のように残されている。

　　六月ばかり、撫子《なでしこ》の花を見て

96　垣ほ荒れ　寂しさまさる　常夏《とこなつ》に　露置き添はむ　秋までは見じ
「物や思ふ」と、人の問ひ給へる返事に、長月つごもり
97　花薄《はなすすき》　葉分けの露や　何にかく　枯れゆく野辺に　消えとまるらむ
わづらふ事ある頃なりけり

宣孝没後、手入れの行き届かなくなった邸の垣根に咲くナデシコを見て、幼い一人娘賢子を残して、このまま秋を迎えることなく、この世を去るかもしれない不安を抱いている（96）。またその三カ月後か、「心配事でもあるのか」と問われた、あるお方からの返事には、尾花の葉の間を分けて下葉に置いた、枯れゆく野原の露に自らを譬え、今にも消えそうな我が命のはかなさを訴えている（97）。左注に「わづらふ事ある頃なりけり」とあるから、この頃、病気であったことが知られる（ただし、この二首はそれぞれ結婚期・宮仕え期に詠まれたとする説もある）。もし、この長患いの時期が、「若竹の……」歌の時期に近接するとしたならば、なおさら「若紫」巻の場面と重なり合うことになろう。

　五十四番歌の詠まれた時期がいつにせよ、夫宣孝没後、「再婚を潔し」とはしなかった紫式部にとって、娘賢子は「この世のほだし」であり続けた。〈孫と祖母〉〈娘と母〉という違いはあるにせよ、その精神的モデルとして作者自身の親子関係が重ねられるのである。[3] 雀の子を逃がして泣く場面が、紫式部自身、目の当たりにした、賢子幼少期のエピソードに基づく可能性も、より高まると言えよう。

　この推定を一層、後押しするのが、「若紫」巻発表時期と賢子の年齢との関係である。[4]「若紫」巻発表と推定される年は、紫式部が彰子中宮のもとに初出仕した寛弘二年（一〇〇五）十二月二十九日の翌年、賢子は数え七〜八歳の頃である。若紫の年齢については、先に「十ばかりにやあらむ」とあった。そして北山尼君の言葉「あな幼や」「いと、はかなう、ものし給ふ」とあるように、その幼さが異様に

強調されている。数え「七～八歳」という年齢は、そうした幼さを強調する方向と一致する。満六歳前後の子供は、自我が芽生えつつあり、赤ん坊とは異なるものの、かといって自己と他との区別が明確でないところがあり、「人見知り」が出来ない、いわゆる子供らしい子供で、最も可愛らしい時期であるとも言える。賢子は、その名の通り、「賢い子」であったであろうから、雀の子を逃がして、シクシクと泣いて母の元に走ってきたのは、実際には、さらに低い年齢の満五歳前後の出来事であったかもしれない。

賢子と若紫の関係は、この北山の場面に限定されない。北山の場面に続いて若紫が登場するのは、光源氏帰京の際、その姿を見た感想が語られる次の場面である。

この若君（＝若紫）、幼心地に「（光源氏を）めでたき人かな」と見給ひて、「宮（＝父宮）の御有様よりも、勝り給へるかな」と宣《のたま》ふ。（女房が）「さらば、かの人の御子になりて、おはしませよ」と聞こゆれば、うちうなづきて、「いと、ようありなむ」と思したり。雛《ひひな》遊びにも、絵書い給ふにも、「源氏の君」と作り出でて、清らなる衣着せ、かしづき給ふ。（「若紫」巻）

ここで若紫は、幼心地のままに光源氏を「素晴らしい人」と見て、「父宮のお姿よりも、優れている」と口にし、女房が「それでしたら、お子様になっておしまいなさい」と言うと、うなずいて「きっとよかろう」と思っていた。そして絵には光源氏を描き、雛遊びでは光源氏を作って綺麗な着物を着せ、それに専念していたとある。これは、雀の子を逃がして泣いていたのと同様、もしくは、それ以上に、「十ばかり」の子供にしては余りの幼さである。「光源氏のお子になってしまえば」という冗談に対して、真に受けるのは、まさに「人見知り」も充分でない満六歳前後の子供の姿と言ってよい。

こうした幼さを強調する描写は、以後も続く。下山後の尼君を見舞った際、光源氏の来訪を聞き、その姿を見ようとする若紫の言葉を耳にして、光源氏は「げに、言ふかひなの気配や。さりとも、いとよう教へてむ」と思ったとある。(5)また、尼君没後、再訪した光源氏が若紫との初対面を果たした際、当初、若紫は「何心もなく居給へる」様で、さすがに添い寝しようとするに至っては、恐ろしくなって震えるものの、「幼き心地にも、いと、いたうも怖ぢず」という状態であった。(6)さらに、父宮の元に引き取られる直前、少納言の乳母たちが将来を憂え、「父宮に光源氏との事を内密に」といった言葉等に対しても、「(若紫当人は)それをば何とも思したらぬぞ、あさましきや(=呆れる(ほど幼い)ことだ)」と語られている。(7)これらは、いずれも、若紫の人物像が一貫して、年齢にそぐわぬ幼さを基本としていることを示している。

「若紫」巻は、次のように二条院に引き取られた若紫が、光源氏に、なついている姿を映し出して閉じられる。

君(=若紫)は、男君(=光源氏)の、おはせずなどして、さうざうしき夕暮などばかりぞ、尼君を恋ひ聞こえ給ひて、うち泣きなどし給へど、宮(=父宮)をば、ことに思ひ出で聞こえ給はず。……(光源氏が)ものよりおはすれば、まづ、出で向かひて、あはれに、うち語らひ、御懐に入り居て、いささか「疎く恥づかし」とも思ひたらず。さる方に、いみじく、らうたきわざなりけり。……「これは、いと様《さま》変はりたる、かしづき種《ぐさ》なり」と思いためり。(「若紫」巻末)

若紫は光源氏のいない、寂しい夕暮などは尼君を恋い慕って泣きなどはするけれど、光源氏が戻ると、真っ先に出迎えて、可愛らしく話し、懐《ふところ》に抱かれていたとある。こうした様子は、父宣孝亡き後、宮仕えにより、以前とは異なり、留守がちとなった母紫式部が帰宅した折の、幼子賢子の姿と、そのまま重ね合わされるであろう。「若紫」巻は、唐突な巻頭や藤壺との逢瀬で、読者の目は、つい、それらに奪われがちであるが、既に述べたように、若紫の登場場面は意外と多い。その幼さが強調された描写に、同年代の最も身近な我が子の姿が無関係であるはずもない。賢子が北山の場面に限らず、「若紫」巻を通じて若紫と深く関わっていることは明らかである。

ちなみに、賢子が若紫のモデルとなったことは、後に彰子中宮のもとに出仕したことを考え合わすと、賢子当人の将来にとって、その意味するところは大きかったと思われる。賢子の初出仕時期は不明ながら、遅くとも二十代前半には出仕していたことが確認される。(8) あるいは紫式部の生前にまで遡る可能性もある。「若紫」巻は、藤原公任の有名な言葉「若紫やさぶらふ」に象徴されるように、大好評を博した。(9) 賢子の初出仕時、同僚の女房たちに、もし、巻中、最も鮮烈な印象を与えたであろう「若紫登場の場面のモデルが彼女」という共通認識があったとしたならば、どのように迎え入れられたかは、容易に想像できよう。それは、母紫式部の場合とは全く異なり、あたかも、若紫が姿を現したかのような歓迎ムードの中での初出仕ということになる。すなわち『源氏物語』作者紫式部の娘という、単なる「親の七光り」だけでなく、若紫のモデルとしての付加価値があっての出仕という状況が考えられる。後に賢子は、後冷泉天皇の乳母となり、女房としては、紫式部の代では到底、考えられなかった大いなる出世を果たしている。そうしたエリートコースも、既に初出仕の時点で、ある意味、約束されていたという言い方も、あながち過言ではなかろう。

以上、「若竹の生ひゆく末を祈るかな……」歌(『紫式部集』54番)に象徴されるように、夫宣孝没後における紫式部・賢子親子の関係は、北山尼君・若紫の二人に投影されている。北山の場面のモデルとして、**若紫(賢子)**と**北山尼君(紫式部)**が指摘されるのである。北山における若紫登場の場面は、執筆当時、七〜八歳に成長していた賢子の、近年のエピソードに基づいて描かれた可能性が高い。「若紫」巻を通しても、紫式部にとって最も身近な我が幼子・賢子の姿は、若紫像を介して多く映し出されているのである。

なお、北山尼君・若紫の二人のモデルは、紫式部・賢子親子に必ずしも限定されない。紫式部は幼少期、母と死別している。紫式部が父方の祖母（三条右大臣定方女）の住む堤中納言邸に引き取られたことを考慮するならば、**若紫（紫式部）**と**北山尼君（祖母、定方女）**も重ね合わせていると言うべきかもしれない。

2　若紫（彰子）と光源氏（一条天皇）

「若紫」巻における若紫のモデルは、賢子だけではない。彼女以上に重要な人物がいる。ほかならぬ**彰子中宮**（九八八〜一〇七四）その人である。『栄花物語』には、彰子の入内当初における**一条天皇**（九八〇〜一〇一一）との有名なエピソードが残されている。

（一条天皇は）ただ今ぞ二十ばかりに、おはしますめる。……大御酒《みき》などは、少し聞こし召しけり。（一条天皇は）御笛を、えも言はず吹きすまさせ給へれば、さぶらふ人々も、めでたく見奉る。（彰子は）打ち解けぬ御有様なれば、「これ、うち向きて見給へ」と申させ給へば、女御殿、「笛をば声をこそ聞け。見るやうやはある」とて聞かせ給はねば、「さればこそ、これや幼き人。七十の翁の言ふ事を、かく宣《のたま》ふよな。あな恥づかしや」と戯《たはぶ》れ聞こえさせ給ふ程も、さぶらふ人々、

「あな、めでたや。……」とぞ言ひ思ひける。（「輝く藤壺」巻）

一条天皇が、ちょうど二十歳の頃で、少しお酒なども召された時のこと。笛を素晴らしくお吹きになったので、お付きの女房たちも、聞き惚れていたけれど、彰子様ご当人は、まだ打ち解けない御様子であった。そこで一条天皇は、彰子に対して、「こちらを向いて、見て御覧なさい」と申されたところ、幼いながら彰子様は、「笛は耳で聞くものです。見る必要などありましょうか」と切り替えされ、一本、執られた形の一条天皇は、「その通りだね、幼い方。七十の老人が言うことを、このように、おっしゃるとは。何とも恥ずかしいことだ」と冗談を飛ばしなさり、女房たちは、そうした二人の掛け合いに、「まあ、素晴らしい」と口に出し、思いもしたとある。

一条天皇誕生は九八〇年六月一日、彰子の出生は九八八年で、その入内は九九九年一一月一日。このエピソードは、一条天皇が二十歳になったばかりの頃（「ただ今ぞ二十ばかりに、おはしますめる」）とあるから、九九九年一一月以降の年内、すなわち、彰子入内直後の出来事で、彰子十二歳の時のことである。八歳も年上の一条天皇に対して臆することなく発した彰子の言葉には、后にふさわしい堂々たる威厳さえ滲《にじ》み出ている。そこからは、若紫が〈幼さ〉とともに併せ持つ〈聡明さ〉が窺われる。そして、一条天皇が未だ打ち解けない彰子に対して、自ら笛の音を聞かせて語り合う、この二人の場面は、「若紫」巻末近く、二条院に迎え入れて間もない若紫を、光源氏が懐かせようと、絵や手習いなどで過ごす、次の場面を連想させずにはおかない。

君（＝光源氏）は、二三日、内裏へも参り給はで、この人（＝若紫）を、なつけ語らひ聞こえ給ふ。「やがて本に」と思すにや、手習・絵など、様々に書きつつ、見せ奉り給ふ。いみじう、をかしげに、書き集め給へり。……墨付きの、いと殊なるを取りて、見居給へり。……

根は見れど　あはれとぞ思ふ　武蔵野の　露分けわぶる　草のゆかりを

とあり。「いで、君も書い給へ」とあれば、「まだ、ようは書かず」とて、見上げ給へるが、何心なく、うつくしげなれば、うちほほゑみて、『よからね』と、むげに書かぬこそ、わろけれ。教へ聞こえむかし」と宣へば、うちそばみて、書い給ふ手つき・筆取り給へるさまの幼げなるも、らうたうのみ思ゆれば、心ながら「あやし」と思す。「書き損なひつ」と恥ぢて隠し給ふを、せめて見給へば、

かこつべき　ゆゑを知らねば　おぼつかな　いかなる草の　ゆかりなるらむ

と、いと若けれど、生ひ先見えて、ふくよかに書い給へり。故尼君のにぞ似たりける。「いまめかしき手本、習はば、いと、よう、書い給ひてむ」と見給ふ。

（「若紫」巻）

光源氏が「そのまま手本に」と、かき集めた書や絵を見て、若紫は、傍線部にあるように「墨の付き具合が他とは違う格別なのを手に取り、じっと見入っていた」。また、恥じらいながらも彼女が書いた書体は「大層、若いけれど、将来性が感じられて、ふっくらと書いてあった」とある。数ある中から、「墨付き（墨継ぎ?）(10)」の異なるものを手にして見入ったのは、彼女が幼いながらも優れた感性・審美眼の持ち主であることを物語っている。そして、彼女の「若々しいが、ふくよか」な書体は、上手に見せるための、ありがちな小手先の技巧（例えば、わざと線質を細くしたり、かすめたりするといった小器用さ）に走らない、今後、書を学んでいく上で最も重要な基本が出来ていることを暗に示している。「故尼君に似ていた」とあるから、それは北山尼君の教育の成果でもあろう。これを見て、光源氏は益々、若紫に夢中になっていったはずである。波線部「現代風な書体を習得したならば、ずっとよく

なるだろう」という感想は、まさに彼女が教育のしがいのある、言わば光源氏の意のままの色で染められる少女であることを確信した瞬間とも言える。

こうした若紫の賢さは、光源氏の「根は見ねど……」歌に対する返歌からも窺われる。光源氏は「根」に「寝」を掛け、「まだ寝てはいないけれど、いとしく思います。なかなか逢えない方のゆかりである、あなたを見るにつけても」といった内容に対して、若紫は「無理矢理、結びつける理由がわかりませんので、気がかりなことです。どういった方のゆかりなのでしょうか」と答えている。若紫の返歌は、光源氏の歌をそのまま返したような平易さがあるだけに、一見、何ら変哲もなくも取れるが、それを詠むには「十ばかり」の余りに幼い女の子には似つかわしくない賢さが必要となる。先ず、それなりの基礎的教養が不可欠である。

紫の　ひともとゆゑに　武蔵野の　草はみながら　あはれとぞ見る　（『古今集』）

光源氏の歌は、右の歌の「武蔵野」「草」「あはれ」を踏まえている。一方、若紫の返歌は、この「紫の……」歌に加えて、左記の歌を踏まえ返歌している。

知らねども　武蔵野と言へば　かこたれぬ　よしやさこそは　紫のゆゑ　（『古今六帖』）

すなわち、傍線部「知らねども」「かこたれぬ」を踏まえて、上の句「かこつべき故を知らねばおぼつかな」が生まれている。

この歌が詠める前提は、そうした教養ばかりではない。そもそも、答えようもない歌に対して返歌すること自体、無理難題を要求されていると言える。光源氏は自ずと、幼い若紫の力量を試す状況に追い込んでいたとも取れよう。訳の分からぬ歌に対して、ごまかすでもなく、真正面に受け止めて返歌する――そのためには、素直さだけでなく、ある意味、大胆さが要求される。この知性に裏うちされた大胆さ、それは、まさに幼い彰子が一条天皇に対して発した、かの「笛をば声をこそ聞け。見るやうやはある」の言葉に通ずる。この光源氏と若紫の贈答歌の発想それ自体に、彰子入内当初における一条天皇とのエピソードとの関連性が指摘しうるのである。

　ここで確認しておかなければならないのが、若紫の年齢である。「十ばかりにやあらむ」とあった、その年齢は、さらに限定しうる余地がある。北山の場面で、尼君は若紫に「故母君は、十二歳でお祖父様を亡くされた頃は、大層、物の道理はお解りでしたよ」（「故姫君は十二にて殿に、おくれ給ひし程、いみじう、ものは思ひ知り給へりしぞかし」）と語りかけている。この尼君の言葉は、「母君がお前と同じ年であった時は、ずっとしっかりしていた」という意味にも採れる。尼君が「あな幼や」「いと、はかなう、ものし給ふ」と繰り返し、その幼さを強調していることからも、それは窺われる。

　この推定を一層、強めるのが、北山僧都と対面し、若紫の素性を知ることができた際、僧都から若紫の母親について語られる次の言葉である。

（娘は）失せて、この十余年にや、なり侍りぬらむ。

　娘（＝若紫の母）は亡くなってから、十余年になりましたでしょうか――この言葉に拠るならば、断定的ではないものの、若紫が生まれてから「十余年」は経っていた。母君は若紫を出産後、程なく死去したとしても、北山の場面における若紫の年齢は「十余年」となり、「十二」とする見方と合致する。

若紫の年齢については、翌年に「十に余りぬる人は、雛遊びは忌みはべるものを」（「紅葉賀」巻）とあり、「若菜下」巻の時点では、本来、三十九歳であるべきところを、厄年としたいためか、「今年は三十七にぞなり給ふ」とある。[11] したがって「若紫」巻以後の展開においては、「十二」に限定せず、あくまで「十ばかり」とするのが妥当であろう。年齢を低く抑えて、光源氏との年齢差を大きくし、少女成長物語として感情移入しやすくしたいという事情もある。しかし、「若紫」巻以降はともあれ、この巻に限定するならば「十二」とするのが自然である。「若紫」巻における若紫を「十二」とした場合、入内時の彰子の年齢と一致する。紫式部は若紫を登場させる際、彰子入内の年齢を意識し、先の彰子入内当初のエピソードを念頭に置いた可能性が高いのである。

ちなみに、若紫を「十歳」とした場合、光源氏と若紫の年齢差は「八歳」となり、[12] 一条天皇と彰子との年齢差に一致する（一条天皇誕生は九八〇年六月一日、彰子は九八八年）。この一致は従来、よく指摘されている通りであるが、その事実に、この彰子入内当初のエピソードを重ね合わせるならば、若紫・光源氏のモデルとして、この二人が鮮明に浮かび上がってくる。若紫を「十ばかりにやあらむ」と、あえて年齢を明記しなかった背景の一因として、こうした彰子の年齢に対する配慮も考えられよう。

彰子が若紫のモデルであるならば、「若紫」巻の発表時期と、その折の彰子の年齢とを照らし合わせた時、もう一つの側面が浮かび上がる。

永延二年（九八八）　彰子、誕生（八月下旬以降？）。
長保元年（九九九）　彰子、入内（一一月一日）。十二歳。
寛弘三年（一〇〇六）　「若紫」巻、発表（五月初め）。**彰子、十九歳（満十七歳）。**

（　五年（一〇〇八）　彰子、敦成親王を出産（九月一一日）。）

右記に拠れば、彰子中宮は「若紫」巻発表推定時、数え十九歳。九八八年後半の誕生を考慮すると、満十七歳である。芳紀十八歳——彰子中宮は、まさに女性として最も輝き始める年頃と言える。十二歳という余りにも早い段階での入内から六年半の歳月が過ぎ、心身ともに一条天皇の中宮として、ふさわしい女性として成長していた。周囲の期待は否が応でも高まっていた状況が目に見えるようである。そうした時期に、「若紫」巻が発表されたのは偶然ではあるまい。

中関白家《なかのかんぱくけ》没落後、一条天皇の後宮は「弘徽殿女御」藤原義子（九七四生）が九九六年七月、入内。定子による後宮独占時代は終わりを告げている。この義子以降、藤原元子（右大臣顕光の女）が二カ月後に、藤原尊子（故藤原道兼女）が翌々年二月に入内し、それぞれ承香殿女御、暗部屋女御と呼ばれた。そして最後に九九九年一一月、彰子が入内している。定子皇后は一〇〇〇年一二月に崩御《ほうぎょ》したが、その後も彰子が最も若く、かつ最も遅く入内した后であったことには変わりない。幼い若紫をヒロインとする「若紫」巻は、そうした一条天皇の後宮における彰子中宮の立ち位置を反映しているのである。

このように、「若紫」巻執筆は、彰子が美しさと聡明さを兼ね備えた后であること、そして、それに対する周囲の熱い期待を充分に理解した上で、それらを積極的に取り入れた結果と思われる。そうした意味において、この巻は、周囲の期待を具現化した、まさに彰子中宮サロンと一体化しうる題材であったと言える。「若紫」巻は結果的に彰子サロンで受け入れられ、大好評を博した。その大きな要因として、「若紫」巻を執筆する動機そのものに、こうした〈発表の場〉に対する紫式部の配慮が見え隠れするのである。若紫が成長して、やがて光源氏の正妻に収まる——そうした正妻獲得物語を、彰子中宮サロン全体が期待する雰囲気となったのも当然であろう。『源氏物語』の長編化は、ここに半ば保証されたと言ってよい。

以上のように「若紫」巻は、笛にまつわる有名なエピソードに象徴される、彰子入内当初の一条天皇との二人の関係を念頭に置き、執筆時における芳紀十八歳の彰子中宮の姿を二重写しにして書かれた物語と見なしうる。「十二」歳という若紫登場も、彰子入内時の年齢を意識したものと思われる。**若紫（彰子）**と**光源氏（一条天皇）**の二人は、「若紫」巻の中心的モデルのみならず、巻の着想的次元からも、鮮明に浮かび上がるのである。

Ⅳ

六条御息所

——巻を隔てた複合モデル

一人の登場人物に複数のモデルが織り込まれるのは、Ⅲの若紫で示したような単巻とは限らない。巻を隔てた複数モデルの場合もある。光源氏の高貴な愛人として、また秋好中宮の母として重要な役割を担う六条御息所は、その代表的な例として挙げられる。すなわち、六条御息所には次の三人のモデルが存在する。

① 京極御息所と称された藤原褒子《ほうし》（生没年未詳）

② 中将御息所と称された藤原貴子《きし》（九〇四～九六二）

③ 斎宮女御と称された徽子《きし》女王（九二九～九八五）

その准拠が語られている各巻（①は「夕顔」巻、②は「葵」巻、③は「葵」「賢木」巻）において、六条御息所の役割が微妙に変化するのと連動するかのように、①～③の女君の『源氏物語』への関わり方も異なった位相を呈する。以下、『源氏物語』の展開に即しつつ、三人について各々、検証することで、六条御息所がどのようにしてモデル・准拠から立ち上がっていったかを明らかにしたい。

1 京極御息所――「夕顔」巻

「六条わたりの御忍び歩《あり》きの頃」（「夕顔」巻頭）――六条御息所は、このように若き光源氏が忍んで通う高貴な愛人として登場する。彼女の邸宅のあった「六条わたり」については、後に「六条京極わたり」（「若紫」巻）とある。この初期の段階においてモデルとして挙げられるのが、**京極御息所、藤原褒子**（生没年未詳）である。彼女は、かの菅原道真のライバルにして藤原氏の長者であった藤原時平（八七一〜九〇九）女で、宇多法皇（八六七〜九三一）の御息所として、三人の親王、雅明（九二〇〜九二九）・載明（生没年未詳）・行明（九二五〜九四八）を儲《もう》けている。

この女性が宇多法皇に寵愛された際の有名なエピソード（『江談抄』[1]）は、「夕顔」巻における夕顔怪死事件の准拠のひとつとして見なされている。宇多法皇が京極御息所を伴い、牛車で河原院を訪れたときのことである。月明かりの夜になって、この邸のかつての主人であった源融《みなもとのとおる》（八二二〜八九五）の霊が現れ、御息所を所望《しょもう》した。法皇は天子であった自らに対する臣下の無礼を説き、立ち去るよう言い渡すが、融の霊は御息所の腰を抱き、御息所は失心してしまう。そこで法皇は人を呼んで牛車に乗せて戻り、浄蔵大法師を召して加持祈祷《かじきとう》をさせた結果、かろうじて蘇生したという。

夕顔が物の怪に取り憑《つ》かれて死去する某廃院は、『紫明抄』以降、この源融の河原院に比定されている。某廃院が夕顔と出会った五条界隈の家から近い距離にあるのに対して[2]、河原院は六条京極あたりの四町を占めて営まれていた。京極御息所の名前の由来も、この河原院のエピソードにもあるように、宇多法皇が彼女をこの邸に移らせたことによる（次段落引用の『大和物語』第六一段、参照）。また、某廃院の有様は、紫式部の時代に伝えられている河原院の荒廃ぶり（『小右記』等）とも重ね合わせられる。京極御息所が失心した河原院のエピソードに限定するならば、宇多法皇＝光源氏、京極御息所＝夕顔、河原院＝某廃院という図式が浮かび上がろう。

ここで改めて着目されるのは、この准拠に即して言えば、京極御息所は呼称としては六条御息所を連想させるものの、むしろ夕顔のモデルに擬せられるという点である。それでは、この准拠における六条御息所のモデルに相当する人物は誰か。それを窺わせるのは次の『大和物語』の章段である。

亭子院（＝宇多法皇の邸）に、御息所たち、あまた御曹司して住み給ふに、年頃ありて、河原院のいと、おもしろく造られたりけるに、京極の御息所、ひと所の御曹司をのみして、渡らせ給ひにけり。春の事なりけり。止まり給へる御曹司ども、いと思ひのほかに、さうざうしき事を思ほしけり。……

世の中の　浅き瀬にのみ　なりゆけば　昨日のふぢの　花とこそ見れ　（『大和物語』第六一段）

宇多法皇は亭子院に多くの御息所たちと住んでいたが、風流な河原院を営んだ折、御息所たちを残して、京極御息所一人を伴い、かの院に移ってしまった。亭子院に留まった御息所たちは、この予外の出来事を空しく思ったとある。その中の一人の詠んだ歌「世の中の……」には、「藤」と「淵」とを掛けて、昨日までであった淵が一日にして早瀬に変わるように、世の常とは言え、寵愛の移ろいを嘆く思いが見事に詠み込まれている。この河原院に関する准拠に基づいて六条御息所のモデルを強いて求めるとしたならば、京極御息所によって寵愛を奪われた他の御息所たちにほかならない。ちなみに、夕顔を取り殺した物の怪の正体として、六条御息所生霊《いきりょう》説が唱えられているが、それが誤りであるのは、(3)ここからも窺われる。もし六条御息所であるならば、京極御息所が京極御息所本人を襲うという矛盾に陥るからである。

しかし、夕顔怪死事件の准拠は、河原院のエピソードに限定されない。光源氏と夕顔との悲恋の物語は、『古今著聞集』で紹介されている、具平親王（九六四〜一〇〇九）のエピソード（34頁）からも着想を得ている。そこには、月明かりの夜に具平親王が連れ出した雑仕女（雑役に従事する下女）が、物の怪《け》に襲われて急死し、それを嘆き悲しんだ親王は、遺児と共に親子三人の姿を、牛車の窓にある物見の裏側に描いて偲《しの》んだとある。月明かりの夜、邸外に連れ出し、物の怪に襲われての急死——洛西の遍照寺と五条近くの某廃院、雑仕女と五条界隈で出会った謎の女性という違いはあるものの、この具平親王と雑仕女のエピソードは「夕顔」巻のストーリーと酷似している。夕顔が怪死した某廃院にしても、具平親王と無縁ではない。親王の別邸千種《ちぐさ》殿は六条にあり、[4] 具平親王在世時においても荒廃していたようである。[5] 夕顔も、雑仕女ではないが「下の品」と見なされるべき女性として登場している。[6]

具平親王には、親王の御落胤《ごらくいん》で藤原為頼（紫式部の伯父）の長男伊祐の養子となった、母方が不明な頼成がいた（35頁の『権記』参照）。「夕顔」巻においても夕顔の遺児撫子という三歳の娘（後の玉鬘）の存在が語られている。雑仕女の子は頼成であろうから、親王の実子の男児を物語では連れ子の女児にしているものの、横死した雑仕女を哀れんで、具平親王の御落胤を為頼の長男伊祐の養子としたという美談となる。また「夕顔」巻における克明なドキュメンタリータッチの手法は、帚木三帖の序跋に宣言されている〈光源氏周辺の人物が事の真相を語る〉という帚木三帖の体裁と照応するものである。『古今著聞集』に取り上げられていることから窺われるように、具平親王の雑仕女怪死事件は、当時、評判となり、様々な風説が飛び交ったことであろう。その有名なスキャンダラスな恋愛事件に想を得て、具平親王家周辺の一人である紫式部が、光源氏の物語に仕立てたのであるから、夕顔怪死事件が事細かに記されているのも当然の結果と言えよう（以上、Iの2「夕顔」巻、参照）。

このように具平親王の雑仕女怪死事件は、河原院のエピソード以上に夕顔怪死事件との照応関係が強く、准拠として第一義的に位置づけなければならない。夕顔のモデルも第一モデルとして挙げられるべきは、京極御息所でなく、具平親王の雑仕女である。しかし、この雑仕女怪死事件において、六条御息所に相当するモデルは存在しない。一方、河原院のエピソードからは、京極御息所に対する御息所たちという緊張関係が見いだされた。

そもそも、六条御息所の基本的特徴として、六条という地縁に住む邸の高貴な年長の女主人という設定のほかに、物の怪までも呼び起こす嫉妬深い執着心、息苦しいまでの情愛深さが挙げられる。すなわち「女は、いと、ものを余りなるまで、思ししめたる御心ざまにて」「あまり心深く、見る人も、苦しき御有様」（「夕顔」巻）とある。宇多法皇の御息所たちからは、こうした片鱗が窺われたが、六条御息所という一人の強烈な個性にまで収斂されていない。初期の段階における六条御息所の内面的造型に、少なくとも史実から窺われる特定のモデルを求めることはできないのである。

以上から浮かび上がるとおり、「夕顔」巻における六条御息所のモデルは、「六条わたり」の河原院のエピソードを背景とした、**京極御息所**と**宇多法皇の御息所たち**との複合体である。「若紫」巻において「六条京極わたり」と改めて紹介されているのは、作者紫式部がそのように意識していた証左にほかならない。しかし、その内面的造型は、特定の人物というより、宇多法皇の御息所たちに象徴される不特定一般の人物、すなわち女性であるならば誰もが有し得る特質（それは紫式部にも潜む内面を投影したものとも言えるかもしれない）を想定し、それを拡大・深化させたものと見なしてよかろう。それでは②の「葵」巻においては、どうか。

2　中将御息所――「葵」巻

謎めいた高貴な愛人六条の御方の素性が語られるのは、「葵」巻頭である。「世の中、変はりて後、……」と桐壺帝譲位の事実が告げられ、光源氏の気の晴れない多忙な日々と、譲位後の桐壺院と藤壺との、のどかな生活について簡略に触れた後、次のようにある。

まことや、かの六条の御息所の御腹の前坊の姫宮、斎宮に居給ひにしかば、大将（＝光源氏）の御心ばへも、いと頼もしげなきを、「幼き御有様の後ろめたさに、ことづけて、（伊勢に）下りやしなまし」と、かねてより思しけり。

ここにおいて、六条御息所は先の東宮妃であり、東宮との間には姫宮を儲けていたことが告げられている。この人物設定におけるモデルとして一般的に挙げられているのが、**藤原貴子**（九〇四〜九六二）である。彼女は、朱雀・村上朝において摂政・関白となった貞信公藤原忠平（八八〇〜九四九）女で、十五歳で東宮保明《やすあきら》親王に入内し、「東宮御息所」「中将御息所」と称された。二十歳の折、東宮が逝去。その後は御匣殿《みくしげどの》別当、尚侍《ないしのかみ》となり、五十九歳の生涯を閉じている。保明親王（九〇三〜九二三）は、醍醐天皇と穏子中宮（基経女）の皇子で、出生の翌年、藤原時平の強引な後押しにより皇太子となるが、醍醐天皇在世中、二十一歳の若さで逝去、文献彦太子と号した。菅原道真の祟りかと喧伝されたという。また保明親王の御子（母時平女？）に慶頼《よしより》王（九二一〜九二五）がおり、父の逝去に伴い、皇太孫《こうたいそん》（皇位を継承すべき天皇の孫）となるが、五歳で夭折《ようせつ》している。

強引な立太子、即位を待たずの早世、皇太孫となった御子慶頼王の夭逝――帝になるべくして生まれた保明親王の非運は、後世に強い印象を残した。物語中、即位することなく終わった故「前坊」として、この保明親王がそのモデルとして筆頭に挙げられるのは当然であったろう。藤原貴子が六条御息所のモデルとされるのも、この保明親王の御息所であったからにほかならない。しかし、そのためか貴子からの六条御息所への投影は、この「前坊」の御息所という設定以外に特に窺われない。すなわち六条御息所の性格のみならず、生霊となる准拠、そして京極御息所との関係も、少なくとも史実に遺されている貴子から求めることは困難である。もっとも、貴子には保明親王没後の御匣殿時代、色好みと評判の藤原敦忠（時平三男、九〇六〜九四三）との関係が伝えられている（『大和物語』）。しかし、それも光源氏をめぐっての葵の上と六条御息所のような三角関係ではない。

六条御息所の父親の設定についても同様である。

大殿（＝葵の上）には、御物の怪、いたう起こりて、いみじう患ひ給ふ。「この御生霊、故父大臣の御霊など言ふ者あり」と（六条御息所が）聞き給ふにつけて、……。（「葵」巻）

葵の上に物の怪が取り憑《つ》いた際、右の傍線部のように故父大臣の霊が取り沙汰されている。しかし、貴子の父親忠平には、怨霊となった言い伝えは特にない。兄時平の跡を継いで藤原氏の頂点に立った忠平にとって、貴子が皇太子妃に終わったことは計算外であったにせよ、怨霊となる程の無念さではあるまい。貴子の父親忠平を怨霊と噂された六条御息所の父大臣のモデルに比定することはできない。

このように「葵」巻における六条御息所のモデルとしての貴子は、史実上、知り得る限りにおいては、保明親王の存在に隠れて、「前坊」の御息所という設定以外に新たな六条御息所像形成に寄与している節は見られない。六条御息所の内面的造型は、「葵」巻に至っても依然として具体的なモデルのないまま、受け継がれているのである。しかし「前坊」の御息所という設定によって、六条京極の邸宅に住む謎の高貴な愛人としてのみで、明確に示されていなかった人物像の背景が埋められたと言ってよい。「女の恨み、な負ひそ」〈女に恨まれぬように〉（「葵」巻）――六条御息所との関係が公然化し、その噂を耳にした桐壺院は、光源氏をこのように戒めた。この桐壺院の言葉は、六条御息所が生霊と化す要因が、人物像の背景の明確化によって醸成されたことを象徴している。

以上のように、「葵」巻におけるモデルは、**六条御息所（中将御息所）**となる。この新たなモデルが加わることで、「夕顔」巻における内面的造型を継承しつつ、それまで不明瞭であった六条御息所像に輪郭を与え、生霊と化す必然性の一端を提供している。次の③の場合においては、どうか。

3 斎宮女御――「葵」「賢木」巻

「賢木」巻は、六条御息所が光源氏との関係を清算して、斎宮となった姫宮とともに伊勢に下向することを決意する次の条から語り出される。

> 斎宮の御下り、近うなり行くままに、御息所、物心細く思ほす。……親、添ひて下り給ふ例も、殊に無けれど……。（「賢木」巻頭）

傍線部にあるように、親子で伊勢斎宮に下った例は史実上、極めて稀である。『日本紀略』貞元二年（九七七）九月の条には「伊勢斎王母女御相従下向。是無先例」とある。この「伊勢斎王母女御」**徽子女王**（九二九～九八五）こそ、六条御息所のモデルの筆頭に挙げられている女性にほかならない。彼女は重明《しげあきら》親王（醍醐天皇第四皇子、九〇六～九五四）女で、母は藤原寛子（貞信公藤原忠平女、九〇六～九四五）、八歳で伊勢斎宮となり、退下後、二十歳で村上天皇に入内し、「斎宮女御」「承香殿《しょうきょうでん》女御」と称された。御子に第四皇女の規子《きし》内親王（九四九～九八六）がいる。三十九歳の折、村上天皇が崩御、斎宮に卜定《ぼくじょう》された規子内親王とともに伊勢に下向したのは、その十年後。以後、約八年間、規子内親王が斎宮の任を解かれるまで伊勢に留まり、帰京後、程なく五十七年の生涯を閉じている。

六条御息所の伊勢下向は、この徽子女王親子を准拠とする。規子内親王の群行は貞元二年九月十六日、「伊勢斎宮規子内親王従野宮禊西河（＝桂川）、参向伊勢斎宮」（『日本紀略』）とあり、物語中の「（九月）十六日、桂川にて御祓《はらへ》し給ふ」（「賢木」巻）と日取りが一致している。また、群行に先立つ規子内親王の初斎院入りは、天延三年（九七五）内に予定されていたが翌年に延期され、野宮入りは同年九月（『日本紀略』）とあるが、こうした事情は、次のように物語中に、ほぼそのまま反映されている。

斎宮は去年《こぞ》、内裏に入り給ふべかりしを、様々、障《さは》る事ありて、この秋、入り給ふ。九月には、やがて野宮に移ろひ給ふべければ、……（「葵」巻）

すなわち、去年の予定であった新斎宮の初斎院は様々な事情により翌年に、そして野宮入りは九月とある。

「賢木」巻頭に続く光源氏野宮訪問の名場面も、六条御息所の准拠に関わる。秋の物悲しさを漂わせる野宮では、絶え絶えに聞こえる虫の音に、荒涼とした松風の音が加わり、どの琴とも聞き分けられぬ程の微かな音が途切れがちに聞こえてくるさまは、うっとりした風情を醸し出していたとある。和歌・琴に長じていた徽子女王は、歌会を幾度か催している。中でも野宮で催した貞元元年（九七六）十月二十七日庚申の夜の歌会は有名で、この野宮訪問の条は、その折に彼女が詠んだ次の名歌に基づく。

野宮に斎宮の庚申し侍りけるに、「松風入㆓夜琴㆒」といふ題を詠み侍りける　斎宮女御

琴の音に　峰の松風　通ふらし　いづれの緒（尾）より　調べ初めけむ　（『拾遺和歌集』巻八・雑上）

この徽子女王によって、特定するまでには至らなかった六条御息所像が一人のモデルとして収斂《しゅうれん》されたと言ってよい。徽子女王の周辺資料からは、そのことが読み取れる。村上天皇の後宮は、安子中宮を始め十人近くの女御たちがひしめいていたが、総じて「女御・御息所たちの御仲も、いと目やすく便なき事、聞こえず、癖々しからず」（『栄花物語』）という状況であったという。それは、どの妃たちに対しても基本的に「なのめに情けありて」〈一通りに情愛をかけて〉「なだらかに掟てさせ給へれば」〈穏やかに（接するように）心に決めておられたので〉（同）とある村上天皇の態度によるところが大きかった。そうした中において、寵愛が深かったにもかかわらず徽子女王は、時に深い孤独感を味わっていたようだ。『拾遺和歌集』には次のような歌が残されている。

天暦御時、承香殿の前を（村上天皇が）渡らせ給ひて、異《こと》御方に渡らせ給ひければ　斎宮女御

かつ見つつ　影離れゆく　水の面《おも》に　かく数ならぬ　身をいかにせむ　（巻第一四・恋四）

村上天皇が徽子女王のいる承香殿の前を通り過ぎて、他の妃のもとにお渡りになった折、寵愛の移ろいを「数ならぬ身をいかにせむ」〈とるに足らない我が身を、どうせよと言うのか〉と、強い口調で嘆いたとある。

また、安子中宮の逝去を嘆いた村上天皇の強い要請を受けて、安子の同母妹にして、故父重明親王の北の方であった藤原登子が入内した折のこと。徽子女王は、この思わぬ事態に対して、次のような

歌を詠んでいる。

父宮（＝重明親王）失せ給ひて、里におはする尚侍（＝登子）の御心の思はずなりけるを

いかにして　春の霞に　なりにしか　思はぬ山に　かかるわざせし

（『斎宮女御集』）

「どうして故父の北の方であったお方が、よりにもよって同じ後宮に入内するなどという事をなさったのでしょうか」――おそらく徽子は登子と同じ邸内に住んでいたであろう、里邸を「山」に譬《たと》え、「かかるわざせし」と、義母であった登子を強い口調で非難している。村上天皇の登子寵愛について『大鏡』には、「異女御・御息所、嫉み給ひしかども、かひなかりけり」と記されているが、複雑な立場にあった徽子も、その一人として数えられよう。「かつ見つつ影離れゆく……」「いかにして春の霞に……」、この二つの和歌に象徴されるように、内に秘めた徽子の激しい気性・強い個性は、六条御息所の嫉妬深い執着心、息苦しいまでの情愛深さに、そのまま重ね合わされる。深い教養をもちながら、激しい情念に悩まされる徽子女王の姿は、まさしく六条御息所を彷彿《ほうふつ》させるものがある。六条御息所が、その遺言において娘の前斎宮（＝秋好中宮）を光源氏が愛人として遇する事を禁じたのも、義理の関係とは言え母娘で、帝寵を受ける事となった徽子女王の抵抗感に通うところがあるかもしれない。

以上のように、**斎宮女御**、**徽子女王**は、明確な六条御息所のモデルとして「賢木」巻より前面的に打ち出されている。しかし「葵」巻頭でも、斎宮となった娘とともに伊勢に下向するか否か悩む六条御息所の思いが語られていた（79頁の本文引用、参照）。伊勢下向の構想が「葵」巻よりあったことは明らかである。また、野宮入りした当初、風情があり現代風な野宮に、朝夕、殿上人たちが好んで足を

運んだ（「葵」巻）とある。これは光源氏の野宮訪問の場面同様、野宮で催された先の十月二十七日庚申の夜の歌会等のイメージと重ね合わせている証左である。したがって「葵」巻においては、既に述べた②の中将御息所と同時に、徽子女王が六条御息所のモデルとして設定されていたこととなる。「葵」巻の段階において、中将御息所によって前坊の御息所という六条御息所像の背景が埋められると同時に、徽子という一人の史実上の女性としての実像が付与されたと言えよう。六条御息所は、未だ漠然としていた「夕顔」巻の段階を経て、中将御息所によって「前坊」の御息所という六条御息所像の背景が埋められ、徽子女王的キャラクターとして焦点が結ばれるというプロセスをたどっているのである。

V

朝顔斎院——連動するモデル

若き光源氏ゆかりの姫君として唐突に登場する朝顔斎院は、モデル・准拠論上においても、謎多きヒロインである。彼女は「式部卿の宮の姫君」（「帚木」巻）にして、賀茂斎院としては珍しい「孫王《そむわう》（＝帝の孫の女王）」（「賢木」巻）[1]であり、斎院退下《たいげ》後は「桃園の宮」という特定の邸宅に移り住んだ（「朝顔」巻）とある。しかし、このような明確、かつ特異な人物設定がなされながらも、そのモデルは特定し難く、未だ定説を得るには至っていない。

朝顔斎院のモデルが特定できない、その原因は明らかである。すなわち、〈式部卿宮の姫君〉〈孫王である斎院〉〈桃園の宮の住人〉という、これら三つの基本的設定から導き出される各モデルは一致せず、部分的なモデルは指摘しえても、総合的な一人（もしくは複数）の人物に収斂《しゅうれん》していないからである。

しかし、その解決の糸口は残されている。宮中出仕以前における作者紫式部周辺の系図・人間関係[2]から、改めて三つの設定を問い直し、そのモデルを探し出すことである。そこからは、具平親王ゆかりの代明親王（醍醐天皇第三皇子）の系譜が浮かび上がる。代明親王は、具平親王の祖父（母荘子女王の父宮）であり、後に述べるように、桃園邸に深くかかわる人物だからである。

1 式部卿宮（代明《よあきら》親王）の姫君（恵子女王）と女五の宮（婉子《えんし》内親王・恭子《きょうし》内親王姉妹）

「朝顔」巻は次のように、父式部卿宮の服喪《ふくも》により斎院を退下した朝顔が、故父宮邸の「桃園の宮」に移り住んだことから語り出される。

斎院は、御服にて、おりゐ給ひにきかし。……九月になりて、（光源氏は朝顔が）桃園の宮に渡り給ひぬるを聞きて、女五の宮の、そこに、おはすれば、そなたの御とぶらひに事づけて、まうで給ふ。……同じ寝殿の西東にぞ、住み給ひける。程もなく荒れにける心地して、あはれに気配しめやかなり。

（「朝顔」巻頭）

朝顔が桃園邸に移ったのを聞いて光源氏は、彼女のおばである女五の宮に会うことを口実に、その邸を訪れる。朝顔と女五の宮は同じ寝殿の西と東に分かれて住んでいた。式部卿宮没後、間もないにもかかわらず、邸内は荒廃したふうで、しめやかな哀愁の気配が漂っていたとある。

右の条によって、初めて朝顔の里邸は「桃園の宮」にあったことが明らかにされる。「桃園の宮」とは一条通りの北、大宮通りの西あたりにあった邸で、代々の親王や斎院の居所となったことが知られている。以下、**系図5**を参照しながら、この桃園邸ゆかりの人物を、紫式部の前半生を支配した勧修寺流（Ⅱの註17、197頁）の係累から探ってみると、二人の名前が浮かび上がる。一人は「桃園中納言」

と号した源保光《やすみつ》(3)（九二四～九九五）。彼は**代明親王**（九〇四～九三七）二男、母は三条右大臣藤原定方《さだかた》女で、中納言従二位、七十二歳という高齢で亡くなっている（紫式部、推定二十一歳時）。ちなみに孫の藤原行成《こうぜい》（九七二～一〇二七）は、保光より伝領した桃園邸（『日本紀略』(4)）に長保三年（一〇〇一）、世尊寺を建立した(5)。もう一人は保光の兄妹で、花山天皇の祖母、**恵子女王**（九二五？～九九二）である。彼女は、応和三年（九六三）に催された宰相中将伊尹《これまさ》君達春秋歌合において、「桃園の宮の御方」と呼ばれている(6)。この保光・恵子女王という二人の御子に桃園の名が冠せられていることからも、代明親王は「桃園の宮」邸の主と見なされている。すなわち、保光は代明親王から桃園邸を伝領したため「桃園中納言」と、恵子女王は代明親王の御子ゆえに「桃園の宮の御方」と、それぞれ称せられたと思われる。

【系図5】

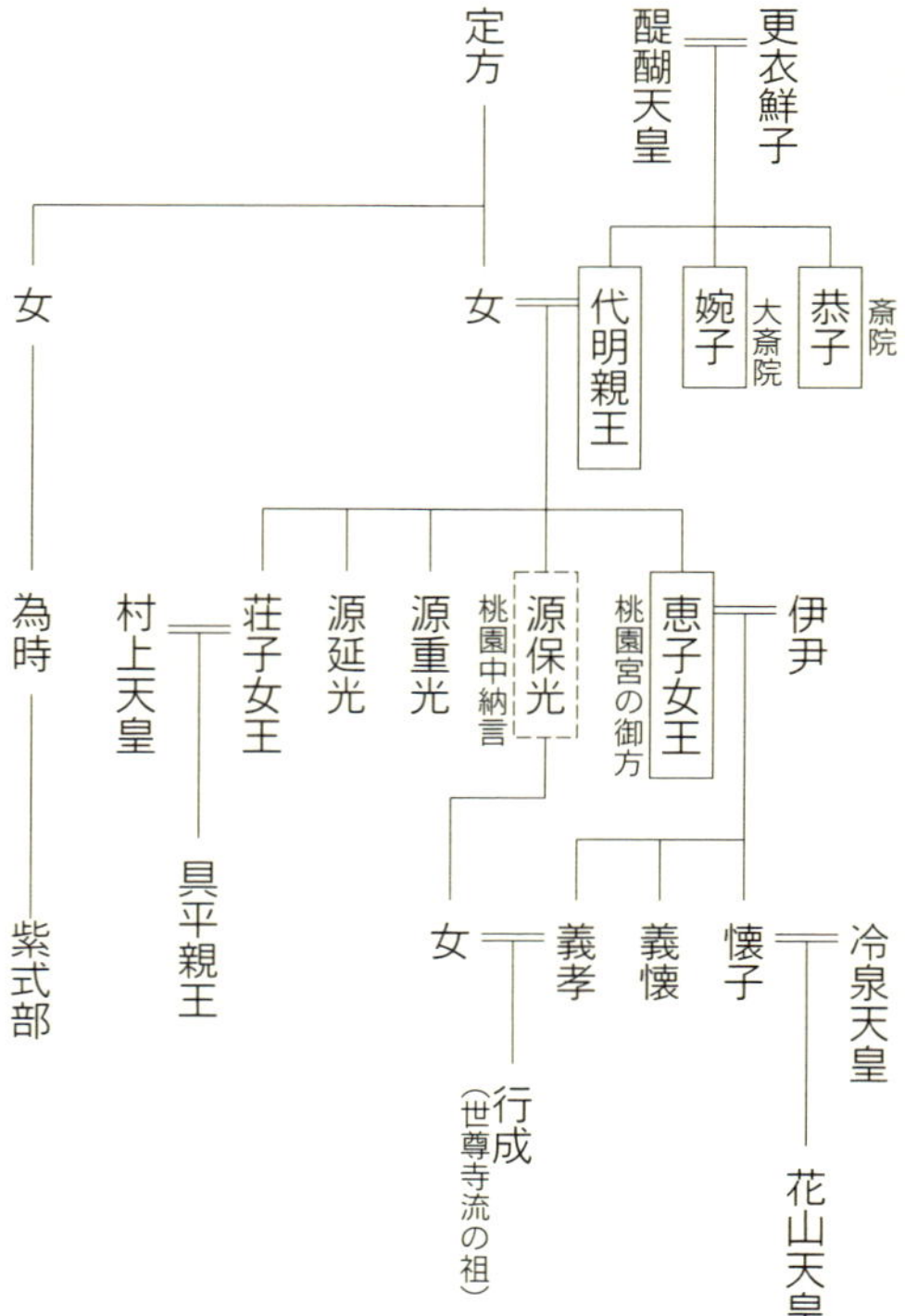

　定方女を正室にもつ代明親王は、勧修寺流繁栄の一翼を担う重要な人物である。その御子たちには、保光・恵子女王・荘子女王（具平親王母。九三〇～一〇〇八）兄妹以外にも、同母兄弟に源重光（九二三～九九八）・

延光（九二七〜九七六）がおり、それぞれ正三位・従三位となっている。この二人は保光を含め、後に〝延喜時之三光〟とも称された具平親王の伯父たち（『二中歴』）である。荘子女王とは幼少時、母定方女亡き後、父代明親王とともに、故定方邸に移り住み、代明親王が去った後も、そのままそこで養育された（『大和物語』）(7)という経緯もある。彼らは、親王の誕生時より、その成長を見守り続けたことであろう。特に保光は、この三兄弟の中でも具平親王との関係が深かったようだ。荘子女王は六歳年上の兄保光の邸宅で具平親王を出産している（Ⅰの註32、194頁）。

一方、恵子女王は、為時一家にとって保光以上に重要な存在であった。花山天皇東宮時代の読書始《ふみはじめ》の儀における副侍読、即位後の式部丞・蔵人という栄進に象徴されるように、為時が花山天皇の側近として抜擢《ばってき》されている。これは、花山天皇に対して母代わり的存在であった彼女の影響力の強さ(8)なくしては語れない。紫式部の祖母である定方女は、定方邸で育てられていた恵子女王の養育に携わったのであろう、姪の恵子女王の成人後、彼女に付き添い、伊尹家の女房として出仕したと伝えられている（Ⅰの註13、191頁）。また具平親王との関係からしても、恵子女王の比重は重い(9)。先の宰相中将伊尹君達春秋歌合で、恵子女王と春秋を競ったのは、具平親王の母荘子女王である。恵子女王の母親が誰か記されたものがないため、荘子女王と同母か確認できないものの、こうした荘子女王との良好な関係は二人が同母姉妹であったことを窺わせるに充分であろう。

代明親王の兄弟からは、賀茂斎院との繫《つな》がりも見いだされる。代明親王の同母姉、**恭子内親王**（九〇二〜九一五）は、延喜三年（九〇三）より十二年間、賀茂斎院を務めた。また同母妹、**婉子内親王**（九〇四〜九六九）は、承平元年（九三一）より三十五年間の長きにわたり賀茂斎院を務め、「大斎院」とも称されている（『左経記』等）。紀貫之かと思われる『拾遺和歌集』所収の歌の詞書には、「桃園に住み侍りける前斎院」とあり、婉子内親王がその斎院候補の一人に挙げられている。また、朝顔のように父宮の服喪により里邸に退下した斎院の例として、恭子内親王の名が見える（『賀茂斎院記』）。

以上のように、代明親王の系譜には、「朝顔」巻における朝顔・父式部卿宮・おば女五の宮の関係を彷彿《ほうふつ》させるものがある。代明親王は式部卿でなく中務卿であり、恵子女王に斎院経験はない。しかし代明親王は式部卿宮と同じく「桃園の宮」の主人と見なされる。恵子女王も朝顔同様、孫王で、「桃園の宮の御方」と呼ばれていた。また、おばの恭子内親王姉妹は斎院（婉子内親王は「大斎院」）である。朝顔における「桃園の宮」「斎院」「孫王」というキーワードは、代明親王の系譜から導き出されるイメージと、そのまま重ね合わされる。そこからは、**朝顔（恵子女王）、式部卿宮（代明親王）、女五の宮（「大斎院」婉子内親王・「斎院」恭子内親王姉妹）**という構図が浮かび上がるのである。代明親王は具平親王の母方の祖父であり、恵子女王との関係からしても、いかに為時一家にとって重きをおかれる存在であったかは既に述べた通りである。[10] 紫式部が「朝顔」巻頭を書き起こす際、准拠とした朝顔の原型が、そこに見いだされる。これまで式部卿宮を父にもつ以外、ほとんど語られることのなかった朝顔の背景の一端が、代明親王の系譜を介して明らかとなるのである。

2　式部卿宮の姫君から朝顔斎院へ

1で述べた通り、式部卿宮・朝顔の親子は、代明親王・恵子女王の親子関係に基づき創作されていた。それでは、「式部卿の宮の姫君」としか語られていない初出の「帚木」巻の段階において、朝顔は光源氏とどのような人間関係が想定されていたのであろうか。

そもそも帚木三帖は、寡居期（夫宣孝没後、彰子中宮出仕以前）、具平親王家周辺の人達という第一読者を前提に、具平親王を光源氏のモデルとして、紫式部自らも含めたその周辺の世界を発想の基盤として成立した物語である（I、参照）。そうした帚木三帖の性格を勘案するならば、朝顔の姫君の背景に、具平親王の母方の実家筋である代明親王家のイメージがあったのも納得できる。式部卿宮は当初、光源氏の母方の親戚筋（母方の祖父、または伯父？）として設定されていた可能性が高い。したがって「帚木」巻における光源氏と朝顔の姫君との関係は、甥と若い叔母、もしくは従兄弟同士といった近い間柄が想定される。こうした近しい間柄だったからこそ、朝の寝覚めの顔を想起させる朝顔の歌を光源氏が贈るといった状況（それは具平親王が桃園邸に宿泊したといった状況を想定か）が起こったのだろう。ちなみに、朝顔の着想には、方違えのために若き紫式部の里邸に宿泊した男（将来の夫、宣孝？）との謎めいた贈答歌（31頁）の影響が顕著である。物語の始発の段階では、モデルとして**光源氏（宣孝）・朝顔（紫式部）**も指摘しうる。

中務卿であった代明親王が式部卿に変えられた理由も、この帚木三帖世界の特質から導き出せる。帚木三帖は、現実世界を踏まえていても、その全てを踏襲しているわけではない。例えば、具平親王の父帝である村上天皇は、具平親王が四歳の折に崩御している。しかし物語中、青年光源氏はあくまで父帝の寵愛深い君である。当時、式部卿は皇族の長として重んじられていた。[11] 具平親王家を前提として発表された物語において、代明親王は皇族の長として格上げされたと言うべきである。

それでは、このようにして登場した朝顔に、本来、無関係であったはずの斎院という設定が付与されたのはなぜか。この謎を解く糸口は、朝顔初出の場面にある。〝雨夜の品定め〟の後、光源氏は方違え先の紀伊守邸で、偶然、空蟬付きの女房たちが自分の噂話をしているのを立ち聞きする。「秘密の通い所が知られていたか？」と一瞬ドキリとした光源氏ではあったが、その噂話が的外れであったためにホッと胸をなでおろし、その場を引き上げる。その際、女房たちの話題にのぼったのが、朝顔の姫君との交際であった。

式部卿の宮の姫君に朝顔、奉り給ひし歌などを、少し頬《ほほ》ゆがめて語るも聞こゆ。

〈式部卿宮の姫君に朝顔を差し上げなさった時の歌などを、少し事実を違えて語るのも聞こえる。〉

（「帚木」巻）

秘密の通い所の露見を恐れる光源氏の耳に入ってきたのは、案に相違して、式部卿宮の姫君に贈った歌に関するものであった。しかも、それも少し事実と違って語られていたとある。この時、光源氏が秘密の交際を暴かれたかと心配した女性こそ六条御息所である。(12) この時期、光源氏は六条御息所とのお忍びの交際に神経を尖らせていた。(13) 次々巻「夕顔」冒頭の「六条わたりの御忍び歩きの頃」という一見、唐突な六条御息所の紹介は、読者に暗示したこの高貴な愛人の存在（それは「帚木」巻頭より、ほのめかされていた）(14)に対する最も効果的な解答にほかならない。朝顔は当初より、光源氏の高貴な愛人候補として六条御息所と対照的に設定されているのであり、以下、朝顔の記述は、しばらく六条御息所とタイアップした形で登場するのも、(15)これゆえである。

「葵」巻頭では、伊勢斎宮に卜《ぼくじょう》定された娘と共に伊勢に下向するか否か悩む六条御息所の思いが語られている（81頁）。朝顔が「帚木」巻の次に言及されるのは「葵」巻(16)（「帚木」巻より七帖目）であり、次巻「賢木」において六条御息所は伊勢に下向し、朝顔は賀茂斎院となる。伊勢斎宮＝六条御息所親子、**賀茂斎院＝朝顔**という図式は、「葵」巻頭で新たに打ち出された六条御息所の伊勢斎宮構想に連動して生まれた可能性が高い。その際、朝顔のおば達が賀茂斎院であったことは、その図式化を一層容易にしたと言えよう。

右の結果を踏まえるならば、朝顔のモデルを求める際、重要な指針と見られた「孫王の居給ふ例、多くもあらざりけれど」(「賢木」巻)[17]は、過去の歴史的事例を念頭に入れたというより、結果的にそうなったと言うべきである。すなわち「孫王の居給ふ(斎院の)例」の准拠に基づいて、朝顔斎院が造型されたのではなく、「帚木」巻における「式部卿の宮の姫君」という設定に、牽引《けんいん》された結果と見なすべきである。式部卿宮から朝顔の父宮のモデルを求めると同様に、孫王である斎院から朝顔のモデルを求めることの不毛性は、ここにおいて確認される。

このように本来、斎院とは無関係であったはずの朝顔に、その設定が付与されたのは、朝顔の初出が、光源氏の高貴な愛人候補として六条御息所とタイアップした形で語られていたからにほかならない。朝顔が斎院となることによって、恵子女王のおば達(斎院となった恭子内親王・婉子内親王姉妹)の存在感が増すこととなる。朝顔斎院は、「帚木」巻における点描に始まり、六条御息所の存在に牽引されながら、やがて「朝顔」巻のヒロインとして、確固たる位置を占めるに至る稀有《けう》な女君なのである。[18]

Ⅵ

玉鬘——変容するモデル

玉鬘十帖の中心的ヒロイン玉鬘は、都から遠く離れた九州の地で育ち、帰京後、光源氏によって六条院の女君として華々しく迎え入れられる女君である。母夕顔失跡（帚木三帖最終巻「夕顔」）以後、幼い玉鬘が乳母一家に伴われて筑紫に下向するに至る事情は、玉鬘十帖第一巻「玉鬘」巻頭近くから早々に語られている。筑紫下向――ヒロインとしての玉鬘の登場は、まさに、ここから始まっていると言ってよかろう。

その着想的モデルとして挙げられるのが、紫式部の青春時代、姉君と慕った最愛の友「筑紫へ行く人の女《むすめ》」（『紫式部集』）である。「夕顔」巻で紹介された夕顔の遺児「撫子《なでしこ》」（Iの2、参照）から、筑紫に下向したヒロインへの転換は、彼女の存在なくしては語れまい。しかし、この「撫子」から「玉鬘」への変容は、「筑紫へ行く人の女」が直接、関わっているのではない。「筑紫へ行く人の女」の影響下で登場する、若き日の光源氏ゆかりの女性「筑紫の五節《ごせち》」を介してである。

このようにヒロイン玉鬘は、撫子（具平親王御落胤、藤原頼成）→筑紫へ行く人の女（紫式部の女友達）→筑紫の五節→玉鬘という過程を経て誕生する。以下、その詳細を述べてみたい。

1　筑紫《つくし》の五節《ごせち》（筑紫へ行く人の女《むすめ》）

筑紫の五節の初出は、次の光源氏の回想においてである。

「かやうの際《きは》に、筑紫の五節が、らうたげなりしはや」と、まづ思し出づ。（「花散里」巻）

〈「このような身分（の女性）では、筑紫の五節の舞姫が可愛かったことだな」と、まず思い出しなさる。〉

須磨流謫《るたく》直前の煩悶《はんもん》尽きぬ頃、光源氏は花散里を訪れる途中、一度通った覚えのある中流階級の女の邸宅前に至り、消息を伝えるが、女は誰と分からぬ体《てい》を装う。そのようなつれない女の態度を見るにつけ、光源氏の脳裏に浮かんだのが、可愛らしい筑紫の五節のことであった。五節とは「五節（大嘗会・新嘗会で催される女楽）」の舞姫の意で、かつて五節の舞姫として宮中で舞ったことから、その名がつけられたのであろう。彼女について次に語られるのは、次巻「須磨」である。筑紫の五節一家は九州から上京の途上、須磨の浦で光源氏に消息する。その場面からは、彼女が大宰大弐《だざいのだいに》となった父親に付き従って筑紫に下向していたこと、彼女の一家が光源氏の特別な恩顧を賜っていたことが知られる。筑紫の五節にとって光源氏は、主君筋に当たる憧れの君であり、その交流も二人だけの秘め事であったらしい(1)。

この筑紫の五節の着想的モデルとして挙げられるのが、『紫式部集』に記されている、紫式部が姉君と慕った女友達、**筑紫へ行く人の女**（?～九七三頃）である。

姉なりし人、亡くなり、また、人の妹《おとと》、失ひたるが、かたみに（＝互いに）行き会ひて、「亡きが代はりに思ひ交はさむ」と言ひけり。文の上に、姉君と書き、中の君と書き通はしけるが、おのがじし（＝それぞれ）遠き所へ行き別るるに、よそながら別れ惜しみて

15　北へ行く　雁の翼に　言伝《ことづて》よ　雲の上書《うはがき》　書き絶えずして

返しは、西の海の人なり

16　行きめぐり　誰《たれ》も都に　かへる山　いつはたと聞く　程の遥けさ

津の国と言ふ所より、おこせたりける

17　難波潟《なにはがた》　群れたる鳥の　もろともに　立ち居るものと　思はましかば

返し

（この返歌は諸伝本、いずれも欠落し、今日には伝わっていない）

筑紫に肥前と言ふ所より、文おこせたるを、いと遥かなる所にて見けり。その返りごとに

18　あひ見むと　思ふ心は　松浦《まつら》なる　鏡の神や　空に見るらむ

返し、またの年、もて来たり

19　行きめぐり　逢ふを松浦の　鏡には　誰をかけつつ　祈るとか知る

（『紫式部集』）

筑紫に旅立っていった人は、紫式部が実姉亡き後、姉と慕った女性で、その女性も妹を亡くし、紫式部を妹のように思い、互いに手紙の中にも「姉君」「中の君」と呼び合う間柄であった。右の一連の贈答歌は、「姉君」が西国下向、紫式部も越前下向が決まって、それぞれ都を離れることとなった

時や旅の途中、そして到着後において交わした歌である。紫式部は九州に下る彼女に便りを絶やさぬように頼み（15）、その返歌は越前国府に至る手前の歌枕「鹿蒜山《かへる》」「五幡《いつはた》」を詠み込んで、互いの距離の隔たりを思い、都で再会する日がいつのことになるやらと嘆いている（16）。そして難波に群れている鳥を見ては、離れ離れになった自分たちの境遇を改めて思う（17）。さらに二人の文通は続く。九州の肥前国からの便りを越前国で受け取った紫式部は、肥前国松浦（現在の佐賀県唐津市）にある鏡神社に事寄せて、越前の空を眺めては遥か遠くの友を思いやる心情を告げ（18）、「姉君」はその鏡神社に二人の再会を祈願して止まないと返歌している（19）。

紫式部の姉が亡くなった時期は不明であるが、この姉の死去が紫式部にいかに大きな衝撃を与えたかは想像に難くない。母の面影を知らずにして育った紫式部にとって、常に身近な姉の存在は大きな精神的支柱であったはずである。そうした癒し難い喪失感を、偶然ながら同じく姉妹を亡くした筑紫ゆかりの女友達との交流の深まりを通して、かろうじて和らげていたに違いない。

しかし、この姉と慕った無二の親友との交友の結末は、悲しいものであった。

遠き所へ行きにし人の、亡くなりにけるを、親、はらからなど帰り来て、悲しき事、言ひたるに

39　いづかたの　雲路と聞かば　尋ねまし　列《つら》離れけむ　雁が行方を

紫式部が一足先に帰京した後のこと、ようやく肥前国での友の父親の任期が終わり、その一家は帰京する。だが、待ち望んでいた彼女はそこにはいなかった。「親、はらからなど帰り来て、悲しき事、言ひたるに」とあるから、おそらく親か兄弟かが帰京早々、何か友の遺品を渡すべく、紫式部のもと

を訪れたのではなかろうか。もしくは紫式部が亡き友をしのぶべく、矢も楯もたまらず、彼女の里邸を訪れたのであろう。そこで耳にした「悲しき事」——それは憶測するしかないが、死ぬ間際まで紫式部のことを口にしていたといった、胸を打つ内容であったに違いない。紫式部との再会を何より楽しみにしつつ、はかなく旅路で死んでいった女友達。紫式部はその無念さを「いづかたの……」の歌に込めた。かつて西の筑紫の方角の空をながめては再会を夢見た彼女は、その遠い西国の果てよりもなお遠い、紫式部にとって手の届かぬ所に旅立って行ったのである。

筑紫という地名、九州から上京の途上での再会——筑紫の五節の発想は、この筑紫ゆかりの女性なくしてはあり得ない。二人が交わした熱い友情を思うとき、改めて**筑紫の五節（筑紫へ行く人の女）**が確認されるのである。

2　玉鬘（筑紫へ行く人の女）

1で述べた紫式部と筑紫へ行く人の女との熱い友情の痕跡は、「玉鬘」巻にも残されている。玉鬘は母夕顔亡き後、幼い頃、乳母に伴われて筑紫へ下り、美しい女君に成長するが、移り住んだその地は女友達が赴いた、かの肥前国である。先の女友達との最後の贈答歌（『紫式部集』18・19番、100頁）にその名が見える肥前国松浦の鏡神社は、玉鬘の噂を聞き付けて肥後国の豪族大夫《たいふ》の監《げん》が強引に求婚する際、乳母と交わした次の贈答歌に詠み込まれている。

・君にもし　心違《たが》はば　松浦なる　鏡の神を　かけて誓はむ　（大夫の監）

・年を経て　祈る心の　違ひなば　鏡の神を　つらしとや見む（玉鬘の乳母）

（「玉鬘」巻）

また、玉鬘一行の帰京に伴う乳母子姉妹（姉おもと・兵部の君）の別れの場面は、女友達との悲しい結末と重ね合わされるものがある。

姉おもとは、類多くて、え出で立たず。かたみに別れ惜しみて、あひ見む事の難きを思ふに、年へぬる古里とて、殊に見捨て難き事もなし。ただ、松浦の宮の御前の渚と、かの姉おもとの別るるをなむ、かへり見せられて、悲しかりける。

浮島を　漕ぎ離れても　行く方や　いづこ泊りと　知らずもあるかな

行く先も　見えぬ波路に　船出して　風に任する　身こそ浮きたれ

（同巻）

姉おもとは係累が多くなって帰京できず、姉妹は互いに別れを惜しむ。再び会いまみえることの困難さを思うと、妹は長年過ごしてきた、この地を去ることには何ら感慨はないものの、傍線部「松浦の宮（＝鏡神社）の御前の渚」と姉との別れが、つい顧みざるをえないほど悲しく思われたとある。

これらの点描に象徴されるように、「かの若君（＝玉鬘）の四つになる年ぞ、筑紫へは行きける」（「玉鬘」巻）という設定が、筑紫へ行く人の女との友情によることは、明らかである。筑紫の五節同様、着想的モデルとして**玉鬘（筑紫へ行く人の女）**が認められるのである。しかし、筑紫の五節と玉鬘の関係は、併存ではない。**3**で述べるとおり、筑紫の五節の退場を前提としている。

3　筑紫の五節から玉鬘へ

須磨の浦での偶然の再会の後、筑紫の五節は、幼さを残した乙女の面影を消して光源氏の目の前に現れる。召喚《しょうかん》の宣旨《せんじ》が下されて上京した光源氏に、彼女は須磨の場合と同様、密かに和歌を送り、その筆跡に対して「こよなく勝りにけり（＝格段に上達した）」という光源氏の感想を抱かせている（「明石」巻末）。

この一人の女性として成長した筑紫の五節に対して、やがて光源氏は彼女の望むべき居場所を提供しようとする。光源氏帰京の翌年、久々に花散里のもとを訪れた際、この顧みることの少ない女君を慰めるにつけても、思い起こされるのは、次にあるように、筑紫の五節のことであった。

かやうのついでにも、かの五節を思し忘れず、「また見てしがな」と心に懸け給へれど、いと、かたき事にて、え紛れ給はず。女、物思ひ絶えぬを、親は、よろづに思ひ言ふ事もあれど、世に経む事を思ひ絶えたり。（「澪標」巻）

光源氏にしても筑紫の五節のことは気に掛けていながらも、身分の高くなった今となっては、以前のような人目を忍んだ逢瀬はままならない。一方、筑紫の五節は光源氏への思いを断ち切れず、親があれこれ縁談をもちかけることがあっても、耳を傾けようとせず、世間並みの結婚はすっかり諦めていたとある。筑紫の五節に対して傍線部のように「女」という表現がなされているのは、適齢期を迎えた彼女の現在を象徴している。たとえお忍びでも光源氏の訪れをひたすら待つ恋に、自らの人生を賭けたと言えよう。そして、光源氏の訪れがなくとも、他の男性との結婚はするまいと自らの態度を決したのである。

こうした、出会った時のままの一途な筑紫の五節の思いを受け止めるかのように、光源氏は彼女を自邸に迎える準備をしていた。右の引用に続いて、それは次のように語られている。

「心安き殿造りしては、かやうの人、集へて、もし思ふさまに、かしづき給ふべき人も、出でものし給はば、さる人の後見にも」と（光源氏は）思す。かの院（＝二条東院）の造りざま、なかなか見所多く、今めいたり。よしある受領などを選りて、あてあてに催し給ふ。（同巻）

光源氏は、造営中の二条東院の一郭に、筑紫の五節のような、かつて縁を結び、かつ将来を共にすることを期待する女性たちを集めることを計画した。(2) そして、もし紫の上との間などに子供でも生まれたならば、彼女たちにその後見をさせる心積もりもしていた。二条東院とは桐壺院御処分の邸で、光源氏の里邸二条院の東に位置しており、現在、大々的に造営中であったとある。筑紫の五節は、その二条東院の住人の一人として光源氏の生活空間の圏内で暮らす権利が与えられたのみならず、波線部「思ふさまに、かしづき給ふべき人」の世話人としての将来をも開かれようとしていたのである。

しかし、意外にも以後、この二条東院入りが実現した形跡は見られない。二条東院の完成後も、筑紫の五節についての記述はなく、この後に彼女について語られるのは、その完成より三年も経た「乙女」巻における、これまでと変わらぬ二人の距離を窺わせる次の叙述である。

殿（＝光源氏）、参り給ひて、御覧ずるに、昔、御目とまり給ひし乙女の姿を思し出づ。辰の日の暮れつ方、つかはす。御文のうち、思ひやるべし。

乙女子も　神さびぬらむ　天つ袖　ふるき世の友　齢経《よはひ》ぬれば

年月の積もりを数へて、うち思しけるままのあはれを、え忍び給はぬばかりの、（光源氏からの手紙を）をかしう思ゆるも、はかなしや。

かけて言へば　今日の事とぞ　思ほゆる　日陰の霜の　袖にとけしも

青摺の紙、よく取りあへて、紛らはし書いたる濃墨・薄墨、草がちに、うち交ぜ乱れたるも、「人の程につけては、をかし」と御覧ず。

（「乙女」巻）

五節の舞を見るにつけて、光源氏はかつて目に留まった筑紫の五節の舞姿を思い起こし、彼女のもとに和歌を添えた手紙を送る。歳月の隔たりを思って、ふと催されたままの感慨を禁じえずに出しただけの、この光源氏の便りにも、筑紫の五節は胸をときめかしたとある。こうした筑紫の五節の反応に対して評された傍線部の「はかなしや」という言葉には、彼女が光源氏のもとに引き取られることのなかった事実が読み取れよう。筑紫の五節の思いが遂げられることはなかったのである。(3)

このように筑紫の五節は、これまでの断片的な登場の仕方から、彼女の成長に伴い、二条東院造営を契機に、一旦は光源氏の生活圏に組み込まれる女君として、その活躍が期待できる状況にまで至った。しかし、それは実現されることなく、やがて光源氏の回想の中に押し込められて物語世界から消えていくのである。この不可解な結末には、二条東院構想から六条院構想への転換、それに連動して再登場を促された玉鬘の存在が隠されている。

そもそも、二条東院造営の目的は、花散里に代表される顧みられることの少ない女性たちを住まわせる邸宅造りであるほかに、明石の君の処遇の問題が絡められていた。将来の布石として重要な明石の姫君の生母である明石の君を、そのまま明石にとどめておくことはできない。その受け入れ先として準備されたのが二条東院であった。[4] しかし、「松風」巻の段階に至って、明石の君は二条東院の入居者が花散里といった光源氏の寵愛の薄い女君たちであるのを憂慮し、この二条東院入りを拒否する。[5] それは「澪標」巻において示された二条東院に明石の君を迎えるという光源氏の計画が、そのまま実行され難い状況になったことを意味する。この状況を打破するのが、六条院の完成である。六条院は本邸としての二条院と別邸的な役割を担う二条東院との区別を解消し、正妻に準ずる妻の座の保障を求める明石の君の要求を満たしている。結局、明石の君の落ち着き先はこの六条院となり、二条東院造営の本来の目的のひとつは失われるに至るのである。

「思ふさまに、かしづき給ふべき人」の世話人を二条東院の住人として予定されていた筑紫の五節に託すという当初の計画は、二条院に紫の上・秋好中宮がおり、隣接する二条東院には明石の君がいるという状況の中でこそ可能となる。それが六条院において光源氏の主要な女君たちが一堂に会するという状況に至っては、地理的にも二条東院の住人に「思ふさまに、かしづき給ふべき人」の世話人を任せることはできない。しかも、顧みられることの少ない女性たちを住まわせるという二条東院造営当初の目的はそのまま残されており、筑紫の五節を六条院に迎える必要性はない。「思ふさまに、かしづき給ふべき人」の世話人としての役目は、必然的に六条院の住人たりえない筑紫の五節が担うことは適わず、二条東院から夏の御方として六条院に移り住んだ花散里に譲られることとなるのである。[6]

筑紫の五節に一旦、与えられたはずの「思ふさまに、かしづき給ふべき人」の世話人としての役割は、このように、「澪標」巻以後の巻々の新たな展開に伴って解消されるに至る。結果的に、筑紫の五節が「思ふさまに、かしづき給ふべき人」の世話人となりえなかったことで、物語における彼女の存在意義も薄くなったと言えよう。

ところで、この「思ふさまに、かしづき給ふべき人」は誰であるのか。文脈上、紫の上などとの間に生まれるかもしれない御子とするのが自然である(7)。しかし光源氏の御子を三人とする宿曜の予言(8)は、既に同じ「澪標」巻において示されており、物語の構想上、光源氏の新たな御子の誕生はありえない。したがって、この「思ふさまに、かしづき給ふべき人」は、紫の上などの御子を意味しながら、その登場が実際にあるとするならば、養女ということにならざるをえない。それでは、この時点でそのような可能性がある人物は誰か。ここで想起されるのが、夕顔の遺児「撫子」である(9)。

彼女を養女とする構想の端緒は、既に「夕顔」巻において窺われる。光源氏は夕顔亡き後、かつて耳にしていた頭中将との間に生まれた幼女撫子の近況を、夕顔の乳母子である右近から聞き出し、次のように彼女に語りかける。

「さて、いづこにぞ。人に、さとは知らせで、我に得させよ。『あとはかなく、いみじ』と思ふ御かたみに、いと、うれしかるべくなむ」と宣ふ。……(右近は)「さらば、いと、うれしくなむ侍るべき。かの西の京にて生ひ出で給はむは、心苦しくなむ。『はかばかしく、あつかふ人なし』とて、かしこになむ」と聞こゆ。(「夕顔」巻)

光源氏は、遺児の所在を問い、夕顔の形見として、密かにその子を引き取りたいと強く願った。右近は、しっかりとした後見人がいないこともあり、この提案を素直に喜び、傍線部にあるように遺児が西の京にいることを告げている。西の京に遺児がいたのは、乳母の住まいがそこにあったからである。夕顔は頭中将の正妻である右大臣の姫君方の目から逃れ、そこに幼女を伴って一旦、身を潜めていた。母夕顔失踪後も幼女は、そのままその乳母のもとで育てられていたのである。(10) これ以後の彼女の消息は一括して「玉鬘」巻で語られるが、「澪標」巻の時点で玉鬘は十五歳と推定され、(11) まさに「思ふさまに、かしづき給ふべき人」の候補にふさわしい結婚適齢期に達している。(12)

このように、筑紫の五節による後見が予定されていた「思ふさまに、かしづき給ふべき人」は、玉鬘と見なして間違いあるまい。それでは、この「夕顔」巻の時点で、果たして玉鬘の筑紫下向の構想はあったか。この点に関して興味深いのは「夕顔」巻と「玉鬘」巻に見いだされる人物設定上の微妙なズレである。(13)「夕顔」巻では夕顔の乳母には三人の娘がいると明記されており、その下の二人のうち、少なくとも一人は宮仕えをしていた。(14) ところが、「玉鬘」巻において筑紫に下向する姉妹像からは、宮仕え人としての物慣れた雰囲気は窺えない。(15) 2で述べたように、彼女たちの場面は、『紫式部集』から窺われる女友達との交流の体験（100頁）を踏まえて描かれている。また「玉鬘」巻で登場する乳母の三人の息子たちについて「夕顔」巻では全く触れられていない等、乳母の六人兄妹たちについては、玉鬘の筑紫下向の構想に伴って、その性格や状況が変容されたり、新たに登場が要請されたりした観がある。(16) こうした「夕顔」「玉鬘」両巻のあり方からすると、少なくとも「夕顔」巻の段階において玉鬘の筑紫下向は、未だ構想されていない。

それでは玉鬘筑紫下向の着想は、どの時点で生まれたのか。ここで着目すべきは筑紫の五節の存在である。筑紫の五節は物語から姿を消していくが、彼女に与えられたはずの養女の世話人としての役割は、そのまま花散里に譲られ、玉鬘本人は「澪標」巻で予告された通り、養女として物語に登場することとなる。しかも筑紫ゆかりの女君としての新たな登場である。玉鬘が筑紫の五節の養女として設定された「澪標」巻の時点、もしくはそれ以降において、筑紫下向の構想のヒントが生まれたと推定されよう。ただし、「澪標」巻においては「思ふさまに、かしづき給ふべき人」を通して玉鬘の存在を匂わすに止どまることから、この段階で玉鬘の筑紫下向が構想されていたとするには根拠が弱い。玉鬘はわびしい西の京（都の東側半分の東の京に住居が集中して、反対側の西の京では一般的にまばらとなっていたのは、よく知られているところである）で、ひっそりと成長しており、それを光源氏が二条東院に迎え入れ、筑紫の五節に後見をさせる――これが当初の構想であった可能性が高い。そして、筑紫の五節が物語から消え去ることが決定的となったことにより、玉鬘筑紫下向の構想が実現される経緯をたどったのである。

以上のように、二条東院構想から六条院構想への転換に伴い、筑紫の五節の退場と引き替えに、筑紫ゆかりの新たなヒロインとして玉鬘は登場した。紫式部の青春時代の原体験「筑紫へ行く人の女」との友情は、薄幸の女君筑紫の五節から、『源氏物語』を代表するヒロイン玉鬘へと変容しつつ、両者に美しく投影されているのである。

Ⅶ

薫と匂宮

——成長するモデル

Ⅰで述べた帚木三帖における光源氏（具平親王）、Ⅱの「桐壺」巻における光る君（敦康親王）、そしてⅢの「若紫」巻における光源氏（一条天皇）と若紫（彰子中宮）等――このように、これまで物語の始まり、そして大きな転換点を迎えるときには、必ずと言ってよいほど、主人公のモデルが存在した。それでは「光、隠れ給ひにし後」（「匂宮」巻頭）、光源氏の次代を担う男主人公、薫と匂宮においては、どうであろうか。

「匂ふ兵部卿、薫る中将」と並び称される、この二人の具体的なモデルについて論じられることは、稀であったように思われる。しかし、そのモデルを特定する糸口は、巻々の発表時期に隠されている。すなわち、「匂宮」巻発表と推定される長和元年（一〇一二）正月、道長の三男である藤原顕信が突然、出家している。また、「横笛」巻（「匂宮」巻の五帖前）には幼い三歳の匂宮（三の宮）が登場するが、この巻の発表推定時期は、一条天皇第三皇子である敦良親王三歳時にあたる。こうした一致からは、二人のモデル候補として藤原顕信と敦良親王が浮上する。

以下、その詳細について、二人の幼少時代の点描を踏まえつつ、如何にして成長した男主人公として新たに登場するに至ったか、述べてみたい。

1　薫（藤原顕信《あきのぶ》）

「薫る中将」の特徴と言えば、その名の通り〈香しい体臭〉、そして出生の秘密絡《がら》みの〈道心〉である。その体内から発する芳香については、次のようにある。

香のかうばしさぞ、この世の匂ひならず、怪しきまで、うちふるまひ給へる辺り、遠く隔たる程の追風も、まことに百歩《ひやくぶ》のほかも、薫りぬべき心地しける。（「匂宮」巻）

医学的に人は本来、中性、もしくは弱酸性の汗であるが、弱アルカリ性に傾く時、わずかながら芳香にも似た異臭を発することがあるという。しかし、追風に乗れば百歩先までも香りそうな程の体臭は、当然ながら、あり得ない。遠くまで匂う「百歩の方」の薫物（「梅枝」巻）にも比される、この体臭の発想は、仏典に記されている仏の随形好《ずいぎょうごう》（仏菩薩の身に備わっている優れた形相）に由来する。聖徳太子も誕生時、芳香を放ったと伝えられている（『聖徳太子伝略』[1]）。

仏道に抜きん出た者だけに与えられる、この超人的特性――これが薫に付与されたのは、物語を牽引する主人公としてのカリスマ性を増す意図からにほかならない。その着想の経緯は、誕生後、初めて薫の姿が語られる五十日《いか》の賀の頃の、「柏木」巻における次の描写から窺われる。

この君（＝薫）、五十日の程になり給ひて、いと、白う、うつくしう、程よりは、およずけて、

物語などし給ふ。……いと、あてなるに添へて、愛敬づき、まみの薫りて、笑《ゑ》がちなるなどを、
（光源氏は）「いと、あはれ」と見給ふ。思ひなしにや、なほ、（柏木に）いと、よう覚えたりかし。
ただ今ながら、眼《なまこ》ゐの、のどかに、恥づかしきさまも、やう離れて、薫り、をかしき顔ざまなり。

（「柏木」巻）

また、薫について右に続く描写となる、翌年、よちよち歩きをするようになった頃の次巻「横笛」でも、左記のようにある。

口つき、うつくしう匂ひ、まみ、のびやかに、恥づかしう、薫りたるなどは、なほ、（柏木を）いと、よく思ひ出でらるれど、……。

（「横笛」巻）

このように、薫の初出とも言うべき赤子・幼児期の時点で、既に「薫る」が意識的に使用されている。すなわち、「まみの薫りて（＝目もとが、つやつやとして）」「（眼差しが、ゆったりとした感じで、気後れするほど素晴らしい様子も、普通の子とは違い）薫り、をかしき顔ざま（＝つややかで美しい顔だち）」、そして「まみ、のびやかに、恥づかしう、薫りたる」（＝目もとが長く伸びた風で、気後れするほど素晴らしく、つやつやとしている）」とある。

もっとも、この段階では、幼い薫の「まみ」「眼ゐ」の特徴としての「薫る」であり、あくまで視覚的なつややかさ・匂い立つような美しさを意味する。したがって、成人後の嗅覚的な香しさを意味する「薫る」とは異なる。しかし、これを単なる偶然とすることはできまい。おそらく、紫式部は新たな物語を創作するに当たって、そのヒントを探るべく、次なる主人公として見定めていた薫の書か

れている箇所を、読み返したのであろう。そして、この登場場面で多用されていた「薫る」に着目して、視覚的「薫る」から嗅覚的「薫る」の転用を思いついた。すなわち、道心深き人物を象徴する外見上の特性として、香しい体臭をもつ〈薫〉像を着想したと思われる。

それでは、薫のもう一つの特徴である〈道心〉についてはどうか。ここで着目されるのが、**藤原顕信**(九九四〜一〇二七)である。顕信は道長の次妻格の源明子腹で、同腹の兄弟には、頼宗《よりむね》(九九三〜一〇六五)・能信《よしのぶ》(九九五〜一〇六五)・長家《ながいえ》(一〇〇五〜一〇六四)等がおり、異母兄弟(倫子腹)に頼通《よりみち》(九九二〜一〇七四)・教通《のりみち》(九九六〜一〇七五)・彰子・妍子等がいた。この道長の三男、顕信が最も世間の注目を浴びたのは、長和元年(一〇一二)に起こした出家の一件である。その年の正月十六日暁、顕信は〝皮《かわ》の聖《ひじり》〟行円上人により剃髪。同日、比叡山に登り、東塔の無動寺に入った。時に十九歳であった。(2) この突然の出家の報に、父道長は「かねてからの志があってした事であろう。今となっては、何と言おうと無駄だ」(「本意《ほい》有ル所為にこそあらめ、今、云ヒテ益無シ」(『御堂関白記』))と無念さを滲《にじ》ませている。(3)

この若きエリートの出家の動機は不明ながら、そうした予兆ともとれる不審な記録が残されている。すなわち、出家のわずか一ヵ月前の事。「顕信を蔵人頭に」という三条天皇の度々の仰事《おおせごと》にもかかわらず、道長は「衆人の非難を避けるために固辞」し、愛息を「その職に足らざる者」とも評している(『権記』寛弘八年十二月十九日の条)。(4) 道長が、ここまで断定的な言い方をする以上、まともな職務遂行の意思を顕信が持ち合わせていなかった等、それ相応の理由があったはずである。道長の逆鱗《げきりん》に触れる不祥事を起こした可能性も高い。(5)

「匂宮」巻の発表は、一条天皇崩御の翌年(一〇一二)春(正月?)と推定される(2、参照)。これは、まさに顕信が出家した時期に当たる。出家を匂わすような顕信の不審な行動が彰子中宮サロンで広まっており、紫式部の耳に届いて、〈道心〉深き薫の着想を得たのではなかったか。その場合、その執筆

（または発表）後、顕信出家の報が届いたことになる。もしくは、この出家の報が薫の着想になった可能性も否定できない。いずれにせよ、顕信出家と「匂宮」巻執筆は無関係とは考えがたい。物語の終盤近く「十九になり給ふ年、三位の宰相にて」（「匂宮」巻）とある**薫の年齢が**(6)、**顕信出家の年齢と一致する**のは、その証左である。また、後巻「夢浮橋」が「山（＝比叡山）におはして、例、せさせ給ふやうに、（薫は）経・仏など、供養ぜさせ給ふ」と語り出されるのも、顕信と比叡山の不可分な関係を意識してのものと思われる。顕信出家から三ヵ月後の五月二十三日、先月の四月五日に引き続いて道長も比叡山に登り、受戒の儀に参列している（『御堂関白記』）。

光源氏の死を告げる「匂宮」巻頭「光、隠れ給ひにし後……」(7)には、一条天皇崩御の意味が込められている（Ⅷの6、参照）。光源氏を継ぐ方々はいないと断言しながら、その冒頭は、偉大なる一条天皇時代の終焉を告げると同時に、一条天皇後の次代の幕開けの宣言でもある。そうした中で紹介される二人の主人公、薫・匂宮にも、モデルがいたとするのが自然であろう。薫は次のように、〈道心〉のルーツともなっている深い悩みを抱えていた。

幼き心地に、ほの聞き給ひし事の、折々、いぶかしう、おぼつかなく思ひわたれど、問ふべき人もなし。……事に触れて、我が身に恙《つつが》ある心地するも、ただならず、もの嘆かしくのみ、思ひめぐらしつつ……。（「匂宮」巻）

幼少の頃より抱き続けていた自己の出生に対する懐疑の念は、その解明への強い願望を募らせるとともに、「我が身に恙ある心地する」〈我が身に不調がある気がする〉といった状態に至るまで薫の心を蝕《むしば》んでいたとある。顕信出家の理由が何であったにせよ、出家に至る間接的な一因として、正妻倫子腹ではなく、明子腹であったことに対する劣等感が挙げられよう。すなわち、顕信も道長三男という将来を嘱望《しょくぼう》される立場にありながら、その心の奥底で自らの栄達《えいたつ》に対する根深い不安を抱えていたことが推察される。そうした悲観的人生観は仏道への傾斜を促す積極的な要因となり得る。この深層心理的次元における漠然とした、しかし根拠ある不安は、同じく将来を嘱望されながら、自らの存在の影に怯《おび》える薫に相通ずるところがある。

この顕信が抱いていたであろう不安・劣等感は、ある意味、的中した。同腹の兄弟たちの人生が、それを物語っている。すなわち、兄頼宗は従一位・右大臣にまで昇りつめるが、倫子腹である年下の頼通・教通兄弟には、終生、昇進を先んじられ、時にそうした不満の感情を露わにすることもあったという。弟能信は正二位・権大納言に止どまり、同じく頼通との確執が伝えられ、父道長亡き後に至っては、両者の確執は一層、表面化した。九つ下の弟長家は、順調な昇進を遂げ、十七歳で非参議、やがて正二位・権大納言となった。しかし歌才に秀で、必ずしも政治的才能には恵まれなかった彼が、そうした比較的順調な人生を歩み得たのも、実母明子生存中に倫子の養子となったことが大きく関わってのことである。(8)

このように、顕信は〈道心〉のみならず、その内面性においても、薫と似通う。少なくとも紫式部は、そのように理解した。「匂宮」巻発表推定時期と顕信出家の時期との合致に加えて、十九歳という年齢の一致や、後巻「夢浮橋」冒頭「山におはして……」の描かれ方、そして〈道心〉に結びつく自己存在に関わる暗い内面性という共通性から、モデルとして**薫（道長三男、明子腹の顕信）**が浮かび上がるのである。光源氏の直系である匂宮に比べて、薫は不義の御子として一段、格下に設定されている。そうした薫のモデルとして顕信が想起されることも、彰子中宮サロンにおいては、倫子腹ならぬ明子腹ゆえに、何ら抵抗なく受け止められたはずである。「匂宮」巻執筆が顕信出家の前か後かは微妙なところであるが、この巻が「正月」十八日（賭弓《のりゆみ》の還饗《かえりあるじ》）で閉じられていること(9)を重視するならば、これまでの推定通り、出家前である可能性が強い。そうであったならば、あたかも、その出家を予言したような結果となり、『源氏物語』作者としての紫式部のカリスマ性を、いやが上にも高めたことであろう。

2　匂宮（敦良《あつなが》親王）

「匂ふ兵部卿」の名は、香しい体臭を放つ薫との対抗意識から、薫物に夢中になり、それが評判になったことに由来する(10)。そうした匂宮の子供っぽい対抗心の原型は、その登場当初より見いだされる。

三の宮（＝匂宮）、三つばかりにて（兄弟の）中に、うつくしく、おはするを、……。（夕霧を見つけて）走り出で給ひて、「大将こそ。宮（＝私）、抱《いだ》き奉りて、あなたへ率《ゐ》ておはせ」と……宣《のたま》へば、……抱き奉りて、……（明石女御方に）率《ゐ》て奉り給ふ。……二の宮、見つけ給ひて、「まろも、大将に抱かれむ」と宣ふを、三の宮、「あが大将をや」とて、控へ給へり。院（＝光源氏）も御覧じて、「いと、乱りがはしき御有様どもかな。……『わたくしの随身《ずいじん》に領ぜむ』と争ひ給ふよ。三の宮こそ、いと、さがなくおはすれ。常に兄《このかみ》に競ひ申し給ふ」と、諫《いさ》め聞こえ、扱ひ給ふ。……

（「横笛」巻）

匂宮が「三つばかり」の頃、伯父の夕霧大将を見つけて走り出し、「自分を抱いて、向こうの方に連れて行け」とねだった。二の宮もそれを見て「自分も抱かれたい」と言うのを、幼い匂宮は「大将は自分のものだ」と引き留め、そうした二人を御覧になっていた光源氏は「大層、行儀の悪い様子だね。自分だけの随身にしようと争うなんて。中でも三の宮は本当に、たちが悪くおいでだ。常に兄宮と競いなさる」と諫め、二人の取り持ちをしたとある。この可愛い盛りの兄弟の微笑ましい場面で、冗談ながら傍線部「三の宮こそ、いと、さがなくおはすれ」と光源氏の口を通して語られている。**1**で述べたように、香しい体臭を放つ薫像は、誕生後、初めて語られる幼い薫の登場場面を踏まえて着想された。匂宮の場合も、薫同様、そのヒントを探るべく匂宮の最初の登場場面を読み返し（もしくは思い起こし）、末っ子特有の幼い子供らしさを、そのまま成人した匂宮に当てはめ、薫への対抗心から薫物に凝《こ》る「匂ふ兵部卿」の発想を得たと考えられる。

ちなみに、この場面の「匂宮」巻への転用は、二の宮においても当てはまる。右の本文に続いて、夕霧も笑って「二の宮は兄らしく、弟宮に譲る気持ちが、お強い」と述べたとある。[11] これは「匂宮」巻における二の宮評「人柄も、すくよかに（＝まじめ・堅実で）なむ、ものし給ひける」と照応する。弟宮は茶目っ気があり、兄宮はしっかり者――こうした「横笛」巻における基本設定を引き継ぐ形で、「匂宮」巻の匂宮・二の宮が描かれているのである。

それでは、そうして造型された匂宮にモデルは存在したのか。ここで着目すべきは、「横笛」巻が発表されたと推定される寛弘八年（一〇一一）五月頃の時点で、**三歳**となっている一条天皇の**第三皇子**で後の後朱雀天皇、**敦良親王**（一〇〇九〜一〇四五）である。**「三つばかり」の頃、「三の宮」という一致**は、偶然ではあるまい。先の微笑ましい「二の宮」との幼い兄弟の場面も、三歳の〈第三皇子〉敦良親王と、一つ年上の〈第二皇子〉である敦成親王が、祖父道長や叔父頼通の前で戯《たわむ》れている場面を連想させる。発表時、少なくとも彰子中宮サロンにおいて、この場面は、中宮の二人の御子が叔父たちに抱きついたりして懐《なつ》く姿と重ね合わされたことであろう。

「匂宮」巻において、かたや薫を明子腹の顕信に据えた段階で、光源氏に代わる、もう一人の主人公である匂宮のモデルが設定されていないのは、不自然と言わねばならない。「匂宮」巻頭「光、隠れ給ひにし後……」は、一条天皇後の次代の幕開けの宣言でもある。1でも触れたように、それは未だ幼い二人の皇子たち（敦成親王・敦良親王）を見守っていかなければならない母彰子中宮への強い応援メッセージともなっている。[12] この巻は「正月」十八日（賭弓《のりゆみ》の還饗《かえりあるじ》）で閉じられるが、一条天皇崩御の悲しみを受け止めつつ、次代を見据えた新たな時代の幕開けとして、正月を迎えてもらいたい——こうした彰子中宮サロン全体を代表した願いが、そこには込められている。そのような性格をもつ「匂宮」巻に、薫が不義密通の子という負の側面を担うとは言え、明子腹の顕信のみ想起させるモデルを配したとは考えにくい。「横笛」巻において、たとえ一場面限定であったとしても、明石中宮一家の繁栄を象徴させる場面で、「二の宮」「三の宮」として敦成親王・敦良親王兄弟を投影させた。「匂宮」巻においても、その延長線上に、そのまま二人を投影させ、明石中宮一家の繁栄を道長摂関家と重ね合わせているとすべきである（こうした物語享受の他例についてはⅧの8、参照）。ちなみに、「横笛」巻とは異なり、「匂宮」巻発表時点で敦成親王は東宮となっているのを踏まえてか、「二の宮」は「次の坊がね（＝次の東宮候補）」（「匂宮」巻）として紹介されている。

以上のように、「匂宮」巻の新たな二人の主人公のモデルは、薫（明子腹の顕信）と並んで、**匂宮（一条天皇第三皇子、彰子中宮所生の敦良親王。後の後朱雀《ごすざく》天皇）**となる。また、匂宮（三の宮）とリンクする形で、**二の宮（一条天皇第二皇子、彰子中宮所生の敦成親王、後の後一条《ごいちじょう》天皇）**も浮かび上がる。「匂宮」巻発表当時、敦良親王・敦成親王は、それぞれ四歳・五歳に過ぎない。幼い二人に成人後の姿を重ね合わせたのは、既に述べたように、この巻の主眼として、一条天皇崩御の悲しみを乗り越えて、次代を見据えてほしいと願う、彰子中宮に対するメッセージがあったところが大きい。

Ⅷ　その他のモデルたち

1 「末摘花」巻――大輔命婦《たいふのみょうぶ》(大輔命婦)

大輔命婦は、光源氏の乳母子として目端が利き、末摘花を紹介する重要な役回りの若い女性である。「末摘花」巻にのみ登場し、次のように紹介されている。

左衛門の乳母とて、大弐のさしつぎに思いたるが女《むすめ》、大輔の命婦とて(内裏に)さぶらふ、王家《わかむ》統流《どほり》の兵部の大輔なる女なりけり。いと、いたう色好める若人にてありけるを、君(=光源氏)も召し使ひなどし給ふ。(「末摘花」巻)

母親は左衛門の乳母と言って、大弐の乳母(惟光の母)に次ぐ乳母で、大輔命婦本人は宮仕えしており、父親は皇統の兵部大輔であった。大層、好色な若人で、光源氏の用事もこなしていたとある。

彰子中宮のもとには、この女性と同名の女房が仕えていた。**大輔命婦**(生没年未詳)は、もとは彰子中宮の母方の祖父源雅信《まさのぶ》家の女房(母が「小輔命婦」という同家の女房)で、倫子に付き従い、やがて彰子に仕えるようになったらしい(『栄花物語』勘物)。『紫式部日記』寛弘五年(一〇〇八)九月十一日の条に、彰子中宮に仕える「いと年経たる人々」の一人として大輔命婦の名が見える。また、同月十五日の条には、その衣装を「目やすし」として一目置かれ、[1]『栄花物語』によれば、道長は彰子中宮の初めての懐妊を、この大輔命婦から聞き出している（一〇〇八年一月）。[2]古参の女房として倫子の信望も厚く、勧修寺流繋《つな》がりで倫子の後見のもとに出仕した紫式部にとって、特に宮仕え当初、数少ない味方にして身近な人物だったと推測される。[3]

「末摘花」巻は「桐壺」「若紫」巻に続いて、宮仕え後、三番目に発表した巻である。その執筆の頃は、未だ同僚たちとの融和を心がけていた段階（宮仕え当初における同僚たちとの確執についてはⅡの4、51頁〜53頁）であった。大輔命婦の物語登場は、彰子中宮サロンにおける『源氏物語』を拡充する一助になったばかりでなく、そうしたサロン内での円滑な人間関係を構築する意味においても、大いに貢献したと思われる。実際は年配にして古参の大輔命婦を、若く好色な人物に置き換えたところに、紫式部のウィットが覗《のぞ》かれる。大輔命婦も参加したであろう彰子中宮サロンで、この巻が披露された折、さぞや当座の暖かな笑いを誘ったことであろう。

2 「紅葉賀」巻——源典侍《げんのないしのすけ》（源明子）

源典侍は第七巻「紅葉賀」において、強烈なキャラクターとして次のように登場する。

年、いたう老いたる典侍、人も、やむごとなく、心ばせありて、あてに覚え高くはありながら、いみじう、あだめいたる心ざまにて、そなたには重からぬ、あるを、（光源氏は）「かう、さだ過

ぐるまで、など、さしも乱るらむ」と、いぶかしく思え給ひければ、戯《たはぶ》れ言《ごと》、言ひ触れて、こころみ給ふ。　（「紅葉賀」巻）

桐壺帝のお側近くには大層高齢な典侍が仕えていた。彼女は家柄もよく、才気・人望もありながら、ひどく好色な性分で、そちらに関して軽々しいため、光源氏は「どうして、こんな年をとってまで、そんなにも多情なのか」と、いぶかしく覚え、冗談に言葉を懸けて相手の出方を見たとある。

この高齢にして多情な老典侍は、後に「源典侍」（第二十巻「朝顔」）とあるが、そのように呼ばれた女性は紫式部の宮仕え時代、実在した。長保年間から寛弘年間にかけて、一条天皇の御代、典侍を務めた**源明子**（生没年未詳）である。『権記』長保三年（一〇〇一）四月二十日と寛弘七年（一〇一〇）閏二月二日の条には、それぞれ「典侍源明子朝臣」「典侍明子朝臣」(4)とある。「源典侍」源明子は、一条天皇の乳母であったようだ。一条天皇の乳母子藤原定雅は息子と思われる。(5)定雅の父藤原嘉時と別れた後か、陸奥国守等を歴任した藤原説孝（九四七～？）の妻となり、一男頼明を儲《もう》けている。(6)「紅葉賀」巻発表当時、宮中の誰もが源典侍から、この源明子を連想した可能性が高い。少なくとも源典侍と明記した「朝顔」巻発表の時点において、紫式部自身、源明子がモデルであることを認めている。

源典侍の特異なキャラクターと関連して、源明子には興味深い動向がある。寛弘四年（一〇〇七）五月七日に起こった典侍辞任の一件である。(7)源明子は、典侍《ないしのすけ》（内侍司の次官）の職を内侍《ないし》（内侍司の三等官。典侍同様、定員四人）である橘隆子に譲る辞任状を提出している（『権記』）。(8)源明子が自分の後釜に据えようとした橘隆子とは、紫式部に「日本紀の御局」とあだ名をつけた、かの「左衛門の内侍《ないし》」にほかならない。(9)『紫式部日記』には、彼女が訳もなく紫式部を敵視し、心当たりのない陰口を多く言っていたとある。橘隆子（生没年未詳）については、藤原理明（紫式部の母方の祖父藤原為信男）の妻と目《もく》されるのみで、その出自も未詳である。理明と紫式部の関係も伝えられているところはなく（総じて母方の実家との関係を伝える資料は皆無に等しい）、なぜ橘隆子が紫式部を敵視していたのかは不明と言うしかない。しかし、その理由の一端は、この源明子との関係から窺われる。すなわち、橘隆子は源明子が信頼した後輩であることから、源明子を戯画化して描いた源典侍像にこそ、その確執の遠因が見いだされよう。結局、この辞表は受理されず、源明子はそのまま典侍に止どまっている。[10]このことは、その推定を裏打ちする。

源典侍のモデルは、何も源明子に限定されない。その設定の原型には、『伊勢物語』における「つくも髪の老女[11]」といった好色な老女のイメージがあったであろう。そして何より『大和物語』における監命婦《げんのみょうぶ》の影響が顕著である。監命婦は承平・天慶（九三一〜九四七）頃の中臈《ちゅうろう》の女房で、『大和物語』には、その多情な交際ぶりが伝えられている。「紅葉賀」巻には、源典侍の紹介（125頁）に続いて「森の下草老いぬれば」と書かれた彼女の扇を、光源氏が手にして和歌を詠み交わす場面がある。これは『古今集』「大荒木の　森の下草　老いぬれば　駒《こま》もすさめず　刈る人もなし」（巻一七・雑歌上）とともに、監命婦の詠んだ次の歌を踏まえる。

柏木の　森の下草　老いぬとも　身をいたづらに　なさずもあらなむ　（『大和物語』第二一段）

この歌は、監命婦のもとに良少将（良岑仲連）が通っていた頃、通いが途絶えがちだったのか、良少将に通いを促すもので、「私が高齢だからといって見捨てたりしないように」と訴えている。監（げん）は源（げん）に通ずる。好色な老女官のイメージは、まさに監命婦にあると言えよう。また、続く二十二段には、同じく良少将との絡《から》みで、太刀に関するエピソードが紹介されている。すなわち、良少将が太刀の緒にするべき革を求めていたところ、監命婦が手元にあると言いながら、長い間、そのままにしていた。これに対して良少将は、「あだ人の頼めわたりし……」と、移り気な監命婦を頼りにして待っている自らの思いを託した歌を詠み、その歌にほれ込んだ監命婦が、その革を捜し出して彼のもとに届けたとある。[12]「太刀」「あだ人」というキーワードを含むことから、この章段は、源典侍を脅そうと、頭中将が太刀を抜いて光源氏とドタバタ劇を演ずる場面の着想になったと思われる。

このように源典侍の造型は、基本的に『伊勢物語』『大和物語』等から引き継がれた好色な老女のパターンを踏襲している。これに源明子のイメージが付与されたのが、源典侍と言えよう。したがって、必ずしも源典侍の全てを源明子とするには当たらない。物語上の人物とモデルの関係については、**1**で述べた大輔命婦の場合が、その好例である。「末摘花」巻に登場する大輔命婦は若い女房であるが、現実の大輔命婦は年配の女房であった（125頁）。源明子も年配ではあったろうが、果たして五十七、八歳もの高齢（「紅葉賀」巻）であったか、また、それほど多情であったかも疑問である。実際のところは、夫の異なる息子たちがいるといった程度だったことも充分に考えられる。[13]「紅葉賀」巻には、源典侍に未練を持つ元恋人として修理《すり》の大夫《かみ》が引き合いに出されている。源明子に夫がいるにもかかわらず、元夫との関係が完全に切れていないといった事情があり、それを皮肉る程度のものだったかもしれない。いずれにせよ、紫式部の意識からすれば、余りの露骨さはなく、弁解の余地がある程度の書き方に止どめていた可能性がある。

しかし、たとえ、ある程度の予防線を張っていたとしても、そうした危険性を伴うキャラクターをあえて登場させるには、それ相応の覚悟があったと思われる。この点に関して先ず留意しなくてはならないのは、源明子は一条天皇側の女官であって、彰子中宮側の女房ではないことである。双方は基本的に良好な関係ではあったろうが、当然ながら全て利害が一致しているわけではない。[14]後宮を司る高官の一人である源明子は、彰子中宮側の女房にとって、いわゆる煙たい存在であったことは予想される。一方、「末摘花」巻には、大輔命婦に象徴されるように、彰子中宮サロンでの発表ならではの仲間意識的な性格が垣間見《かいまみ》られた。「若紫」巻で大好評を博したと言っても、未だ同僚たちとの融和を心掛けていた段階であったから、「紅葉賀」巻においても、そうした融和を前面的に押し出す意味においても、源典侍の登場は有効であるという計算がなかったとは言えまい。

こうした同僚たちとの連帯感(15)に加えて、源明子が紫式部の出仕当初、陰口を言っていた一人（むしろ、その筆頭格）であった可能性もある。その場合、物語を通じて紫式部は筆誅《ひっちゅう》を加えたこととなる。このほか、源明子が紫式部を敵視する一因として、「桐壺」巻が考えられる。『権記』には、源明子の邸宅に定子皇后の遺児、脩子内親王と敦康親王が滞在していた記録が残されている（一〇一〇年閏《うるう》二月二日の条(16)）。Ⅱの3で述べたように、敦康親王は「桐壺」巻における光る君のモデルである。源明子が敦康親王たち姉弟と縁の深い人物とするならば、一条天皇のお側近くに仕え、中関白家《なかのかんぱくけ》没落の実情を目の当たりにしている彼女にとって、道長摂関家《せっかんけ》の代弁者的意図が隠されている「桐壺」巻（Ⅱの3、参照）は、不快な対象であったに違いない。もしくは、この遺児たちとの関係を抜きにしても、常に一条天皇の身近に接し、定子・御匣殿《みくしげどの》姉妹に対する天皇の深い寵愛ぶりを知っていた源明子が、好評を得た「桐壺」巻に大いなる欺瞞《ぎまん》性を感じ、義憤に駆られたとしても不思議ではあるまい。また、そうした中関白家に肩入れする屈折した感情は、彰子中宮方に対する接し方にも現れ、彰子中宮側の女房たちにとって、厄介な存在であったことも充分にあり得る。源明子が紫式部当人のみならず、同僚たちとの言わば共通の敵であったならば、物語における筆誅も強い共感を持って、受け入れられたはずである。

以上、**源典侍（源典侍、源明子）**について述べた。発表時、明確なモデルとして源明子が想起されたにもかかわらず、徹底した冷笑の対象として描かれた背景には、宮仕え当初における紫式部の個人的な怨恨、もしくは対明子で団結した同僚たちとの連帯感が窺われるのである。

3 「花散里」巻——麗景殿女御《れいけいでんのにょうご》（荘子女王）

「花散里」巻は、須磨流謫《るたく》の直前、光源氏を取り巻く政治的状況が日に日に悪化し煩悶《はんもん》尽きぬ頃、故桐壺院ゆかりの麗景殿女御の妹三の君（花散里）への訪問を描いた小巻である。麗景殿女御は、この巻が初出で、次のように紹介されている。

麗景殿と聞こえしは、宮たちもおはせず、院、隠れさせ給ひて後、いよいよ、あはれなる御有様を、ただ、この大将殿（＝光源氏）の御心に、もて隠されて、過ぐし給ふなるべし。御妹の三の君（＝花散里）、内裏わたりにて、はかなう、ほのめき給ひし名残、例の御心なれば、さすがに忘れも果て給はず、わざとも、もてなし給はぬに、人の御心をのみ尽くし果て給ふべかめるをも、この頃、残る事なく思し乱るる世のあはれのくさはひには、思ひ出で給ふに、忍び難くて、五月雨の空、珍しう晴れたる雲間に、わたり給ふ。（「花散里」巻）

〈麗景殿女御と申し上げた方は、皇子・皇女たちもいらっしゃらず、桐壺院がお亡くなりになられた後は、益々、お気の毒なご生活ぶりなのを、ただ、この光源氏様のお心遣いに隠されて、お過ごしになっているようだ。妹の三の君が、宮中で、ほんの少しお付き合いなさった関係なのを、いつもの御性分なので、そうは言ってもやはり、すっかり忘れなさるでもなく、かといって格別なお計らいもなさらないので、女君の方では物思いの限りを尽くしなさっているようだが、この頃、余すことなく思い乱れる世の無常の類いとして（この女君のことを）思い出されるにつけ、こらえきれず、梅雨空が珍しく晴れた雲の切れ間に、お渡りになる。〉

「花散里」巻は、緊迫した前後の巻の内容とは異なり、嵐の前の静けさとも言うべき光源氏の日常のひとこまを映し出しているが、その視線は過去に向けられている。その中でも殊に留意されるのは、物語が展開される、傍線部「五月雨の空、珍しう晴れたる雲間」という時期と、この直後に語られる「中川の程、おはし過ぐるに[17]」という場所の設定である。これは、若き日の空蟬との交渉を語った「帚木」巻を連想させるものとなっている。すなわち、「帚木」巻は「長雨、晴れ間なき頃」で始まり、空蟬との出会いは翌日の「からうじて今日は日の気色も直れり」とある五月雨の晴れ間の日であった。また、空蟬と出会う紀伊守邸も「中川のわたり」であり（Ⅰの註2、188頁）、共に「花散里」巻と重ね合わされることから、「花散里」巻は、具平親王絡《がら》みの物語として発想された可能性が高い（具平親王が帚木三帖における光源氏のモデルであることについてはⅠの1、参照）。

麗景殿女御は、具平親王の母**荘子《そうし》女王**（九三〇～一〇〇八）の呼称でもある。『栄花物語』には、「六条の中務の宮（＝具平親王）と聞こえさするは、故村上の先帝の御七宮におはします。麗景殿の女御の御腹の宮なり」とある。天暦四年（九五〇）に女御となった彼女が、教養深い女性であったことは、宰相中将伊尹《これまさ》君達春秋歌合（九六三年）で姉恵子女王と春秋を競ったことからも窺われる（Ⅴの註6、201頁）。しかし、帝の寵愛は薄い女御であった（「先帝（＝村上天皇）の鍾愛にあらざるなり」（『本朝世紀』））。一方、物語の麗景殿女御も、光源氏の言葉を通して、次のように評されている。

すぐれて華やかなる御おぼえこそ、なかりしかど、睦ましう、なつかしき方に、思したりしものを。（「花散里」巻）

〈（故桐壺院の）際だって華やかな御寵愛こそなかったけれど、（故院は）打ち解けて、慕わしい方に、お思いになっていたことよ。〉

村上天皇の後宮は、安子中宮を始め十人近くの女御たちがひしめいていたが、総じて「女御・御息所たちの御仲も、いと目やすく便なき事、聞こえず、癖々《くせぐせ》しからず」（『栄花物語』）という状況であったという。それは、どの妃たちに対しても基本的に「なのめに情けありて」〈一通りに情愛をかけて〉「なだらかに掟《おき》てさせ給へれば」〈穏やかに（接するように）心に決めておられたので〉（同）とある村上天皇の態度によるところが大きかった。しかし、女御の中には、激しい気性・強い個性の持ち主である安子中宮や徽子《きし》女王（Ⅳの3、参照）もいた。そうした村上朝後宮において、寵愛の薄さにもかかわらず、特に自己主張するでもない麗景殿女御の存在は、まさに、村上天皇にとって心休まる「癖々しからず」（『栄花物語』）「睦《むつ》ましう、なつかしき方」（「花散里」巻）であったと思われる。寵愛が深かったにもかかわらず、出家しなかった徽子とは対照的に、康保四年（九六七）、村上天皇崩御に伴い出家した荘子女王の生き方は、それを物語っている。

以上、花散里の登場の影に、その姉である麗景殿女御を通して、荘子女王の存在が見え隠れする。花散里の物語は、具平親王と荘子女王の親子関係を踏まえて、**麗景殿女御（麗景殿女御、荘子女王）**という設定下、描かれているのである。

4 「蓬生」巻──末摘花（紫式部）

末摘花の後日談を語る「蓬生」巻は、須磨流謫《るたく》後の荒廃した末摘花邸を舞台に繰り広げられる。生活が極度に困窮して邸は狐のすみかとなり果て、侍女たちも離れていく中、末摘花は邸や調度類の売却を拒否し、宮家の誇りを貫こうとする。

「かく、恐ろしげに荒れ果てぬれど、『親の御陰、とまりたる心地する古きすみか』と思ふに、慰みてこそあれ」と、うち泣きつつ、（邸の売却は）思しもかけず。……（調度類を売却しようとする女房を諌めて）「見よと（故父宮が）思ひ給ひてこそ、（私のために）しおかせ給ひけめ。などてか軽々しき家の飾りとはなさむ。亡き人（＝故父宮）の御本意、違はむが、あはれなること」と宣ひて、さるわざを、せさせ給はず。

（「蓬生」巻）

傍線部には、親の面影を止どめる古い邸宅に対する愛着、調度類に至るまで故父宮の意志を遵守《じゅんしゅ》しようとする思いが、彼女の口から語られている。そこからは、経済的基盤を失いながらも、宮家の主人として生きようとする末摘花の悲壮な決意が窺われる。

その姿勢は、如何なる状況に置かれても揺るぐものではなかった。この後、羽振りのよい受領の北の方となっている叔母が現れる。叔母は、娘たちの召使いとしようという、かねてからの企みを実行すべく、夫の任地である大宰府への同行を求めるが、末摘花は一途に光源氏の訪れを待ち、応じようとしない。光源氏が帰京し、盛大な法華八講の様子を兄の阿闍梨[18]より聞かされてからも、「かうながらこそ、朽ちも失せめとなむ思ひはべる」と、このまま朽ち果てる覚悟で叔母の誘いを拒み通す。

　このように、この巻に描かれている末摘花は、「末摘花」巻における単なる滑稽にして愚直な醜女《しこめ》という設定とは一変して、宮家の誇りを貫こうとする意志強き女君である。世俗的・打算的な叔母の奸計《かんけい》を拒否し、縁者・侍女たちに見放されても、古風な価値観を守り、荒れ果てた「葎《むぐら》の門《かど》」(＝つる草の生い茂る家)」で一途に光源氏を待ち続ける姿は、崇高ですらある。これは家門意識の強い作者**紫式部**の思想・資質とも相通じている。ちなみに、この「蓬生」巻後の末摘花は、再び元の滑稽なキャラクターに戻されている。

　「蓬生」巻の執筆推定時期は、寛弘五年(一〇〇八)十一月の御冊子《みそうし》作《づく》り(『源氏物語』豪華清書本作製)から間もない、丸一ヵ月に及んだ里下がりの期間(十一月下旬〜十二月下旬)[19]である。その執筆当時における紫式部の心境は、御冊子作り直後、一旦、里下がりした折の体験から推測される。この御冊子作り直後の里下がりは、このまま宮中を去りかねない危険をはらんでいた。その折の心境については、『紫式部日記』寛弘五年十一月中旬の条において詳しく語られている(21頁〜22頁)。すなわち、御冊子作りという大仕事を成し遂げた疲労感・緊張の余韻によるものであろう、里邸の木々に目をやるにつけても、所在無い日々の中で、物語を介して友たちと交流した寡居時代が彷彿《ほうふつ》され、出仕以前の自己とのあまりの境遇の違いに愕然《がくぜん》とする。そして、宮仕え以前の交友関係がほとんど絶えた今、里邸でさえ別世界に来たような思いが募り、物悲しく感じた(「あらぬ世に来たる心地ぞ、ここにてしも、うち勝り、物あはれなりける」)とある。

　この彼女の孤独を癒してくれたのは、意外にも宮中生活を共にする同僚たちであった。右の条に続いて次のようにある。

ただ、えさらず、うち語らひ、少しも心とめて思ふ、細やかに物を言ひかよふ、さしあたりて自づから睦《むつ》び語らふ人ばかりを、少しも懐かしく思ふぞ、ものはかなきや。大納言の君の、夜々は御前に、いと近う伏し給ひつつ、物語し給ひし気配の恋しきも、なほ世に従ひぬる心か。

浮き寝せし　水の上のみ　恋しくて　鴨の上毛《うはげ》に　冴えぞ劣らぬ

返し、

うち払ふ　友なき頃の　寝覚めには　つがひし鴛鴦《をし》ぞ　夜半に恋しき

（『紫式部日記』）

やむを得ず語り合って少し気にかけた人、細やかにあれこれと言い交わした人、当面、自然と親しく語らう人——こうした宮仕えでの同僚たちとの何げない触れ合いを、紫式部は多少なりとも慕わしく思わずにはいられない。また、夜な夜な中宮の御前間近で、大納言の君と横になって語り合ったことが恋しく思われたとある。傍線部「なほ世に従ひぬる心か」とあるように、月日の移ろいにつれて、憂いの対象でしかなかったはずの宮仕えが、いつの間にか切っても切れない自らの生活の一部となっていたことに気づかされるのである。宮仕え当初、半年に及んだ同僚たちとの確執（51頁〜53頁）を思えば、まさに隔世《かくせい》の感がある。「共に仮寝した中宮様の御前ばかりが恋しくて、里居の身の冷たさは霜の置く鴨の上毛にさえ劣りません」——大納言の君に贈ったこの歌は、紫式部にとって里邸さえも自らの居場所ではなくなったことを物語っている。その大納言の返歌は「霜を払い合う友のいない、この頃の夜半の寝覚め時は、つがいのオシドリのように、あなたが恋しいことです」とあり、紫式部の寂寥感《せきりょうかん》に呼応するものであった。それは宮仕えを通じて知り得た、かけがえのない友がいることを、改めて紫式部に実感させたことであろう。この後、紫式部の早々の帰参を促す倫子からの手紙が届けられ、彰子中宮のもとに戻ることとなる。

　この里下がりの折に体験した寂寥感・孤独感は、救いなき状況に追い込まれた末摘花に通ずるものがある。「蓬生」巻における末摘花邸の荒廃ぶりは、御冊子作り直後、里下がりした折の紫式部の心象風景と重ね合わされる。それを象徴するのが、光源氏による救出が語られ出す直前の、末摘花の孤独な状況を描いた場面である。[20] そこには、雪や霰が降りがちな「霜月ばかり」、朝日や夕日を遮る蓬や葎の陰に深く積もった雪が「越《こし》の白山」を連想させる庭を見ては、「つれづれとながめ給ふ」末摘花の物寂しい心境が綴られている。「**霜月**（＝十一月）**ばかり**」は、まさに**紫式部が里下がりした時期**であり、「越の白山」は、下向先の越前で、彼女が日々、目にしていた山である（『紫式部集』）。[21] この場面における紫式部の個人的な思い入れが、いかに強いものであったかが知れよう。この後、年が変わり、末摘花は、邸の前を通りかかった光源氏に偶然、見いだされて一命を取り留め、やがて二条東院に迎えられる。一方、紫式部は同僚たちに自らの拠り所を見いだしている。光源氏によって九死に一生を得る末摘花は、心情的に、まさに同僚たちによって活路を見いだした紫式部自身にほかなるまい。

　以上のように、「蓬生」巻における末摘花には、御冊子作り直後の心境が投影されている。紫式部は**末摘花**（**紫式部**）に仮託して、この巻に、かつては反目した同僚たちへのメッセージを込めた。それは宮仕えを継続する新たな決意であり、自らを救い出してくれた彰子中宮、そして同僚たちへの感謝の思いにほかならない。紫式部の宮仕えは、この里下がりを境に大きな転換点を迎え、以後、紫式部は積極的に宮仕えに励んでいくこととなる。「蓬生」巻は紫式部当人にとっても、そうした記念碑的作品となっているのである。

5 「鈴虫」巻――秋好中宮（彰子中宮）

一条天皇は、寛弘八年（一〇一一）五月二十二日に発病し、翌六月二十二日、崩御した。その四十九日法要は八月十一日に営まれている（『御堂関白記』）。この法要から程なく発表されたのが「鈴虫」巻である。

> 夏頃、蓮の花の盛りに、入道の姫宮（＝女三の宮）の御持仏ども、現し給へる、供養ぜさせ給ふ。この度は、大臣の君（＝光源氏）の、御心ざしにて、御念誦堂の具ども、細かに整へさせ給へるを、やがて、しつらはせ給ふ。（「鈴虫」巻頭）

このように女三の宮の持仏開眼供養《じぶつかいげんくよう》から語り出される、この巻は、鈴虫の宴という風流な遊びを中心に据えながら、仏教色・鎮魂色で包み込んだ挿話《そうわ》的小巻である。その鎮魂的内容は、一条天皇崩御という不測の事態により、本来、最優先されるべき夕霧と落葉の宮との恋の行方は差し置かれ（「鈴虫」巻には、前々巻「柏木」から前巻「横笛」と、次第に深められていった夕霧と落葉の宮との交渉の経緯について全く言及されていない）[22]、悲しみに暮れる彰子中宮サロンと一体化しうる題材に急遽《きゅうきょ》、変更を余儀なくされた結果である。この巻が「夏頃……」で始まり、鈴虫の宴が中秋の名月の「八月十五日」に催されているのは、一条天皇の四十九日法要が営まれた「八月十一日」との季節的照応を意識したからにほかならない。また、四十九日（「七七日《なななぬか》」）は死者の魂が俗界を離れ、あの世に旅立つ日である。冒頭を飾る傍線部「夏頃、蓮の花の盛りに」には、一条天皇の四十九日法要を踏まえた、蓮の花が咲き誇る極楽浄土への転生を祈願する紫式部からのメッセージが読み取られよう。

この巻に託されたメッセージは、巻頭に止どまらない。巻末近くでは、鈴虫の宴を終えた光源氏が秋好中宮のもとを訪ね、彼女の出家願望を諫《いさ》める場面が描かれている。そこで光源氏は「かけても（出家は）いと、あるまじき御事になむ」と強く出家を戒めている。[23] 一条天皇崩御により紫式部を含め同僚の女房たちが抱く最大の危惧は、**彰子中宮**（九八八～一〇七四）がその悲嘆に耐えきれず、出家を望むことである。故母六条御息所の妄執を悲しみ、出家をほのめかす秋好中宮に対して、同情しつつ諫める光源氏の姿は、そのまま彰子中宮に対する女房たちの思いに通ずる。この巻が出家願望を抑えつつ、母六条御息所の追善供養を営む秋好中宮の姿を映し出して終わるのも、[24] 秋好中宮に彰子中宮を重ね合わせているからにほかならない。紫式部は同僚の女房たちを代表する思いで、この巻の最後に**秋好中宮**（**彰子中宮**）を登場させた。「鈴虫」巻には、一条天皇追悼《ついとう》の念とともに、彰子中宮に対する強いメッセージが込められているのである。

6 「御法」「幻」巻――光源氏（一条天皇）と紫の上（彰子中宮）

寛弘八年（一〇一一）六月二十二日、**一条天皇**（九八〇～一〇一一）は崩御《ほうぎょ》した。この出来事が**彰子中宮**（九八八～一〇七四）にとって、如何に大きな衝撃を与えたかは想像に難くない。その悲嘆の深さは、一周忌を過ぎた翌年六月の時点において、その御心が休まることはなかったことからも窺われる。道長は未だ傷心癒《いや》されぬ娘の彰子皇太后を気遣い、藤原実資《さねすけ》（九五七～一〇四六。摂関の地位に就いた祖父実頼《さねより》の養子となり、小野宮流を継承し、後に小野宮右大臣と称された。『小右記《しょうゆうき》』の著者）に、涙を流して、次のように語ったとある。

去年、故院（＝一条天皇）ニ後レ給ヒ、哀傷ノ御心、今ニ休マズ。　（『小右記』）

こうした彰子の悲嘆ぶりを目の当たりにしていた紫式部が、彰子の御心を癒すべく、執筆した物語こそ、紫の上の死を語る「御法」、紫の上を哀悼《あいとう》する光源氏の一年間を描いた「幻」の両巻である。(25)ちなみに、光源氏の死を告げる「匂宮」巻頭「光、隠れ給ひにし後……」には、一条天皇崩御が刻印されている。それは偉大なる一条天皇時代終焉の宣言でもある。

「御法」巻において死去するのが光源氏ではなく、紫の上であったのは、光源氏の物語である以上、当然と言えるが、その逆のパターンにはできない積極的な理由も隠されている。もし光源氏の死を先に描いたとしたならば、その死を彰子中宮は一条天皇に重ね合わせ、結果的に中宮の悲嘆が一層、激しいものとならざるを得ない。これに対して紫の上の場合は、彰子中宮自らを彼女に重ね合わせることにより、中宮が一条天皇に追悼される側として感情移入することとなる。それは一条天皇を失った現実の悲しみを、幾分なりとも昇華する作用をもたらす有効な方法と言ってよい。「御法」巻に続く「幻」巻では、さらに紫の上を哀悼する光源氏の一年間、春夏秋冬を描き切った上で、光源氏本人の退場も予感させて終わる。(26)こうした展開も「御法」巻と同様な、もしくはそれ以上の効果が期待される。彰子中宮と一条天皇の二人が如何に一心同体的存在であったかを強調しつつ、光源氏の退場に一条天皇の崩御を暗示させて物語は閉じられるのである。

このように「御法」「幻」両巻は、**光源氏（故一条天皇）**と**紫の上（彰子中宮）**を前提として描かれている。「幻」巻は光源氏の出家を暗示して閉じられる。光源氏の物語は、〈一条天皇崩御〉という突発的な出来事によって結果的に終焉を迎えるのである。

7　「橋姫」巻——八の宮一家（父為時と紫式部・故姉君）

その頃、世にかずまへられ給はぬ古宮おはしけり。……　（「橋姫」巻頭）

宇治十帖の世界は、このように、世間から顧みられない不遇な八の宮一家の紹介から語り出される。

この八の宮のモデルについては、太子に立てられながらも兄（仁徳天皇）に位を譲り自殺したという菟道稚郎子《うじのわきのいらつこ》（生没年未詳）（『花鳥余情《かちょうよせい》』）、皇太子候補ながら小野の地に隠棲した惟喬《これたか》親王（八四四～八九七）（『玉の小櫛《おぐし》』）が、そのモデル候補として挙げられている。このほか、謀反人として横死した桓武天皇第三皇子、伊予親王（？～八〇七）、摂関体制のもと、立坊争いに敗れた広平親王（九五〇～九七一）や為平親王（九五二～一〇一〇）などが、そうした系列に加えられよう。また、こうした歴史的事件にかかわる著名な人物ではないが、「八の宮」の由来を解く人物として、宇多天皇の第八皇子である敦実親王（母は藤原胤子。八九三～九六七）がいる。彼は八の宮同様、音曲を好んだ。(27) 勧修寺流ゆかりの人物としても、有力なモデルと言わねばなるまい。しかし、これらの人物以外にも、着目しなければならないのが、紫式部の父**藤原為時**（生没年未詳）である。

為時は、一度は花山天皇の側近として世にもてはやされながら、兼家一家の策略により花山天皇が譲位・出家して以降、十年間の長きにわたって冷遇されるという苦い経験をもつ。紫式部は多感な少女期から青春期を、この不遇時代の父の背中を見つつ育っている。また、為時の処世べたは、土御門邸で催された管弦の遊びに付き合わず、早々に退出して、「ひがみたり（＝ひねくれている）」と、道長の機嫌を損ねたエピソード（『紫式部日記』(28)）から窺い知れ、「世の中に住みつく御心おきて（＝処世のお心構え）は、いかでかは知り給はむ（＝どうして、お解りでしょうか）」（「橋姫」巻）と評されている八の宮と似通う。

そもそも、八の宮一家の設定自体に、為時一家の投影が窺われる。仲むつまじい大君・中の君姉妹の関係は、年齢の近い点も含め、青春期頃まで生存していたと思われる**姉**（九七四?～九九六以前）（『紫式部集』15番の詞書、100頁）と**紫式部**（九七五?～一〇一四?）本人と重ね合わされるところが大きい。「橋姫」の次巻「椎本」では、「姉君二十五、中の君二十三」とあり、一方、紫式部姉妹は年子と推定される。また、中の君出産後、北の方が死去し、父八の宮のもとで姫君たちが成長するという設定（「橋姫」巻頭）も、弟惟規の誕生と引き換えるようにして早世した母をもち、その面影を知らずして父方で育てられた紫式部姉妹の家庭環境と類似している。もっとも、八の宮が北の方亡き後、再婚を拒否したのに対して、為時は紫式部の母以外にも妻がおり、紫式部の異母兄弟もいた。しかし紫式部には、母亡き後、父方の祖母である右大臣定方の女《むすめ》に引き取られ、名高い堤《つつみ》中納言邸（16頁）で育てられた自分たち姉妹たちこそが、為時の本流であるという自覚・プライドがあったに違いない。八の宮が強く抱いている娘浮舟に対する差別感も、そうした異母兄弟に対する見方の裏返しと採れなくもなかろう。

以上のように八の宮一家のモデルとして、**八の宮**（**父為時**）・**大君**（**故姉君**）・**中の君**（**紫式部**）が挙げられる。宇治十帖前半の世界は、こうした作者自身の一家をモデルにするという思い入れの深さによって支えられている。我々に深い共感と同情の念を与えて止まない所以《ゆえん》である。

8 「浮舟」巻——時方《ときかた》と仲信《なかのぶ》（源時方・仲信親子）

宇治十帖の終盤近い「浮舟」巻では、宇治に身を寄せていた浮舟の所在を突き止めた匂宮が、彼女のもとに通い始め、抜き差しならぬ薫との三角関係の中、ついに浮舟が入水に至る経緯が語られている。はるばる宇治の地にまで足を伸ばし、薫の風体《ふうてい》を装い、浮舟と関係を結び、逢瀬を重ねる匂宮。その行動は、さすがに薫の知るところとなり、薫は宇治の警備を強化する一方、浮舟を京に迎える手はずを整えるが、匂宮は匂宮で彼女を奪い取る算段をする——この匂宮の強引な一連の行動を可能とさせているのが、彼の手足となって宇治と京を行き来する道定と「時方」、すなわち薫の家司《けいし》「仲信」の娘婿である道定と、匂宮の乳母子《めのとご》である「時方」である。

そもそも『源氏物語』五十四帖中、官名等でなく、その実名で語られること自体、稀であるが、この「浮舟」巻で語られる三名中、「時方」「仲信」の二人は、彰子中宮の母源倫子《りんし》（九六四～一〇五三）ゆかりの人物名となっている。すなわち、「時方」は倫子の同母兄弟の**源時方**（生年未詳、没年は九九六～九九九）、「仲信」は時方の息子**源仲信**（生没年未詳）の実名である。

この時方親子のうち、息子の仲信に着目すると、『尊卑分脈』には、時方男として「仲舒　信濃淡路能登等守　従五上　大蔵少甫　本名、仲信」とある。仲信は「大蔵大輔」（「浮舟」「蜻蛉」巻）とも呼ばれており、「大蔵少輔」との関連性も見いだされる。「浮舟」巻が執筆されたと推定される五年前の寛弘五年（一〇〇八）九月十一日、若宮誕生における湯殿の儀の際、「宮の下部（＝中宮職の下級職員）」で「宮の侍の長（＝中宮職の侍長）なる仲信」という人物が、御湯の桶を担いで若宮の御簾のもとに運んだと

『紫式部日記』に記されている。寛弘元年二月五日、頼通が枇杷殿から春日祭使となって出立する際にも、「仲信」の名が見られ（『御堂関白記』）、同一人物と思われる。『栄花物語抄』には、この人物を未詳としながらも「日記には……源仲信」とあり、まさに時方男、源「仲信」を指すと言ってよい。中宮職であったのは、倫子の甥という縁戚関係によるところが大きかったであろう。

　このように「時方」が倫子の同腹の兄弟であること、その息子「仲信」が大蔵少輔（「浮舟」巻の「仲信」は大蔵大輔）で、『紫式部日記』にその名が見られる人物であることを踏まえるならば、脇役ながら匂宮の乳母子と

【人物関係】

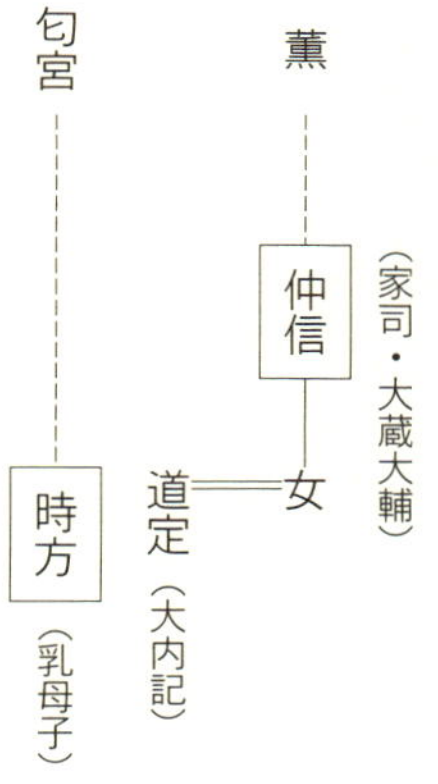

【系図6】

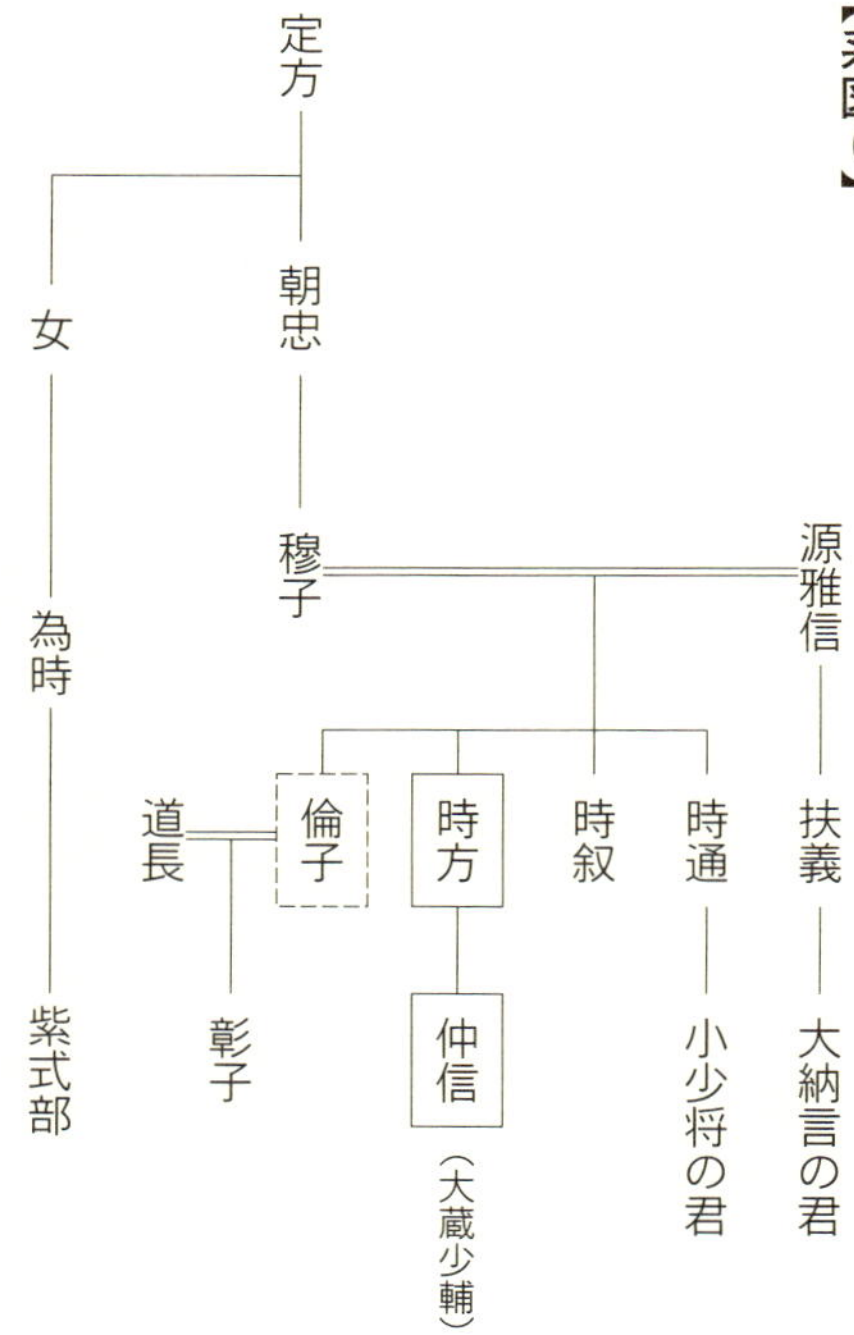

いう重要な人物に「時方」の名を使ったのも、首肯される。すなわち、彰子のおじ、倫子の同母兄弟という繋《つな》がりを意識した結果と思われる。一〇回に及んで実名で呼ばれる若い「時方」は、光源氏に対する乳母子「惟光」と同様な立ち位置である（「惟光」命名の由来についてはⅠの2の37頁、参照）。「時方」の場合も、それに準じた命名と見なせよう。

　源倫子は、再従姉妹《またいとこ》の関係にある紫式部にとっても、特別に重要な人物であった。彰子のもとに出仕して三年近く経とうとしていた寛弘五年（一〇〇八）九月九日、彰子の初産のため土御門邸に里下がりに同行していた紫式部に、倫子は菊の着せ綿を御指名で贈っている。しかも、御子誕生二日前のせわしい間を縫っての気遣いである（『紫式部日記』）。また、その二カ月後、御冊子作りの大役を果たして里下がりしていた紫式部のもとに、倫子は直々の手紙を送り、帰参を促している。結局、紫式部は、この手紙が決め手となって早々に帰参している（同）。この折の里下がりは、そのまま宮仕えを終える危険性もあっただけに、倫子の並々ならぬ発言力は注目すべきである。為時一家は花山天皇退位（紫式部、推定十二歳時）以降、十年間を経て越前守着任を機に、摂関家との関係は改善傾向にあったとは言え、長く外様《とざま》的存在であった。このことを考慮するならば、勧修寺流ゆかりの倫子は紫式部に彰子中宮への出仕を要請し、出仕後も、そのまま紫式部の後見人的な役割を果たしていたと考えられる。初出仕以降、半年に及ぶ同僚たちとの強い確執にもかかわらず、出仕し続けられたのは、この倫子の後ろ盾というバックアップが、いかに彼女の精神的支柱となっていたか想像に難くない。

　以上、**時方と仲信（源時方・仲信親子）**について述べた。彰子の母方筋の縁者が匂宮の乳母子の名に使用されている重みは、一考に値する。そこから垣間見《かいまみ》られるのは、明石中宮のモデルの一人として彰子がおり（Ⅶの2とⅩの8、参照）、明石中宮一家の繁栄を、彰子一族、特に母方の倫子の系譜と重ね合わせるという物語享受の在り方である。

9 「手習」巻——横川僧都《よかわのそうず》（源信《げんしん》）

その頃、横川に、某《なにがし》の僧都とか言ひて、いと尊き人、住みけり。八十余りの母、五十ばかりの妹ありけり。古き願ありて、初瀬に詣でたりけり。……帰る道に奈良坂と言ふ山、越えける程より、この母の尼君、心地、悪しうしければ、……もて騒ぎて、宇治のわたりに知りたりける人の家ありけるに、とどめて、……横川に消息したり。……（僧都は）急ぎ、ものし給へり。（「手習」巻頭）

宇治十帖の終盤「手習」巻は、このように、横川の某僧都の高齢の母が、娘の妹尼君と初瀬詣でをした帰途、病となり、宇治に滞在している間、その急病の知らせを受けた僧都が、宇治の地に急遽《きゅうきょ》、赴《おもむ》いたところから始まる。ここで初登場する「横川に、某の僧都とか言ひて、いと尊き人」横川僧都のモデルとして伝えられているのが、その名の通り〝横川僧都〟こと、**源信**（九四二～一〇一七）である。その著『往生要集《おうじょうようしゅう》』は、浄土教成立の基盤となった。寛弘元年（一〇〇四）、権少僧都となったが、翌年、辞退していることからも窺われるように、物語中の横川僧都と同じく、世俗の名誉にこだわらない高潔な人物であった。物語では「八十余りの母」がいたとあるが、横川僧都にも、高齢な信心深い母がいたことは、広く知られている。

「手習」巻執筆・発表推定の長和二年（一〇一三）後半の時点で、この横川僧都を紫式部に想起させるような出来事として、彼の弟子である寂照（?～一〇三四）と道長の交流の一件が挙げられる。寂照とは、寂心（慶滋保胤《よししげやすたね》）を師として出家し、源信に天台教を学んだ人物である。一〇〇二年九月、入宋し、時の皇帝より円通大師の号を授かり、手厚い保護を受けた。在宋は三十一年に及び、中国で没している。その寂照の書状を携えた弟子の念救《ねんぐ》（生没年未詳）が道長のもとを訪れ、『白氏文集』と天台山の図を贈ったのが、長和二年九月十四日である。この折、念救は道長に天台山国清寺から天台大師（天台宗の開祖、智者大師智顗《ちぎ》）像が延暦寺に贈られたこと等を伝えている（『御堂関白記』）。「手習」巻執筆の頃、そうした天台山絡《がら》みの話題が世間を賑《にぎ》わわせており、紫式部の関心をもひいていた可能性が高い。寂照は一年前の九月二十一日にも、道長のもとに、その書状とともに、天竺観音像等を贈っている（同）。この長和一〜二年は、道長摂関家周辺を含めて、浄土教への関心が高まりつつあった頃と言えよう。九八五年に完成した『往生要集』は、宋に送られて国清寺に納められ、源信の声望を決定的なものとした。横川を中心に活動した念仏結社、二十五三昧会《にじゅうござんまいえ》は、慶滋保胤の出家により解散した勧学会《かんがくえ》を継承し、『往生要集』の強い影響下に成立したと言われる。父為時も、この結社に深く関わっていた。慶滋保胤は、寂照とともに具平親王（Ⅰの1、参照）の師でもある。紫式部個人としても、二十五三昧会を介する源信、寂照、慶滋保胤、為時という連想の繋《つな》がりから、長和二年九月の一件は、無関心ではいられなかったはずである。

　このように、「手習」巻における**横川僧都（横川僧都、源信）**の着想は、長和二年九月十一日における源信の弟子寂照からの道長への書状に代表される、中国との交流絡みの出来事と深く関わっていたことが予想される。「手習」巻では、妹尼君の娘婿であった中将が夏の終り頃、女郎花《おみなえし》の咲き始めた小野を訪れ、「八月十余日の程」に再訪、浮舟を垣間見《かいまみ》る。そして「九月」、妹尼君の初瀬参詣中、中将が浮舟に迫った翌々日、彼女は出家するに至る。[29]この巻の執筆時期は、長和二年後半以上に、その執筆時期を限定することは困難なところがあるが、今回の考察を踏まえて前著『源氏物語の誕生』の「八月？・」から「九月？・」に修正しておきたい。

IX　その他の着想的モデルたち

1 「末摘花」巻――末摘花（左近の命婦《みょうぶ》と肥後の采女《うねめ》）

故夕顔の面影を求めて、光源氏が出会った荒れ果てた邸に住む女君は、次のような滑稽な姿をした醜女であった。

まづ、居丈の高う、を背長に見え給ふに、「さればよ」と胸つぶれぬ。うち次ぎて「あな、かたは」と見ゆるものは、御鼻なりけり。ふと目ぞ止まる。普賢菩薩の乗り物とおぼゆ。あさましう高う伸びらかに、先の方、少し垂りて、色づきたる事、ことのほかに、うたてあり。

（「末摘花」巻）

光源氏を最初にドキリとさせたのが、背丈が高く、胴長な姿。次に「みっともない」と、ふと目にとまったのは鼻で、普賢菩薩の乗り物である象のように、あきれるほど長く伸び、先の方が少し垂れて赤く色づいているのが、ことのほか、ひどかったとある。末摘花の呼称は、この描写による。すなわち、胴長で象の鼻のように長く伸びた鼻先が赤く垂れた、その様は、長い茎の先端に鮮やかな朱色の花を付ける〝末摘花（紅花）〟に譬えられている。巻中にも、この女性に関わってしまったことを後悔して、「なつかしき　色ともなしに　何にこの　末摘花を　袖に触れけむ」〈慕わしい色でもないのに、どうしてこの末摘花を袖に触れなどしてしまったのだろうか〉という光源氏の歌が詠まれている。

この末摘花最大の特徴である赤鼻の着想は、どこから得たのか。医学的に人は腎臓を患った場合、体の末端である指先や鼻等の血管が拡張されて、赤くなる症状が出ることがあるという。末摘花の場合も、実際に紫式部が見聞きした、そうした症状の事例に触発されての着想だったことが予想される。「末摘花」巻には、それを示唆する記述がある。末摘花の正体が明らかにされた後、宮中の清涼殿にある台盤所で、光源氏と大輔命婦の会話を耳にした女房たちが、次のように赤い鼻の女性について語っている。

この中には、匂へる鼻もなかめり。左近の命婦、肥後の采女や、まじらひつらむ。（同巻）
〈私たちの中には、赤い鼻の人もないようだ。左近の命婦や肥後の采女でも居合わせていたのだろうか。〉

命婦は中級の女官の称。采女とは、地方出身の天皇に近侍《きんじ》する下級女官である。「末摘花」巻執筆は、彰子中宮のもとに出仕して一年も満たない寛弘三年（一〇〇六）後半（八月？）と推定される。ここで赤い鼻の女性として引き合いに出されている**左近の命婦**、**肥後の采女**は、紫式部が実際、宮中で見聞きした人物であった可能性が高い。宮中という新たな環境での見聞が、物語の拡張に寄与したと言うべきであろう。

赤い鼻の女君という末摘花のヒントとなった人物名を、あえて物語中で語ったのは、彰子中宮サロンという発表の場を意識したものにほかなるまい。同僚の女房たちとの確執も収まりつつあった寛弘三年後半以降は、その融和を特に心がけていた時期である。摂関家の信望厚い古参の女房である大輔命婦を、そのまま「大輔命婦」として、この「末摘花」巻で活躍させているのは、そうした現れであった（Ⅷの1、参照）。出仕当初、孤立していた新参者の紫式部が、次第に同僚の和の中に溶け込めているというアピールにもなる。また、巻中のモデルとなった人物を種明かしするのは、紫式部の手法でもある。「桐壺」巻の桐壺帝の桐壺更衣への独占的寵愛に対して、巻頭で「楊貴妃の例《ためし》」と引き合いに出しているのは、その好例である。また、「須磨」巻では「須磨には、いとど心づくしの秋風に、海は少し遠けれど、行平《ゆきひら》の中納言の、……」と、在原行平の名を挙げ、須磨流謫《るたく》の着想を作者自ら披露している。(1)

以上のように、着想的モデルとして**末摘花（左近の命婦と肥後の采女）**が挙げられる。宮仕えでの体験は、紫式部に末摘花という特異なキャラクターを登場させる機縁ともなったのである。

なお、Ⅷの4で述べたとおり、「蓬生」巻における高潔な末摘花像は、「末摘花」巻とは著しくかけ離れており、紫式部の心象が託されている。その意味では末摘花もまた、複合モデルの一例であろう。

2　「明石」巻——明石の君の懐妊（彰子中宮の懐妊）

寛弘四年（一〇〇七）十二月、**彰子中宮**（九八八〜一〇七四）は懐妊する（『栄花物語』(2)）。十二歳の若さで入内して以来、八年を経ての慶事であった。一方、明石の君の懐妊は「明石」巻においてであり、その発表は、この翌年の春（正月？）と推定される。

明石の姫君誕生は、光源氏の栄華を支える重要な布石であり、当然ながら彰子中宮懐妊の有無にかかわらず、物語の進展に伴って語られざるをえない。しかし、彰子中宮は八年間、懐妊がなかった。しかも前年八月には、懐妊を望んでいた頃に、彰子中宮の懐妊を祈願して道長の吉野参詣もなされている。(3) 中宮サロンがより一丸となって、物語上とは言え、この中宮の弱み、無言の精神的圧力をかけるような事を、あえて刺激することにもなりかねない展開は当面、避けたいところであろう。明石の浦での懐妊は展開上、ベストであるに違いないとは言え、未懐妊のまま、光源氏帰京の後に上京する等、異なる展開も可能だったはずである。それが彰子中宮の懐妊によって解禁され、晴れて明石の君の懐妊という運びとなったと考えられる。

このような**彰子中宮の懐妊 → 明石の君の懐妊**という展開は、発表の場が時に如何に大きな影響力を及ぼすかを示す一例でもある。そもそも、彰子中宮の懐妊という重大事が、そのお膝元で発表される物語に何ら反映されないとした方が、むしろ不自然という言い方もできる。いわゆる〝場を読む・空気を読む〟ことが、第一次享受者と言える同僚の女房たちの熱い支持を得る不可欠な条件であり、それは必ずしも物語創作においてマイナスに作用するものではなかった。彰子中宮懐妊は、紫式部にとって物語の方向性を示唆してくれる重要なファクター、もしくは原動力ともなったのである。

3 「胡蝶」巻――光源氏と玉鬘（道長と紫式部）

寛弘五年（一〇〇八）四月二十三日～五月二十二日、土御門邸において彰子中宮の安産を祈願して法華三十講が催された。この法華三十講を挟んで、彰子中宮は四月十三日から六月十四日までの丸二カ月、土御門邸に退下している。

紫式部（九七三?〜一〇一四?）が**藤原道長**（九六六〜一〇二七）と和歌を交わしたのは、この土御門殿での滞在期間中である。

源氏の物語、御前にあるを、殿（＝道長）の御覧じて、例のすずろ言ども出できたるついでに、梅の下に敷かれたる紙に書かせ給へる、

すきものと　名にし立てれば　見る人の　折らで過ぐるは　あらじとぞ思ふ

賜《たま》はせたれば、

「人にまだ　折られぬものを　誰かこの　すきものぞとは　口ならしけむ

めざましう」と聞こゆ。

（『紫式部日記』）

『源氏物語』が中宮の御前にあったのを道長が見て、いつものように冗談を言ったついでに、梅の実の下に敷いてあった紙に「好色家（酸《す》き物）と評判が立っているので、そなたを見て手折ることなく過ぎる男はあるまいと思う」と詠みかけた。これに対して紫式部は「人にはまだ手折られておりませんのに、誰が私を好色家などと言い慣らしたのでしょうか」と返歌し、「心外にも」と答えている。梅の実がとれる季節であるから、法華三十講を終えた五月下旬から六月初旬の頃であろう。道長の歌には、着実に進んでいた『源氏物語』執筆の功をねぎらう意も込められていたであろうが、ここで紫式部に向けられた興味は単なる冗談では済まなかったようだ。右の条に続いて、次のような贈答歌が添えられている。

渡殿《わたどの》に寝たる夜、戸を叩《たた》く人ありと聞けど、恐ろしさに、音もせで明《あ》かしたる翌朝《つとめて》、

夜もすがら　水鶏《くひな》よりけに　なくなくぞ　真木《まき》の戸口に　叩きわびつる

返し、

ただならじ　とばかり叩く　水鶏ゆゑ　あけては　いかに悔しからまし　（同）

土御門邸における寝所があった渡殿での事、夜、戸を叩く道長に、紫式部は恐ろしさで音を立てないよう身を潜めて一夜を明かした。翌朝、道長からの「一晩中、水鶏以上に泣いて、あなたの戸口を叩き疲れたことよ」という歌に対して、紫式部は「ただならぬ気配で戸を叩いておりましたから、開けましたなら、どんなにか悔しい思いをしたことでしょうか」とある。

こうした土御門邸における二人の交流から連想されるのは、玉鬘十帖における光源氏と玉鬘の関係である。玉鬘を養女として六条院に迎え入れた光源氏は、親代わりであるにもかかわらず、懸想《けそう》の対象として彼女に接する。そうした光源氏の求愛が語り出されるのは、玉鬘十帖第三巻「胡蝶」。その巻末には、光源氏の思いに困惑する玉鬘の心中が次のように語られている。

（光源氏が玉鬘に懸想しているのを）色に出で給ひて後は……むつかしく聞こえ給ふこと多かれば、（玉鬘は）いとど所狭《せ》き心地して、おき所なき物思ひつきて、いと悩ましうさへし給ふ。……

（「胡蝶」巻末）

光源氏が思いを態度に出してからは、煩わしく言い寄る事が多いので、一層、窮屈で身の置き所ない心地がして、気分が悪い状態までになったとある。ここまで追い詰められた玉鬘の心境は、道長の

来訪で恐怖の一夜を過ごした紫式部の体験に通ずるものがあろう。彰子中宮に仕えているとは言え、紫式部も所詮《しょせん》、摂関家の長にして権力の頂点に立つ道長庇護下の一女房に過ぎない。そうした弱い立場は、玉鬘の置かれた境遇と似通う。

そもそも、玉鬘のモデルとして、幼年期では具平親王の御落胤（Ⅰの2、参照）、成長してからは筑紫へ行く人の女（Ⅵ、参照）が挙げられた。(4) この他にも、玉鬘十帖が道長二女である妍子《けんし》（九九四～一〇二七）の東宮参入の献上本として執筆されたことを考慮するならば、そのモデルの一人として妍子も加えることもできよう。妍子は東宮参入時、十六歳であった。玉鬘十帖が玉鬘の結婚の行方を主筋とするのも、内容的に似つかわしい。(5) 実父の内大臣がおりながら、求愛めく光源氏のもとで結婚相手を決めさせられるという設定は、妍子の反措定として玉鬘が位置することを暗示する。「もし実父のもとにいたならば、このようなひどい扱いはあるまいに」――「螢」巻における兵部卿宮との一風変わった対面につけても、玉鬘は我が身の数奇な運命を、このように嘆かざるをえない。(6) また、紫式部と親しかった上級女房である小少将の君（倫子の姪、生没年未詳）も、道長の愛人であったことから、玉鬘の着想に無関係であったとは言い切れまい。(7)

以上のように、**玉鬘十帖における玉鬘は、筑紫へ行く人の女・妍子・小少将の君といった女性たちの複合モデル**であるが、その一人として、**道長との関係から紫式部**本人も加えられるのである。

4　「真木柱」巻――玉鬘の男児誕生（彰子中宮の敦良《あつなが》親王出産）

彰子中宮の懐妊・出産の慶事が物語に投影されているのは、2の明石の君の懐妊に限定されない。

玉鬘の男児誕生においても見いだされる。

玉鬘の男児誕生は、玉鬘十帖最終巻「真木柱」の巻末近くで、次のように告げられている。

その年の十一月に、いと、をかしき稚児《ちご》をさへ、（玉鬘は）抱き出で給へれば、大将（＝鬚黒）も、「思ふやうに、めでたし」と、もてかしづき給ふこと、限りなし。……（「真木柱」巻）

右の傍線部にあるように、**玉鬘の出産は「十一月」**とある。「真木柱」巻は、この条の後、「まことや」と話題を転じて、相《あい》も変わらぬ近江の君の滑稽な姿を語って閉じられるが[8]、実質的展開は、この玉鬘の出産の話題でもって終わると言ってよい。一方、彰子中宮の第二御子、後の後朱雀天皇、**敦良親王誕生は寛弘六年**（一〇〇九）**「十一月」**二十五日である。「真木柱」巻末の月との照応は、この慶事を踏まえたゆえにほかなるまい。

「真木柱」巻発表は、寛弘六年内の十一月末から十二月。ちなみに『紫式部日記』の最後を飾るのは、翌七年正月十五日の敦良親王御五十日《いか》の儀の記録である。この年の春、紫式部は雛の家造りとして手紙を処分している[9]。玉鬘十帖の完成は、この時点における『源氏物語』完結を意味した。玉鬘十帖最終巻の最後に、玉鬘の男児誕生に敦良親王誕生を重ねたのは、そうした紫式部の決意の表れでもあった。

5 「若菜下」巻――紫の上、三十七歳での発病（紫式部、三十七歳）

彰子中宮サロンでの発表と言っても、当然ながら、物語中に現実世界が投影されるのは、2・4のような公的な出来事ばかりではない。作者の特権と言うべきか、時に紫式部本人が顔を覗《のぞ》かせ、物語の展開を大きく左右することもある。

「今年は三十七にぞなり給ふ」（「若菜下」巻）――紫の上は、この厄年《やくどし》となる三十七歳に発病する。この年齢に対するこだわりは、本来、三十九歳であるべきところを、三十七歳にしていることから知られる。「若菜下」巻発表と推定される寛弘八年（一〇一一）正月は、**紫式部三十七歳**に当たる。(10) 前年の春、紫式部は雛造りとして手紙を処分し、夏頃には、出家をほのめかす『紫式部日記』消息的部分を執筆している。(11)「若菜下」巻において**紫の上が三十七歳の厄年を迎え、発病する**のも、紫式部自身の、この年齢に対する思い入れや心境が、大きく関わっていることに疑う余地はなかろう。

このように、「若菜下」巻における紫の上の発病は、自らを彼女に見立てたところから生まれた着想である。「若菜下」巻執筆時、紫式部は出家を望みながらも、宮仕えを継続することを決意していた。そうした自らを、紫の上に投影・昇華しようとする熱意が、結果的に、この長編物語を突き動かす原動力ともなったのである。

X　発表の場から浮かび上がる准拠

1 「花宴」巻――花宴（三十二年ぶりの花宴）

紫式部が彰子中宮のもとに初出仕した約二ヵ月後の**寛弘三年**（一〇〇六）**三月四日**、出仕先の東三条院で**花宴**が催された。天延二年（九七四）以来、実に三十二年ぶりに復活した雅な行事である。増築を終えた一条院への遷御《せんぎょ》に伴い、里内裏《さとだいり》としていた東三条院での名残を惜しむためであった。この儀には、父為時も文人の一人として列席し、漢詩を献じている。しかし紫式部は、この日、里邸に引きこもっていたのではないかと思われる。『紫式部集』には、同僚の女房から「弥生《やよひ》ばかりに」、出仕を促す歌が彼女のもとに届けられている[1]。同僚たちとの確執まっただ中の頃である（Ⅱの4の51頁～53頁）。慌ただしかった初出仕での体験に懲りて、遷御に伴う混乱を避けようとする意図も、おそらくあったであろう。

「二月の二十日余り、南殿の桜の宴せさせ給ふ」――このように語り出される**「花宴」巻の発表は寛弘四年春**である。これは前年の春に催された花宴を意識しての、しゃれた演出ということになる。同僚たちとの不協和音は過去のものとなった心の余裕が、昨年に思いを馳せて、彰子中宮サロンにとって忘れがたいはずの花宴を、前面に打ち出すことになったと言えよう[2]。

2　「葵」巻――葵祭（王朝時代最大の葵祭）

寛弘四年（一〇〇七）**四月**、平安時代史上、最大の盛り上がりを見せた**葵祭**が執り行われた。この年の葵祭について、道長は「善ヲ尽クシ美ヲ尽クスコト、未ダ此ノゴトキ年アラズ」（『御堂関白記』同年四月十九日の条）と記している。その当日は、朝から曇り雨も降ったが、午後には晴れ、万人が喜んだという。道長も「神意を感じる」と感激している。ちなみに、翌寛弘五年の葵祭は、彰子中宮からの使は懐妊のため、東宮の使も花山院崩御《ほうぎょ》のため立たず、盛り上がりに欠けた（『日本紀略』）。

寛弘四年の葵祭が盛儀となった背景には、この年の葵祭に賭ける道長の積極的な思いがあったことが想像される。長年、懐妊の兆候が見えない彰子中宮のために、同年八月、道長は吉野参詣を敢行している。[3] 道長には、葵祭を通じて賀茂の神に祈念してから、吉野参詣という青写真が出来ていたのではないか。「祭の程、限りある公事に添ふ事、多く、見所こよなし」（「葵」巻）――この年の葵祭には、さぞや、こうした大幅な特別予算が組まれたことであろう。

この王朝人の記憶に刻まれることになった葵祭から着想を得て、執筆されたのが**「葵」巻**である。**その発表は葵祭から半月後**の、物語が一年の中で最も注目される五月初旬（梅雨時は長い屋内での生活を強いられ、六月は暑い盛りとなるから、寒からず暑からずの五月は、物語に専念するに格好な時節）[4]。前年の五月、「若紫」巻を発表して大好評を博しただけに、紫式部にとっても、その執筆にあたっては、万全を期して臨んだと思われる。[5]「葵」巻にもあるように、その年の葵祭が盛儀となるか否かは、おおよそ予想されるところである。「葵」巻の構想は、この事前情報を踏まえて練られたことだろう。「葵」巻は、祭の興奮、未だ覚めやらぬうちに発表された、まさにタイムリーな物語であったと言わねばならない。そして葵祭に賭けた、彰子中宮懐妊を願う道長の思いを忖度《そんたく》するならば、彰子中宮サロンで、この年の葵祭を物語に重ね合わせることは、大いに賛同を得るものであったはずである。

3　「松風」巻——六条院構想の萌芽（法華三十講時の土御門邸行啓《ぎょうけい》）

寛弘五年（一〇〇八）七月十六日、彰子中宮は出産を控え、土御門邸に行啓した。「秋の気配、入り立つままに、土御門殿の有様、言はむ方なく、をかし。……」——『紫式部日記』冒頭は、この退下した折の土御門邸を包み込む秋の風情から語り出されている。以降、第一御子、敦成親王を出産し、十一月に里内裏の一条院に還啓《かんけい》するまで、土御門邸に滞在している。しかし、**土御門邸への長期の里下がり**は七月以前にも、**四月十三日から丸二カ月**なされている。この間の四月二十三日～五月二十二日、土御門邸では、彰子中宮の安産を祈願して法華三十講が催され、その一部については『紫式部日記』『紫式部集』に記されているように、紫式部の随行が確認される。[6]

この法華三十講を含む丸二ヵ月にわたる里下がりの間に執筆・発表されたのが、「松風」巻である。六条院構想の萌芽は、六条院が完成する「乙女」より三巻前の、この「松風」に見られる。「澪標」巻において打ち出された二条東院構想は、「東の院つくり果てて……」と、冒頭から二条東院完成が告げられる「松風」巻の段階で早くも修正されることとなる（Ⅵの3の105頁～107頁）。こうした二条東院構想から六条院構想への転換の契機として、この四月～六月における彰子中宮の土御門邸長期滞在が考えられる。道長摂関家の邸宅である土御門邸の絢爛《けんらん》さを、つぶさに体験した紫式部が、光源氏の栄華の集大成とも言うべき六条院という着想を得たとするのが自然であろう。土御門邸の素晴らしさは、『紫式部日記』冒頭の名文で紹介されている通りである。

「乙女」巻の執筆・発表が八月で、同じく土御門邸の滞在期間中であるのは、**六条院＝土御門邸**という着想のもと、六条院構想が練られた証左である。「八月にぞ六条院、造り果てて（光源氏は）渡り給ふ」——「乙女」巻末近くで六条院落成は、このように語り出される。七月十六日に退下して一息ついた頃の「八月」における執筆・発表は、まさに時期的に照応する。六条院落成で印象的に「乙女」巻が閉じられるのは、土御門邸滞在を踏まえての、彰子中宮サロンという発表の場を意識した効果的演出ともなっているのである。

4 「梅枝」巻——薫物《たきもの》競べ（薫物配り）

3で述べた、出産のための彰子中宮、土御門邸退下《たいげ》から約一ヵ月後の**寛弘五年八月二十六日**、同邸で**薫物配り**がなされた。『紫式部日記』には、次のように記されている。

二十六日、御薫物あはせ果てて、人々にも配らせ給ふ。まろがしゐたる人々、あまた集ひゐたり。

薫物の調合が終わった後、薫物の一部は女房たちにも配られ、練り香を丸めた女房たちは多く集まったとある。この薫物配りから連想されるのは、「藤裏葉」巻の前巻「梅枝」における薫物調合の場面、そして、その後に行われた薫物競べである。これらは「梅枝」巻前半のハイライトであり、その巻名は、薫物競べの後宴で謡われた催馬楽《さいばら》「梅枝」による。紫式部が垣間見《かいまみ》た彰子中宮サロンにおける最高水準の薫物調合は、「梅枝」巻の薫物競べの発想や薫物に関する描写に何らかの影響をもたらしたと思われる。(7)「梅枝」巻の執筆・発表時期は、この折の土御門邸滞在期間中である。

土御門邸で行われた薫物配りは、出産後、一条天皇のもとに戻る準備も兼ねていたであろう。一方、「梅枝」巻における薫物調合は、明石の姫君の裳着の準備のためで、慶事の準備という点で共通する。**土御門邸での薫物配り　→　六条院での薫物競べ**（「梅枝」巻）という流れが、彰子中宮サロンの動向とともに、改めて浮かび上がるのである。

5　「藤裏葉」巻――冷泉帝・朱雀院の六条院行幸《ぎょうこう》（一条天皇の土御門邸行幸）

寛弘五年（一〇〇八）九月十一日、彰子中宮は敦成親王を出産。若宮と対面するべく、**一条天皇の土御門邸行幸は翌十月十六日**になされた。御冊子作《みそうしづく》り（彰子中宮が文学好きな一条天皇のために、長い里下がりに対する陳謝と土御門邸行幸への感謝の意を込めて、中宮サロン一丸となってなされた『源氏物語』豪華清書本作製）(8)は、そのちょうど一ヵ月後の十一月中旬である。「藤裏葉」巻執筆は、この土御門邸行幸が決定している九月二十五日（『御堂関白記』）頃から、御冊子作りに先立つ十一月一日の五十日《いか》の祝い以前の約一カ月余りの間と推定される。

「藤裏葉」巻は十月（「神無月の二十日余りの程」）**冷泉帝・朱雀院の六条院行幸**の盛儀で締めくくられている。その発想的基盤として、『紫式部日記』にも詳細に記されている、**十月の土御門邸行幸が影響**していることに異論はあるまい。(9) **3**で述べたように、六条院＝土御門邸という暗黙の了解が、ここにも生かされている。物語の展開を現実の土御門邸での出来事とオーバーラップさせつつ、積極的に取り込んだ結果が、4で述べた「梅枝」巻の薫物競べであり、「藤裏葉」巻の六条院行幸であった。物語の一応の区切りとなる「藤裏葉」巻を六条院行幸で閉じたことは、一条天皇の土御門邸行幸を意識した最高の演出であったと言えよう。

6 「胡蝶」巻——六条院の船楽（土御門邸の船遊び）

玉鬘十帖第三巻「胡蝶」は、次のように三月下旬、紫の上の御殿で優雅な船遊びが行われるところから始まる。

三月の二十日余りの頃ほひ、春の御前の有様、常より殊に尽くして、匂ふ花の色、鳥の声、ほかの里には、「まだ古りぬにや」と珍しう見え聞こゆ。……唐めいたる舟、造らせ給ひける、急ぎ、さうぞかせ給ひて、降ろし始めさせ給ふ日は、雅楽寮の人、召して、舟の楽せらる。（「胡蝶」巻頭）

この船楽の准拠として、『紫式部日記』中に記されている、次の**土御門邸で催された船遊び**が指摘される。

・十一日の暁、御堂へ渡らせ給ふ。……事果てて、殿上人、船に乗りて、みな漕ぎ続きて遊ぶ。……（**寛弘五年五月二十二日**の条と思われる断簡）

・（十五日の五日の産養の）またの夜、月、いと、おもしろく、頃さへ、をかしきに、若き人は船に乗りて遊ぶ。……　**（同年九月十六日の条）**

「胡蝶」巻発表は、**5**で触れた御冊子作りから約四ヵ月後の、寛弘六年三月頃と推定される。これは結果的に、右の准拠説を肯定するものともなっている。すなわち「胡蝶」巻は、その発表の前年の五月・九月と、彰子中宮の土御門邸退下に伴い、二度、見物した船遊びに基づいて執筆された。

「胡蝶」巻が巻頭より**船楽**を前面に打ち出しているのは、この**昨年の船遊びを想起**させる意図もあったと思われる。**3・5**で述べたように、六条院＝土御門邸という暗黙の了解は、そのインパクトを強めている。また、玉鬘十帖には、巻々の時間の流れと四季の歩みとの一致という、前代未聞の物語手法が駆使されている[10]。「年立ち返る朝《あした》の空の景色」で始まる前巻「初音」は、その先駆けの巻であるが、その手法を意識した実質的な始まりは、「胡蝶」巻からとなる[11]。すなわち、玉鬘が長編構想の中核的ヒロインに据えられるのは「胡蝶」巻からであり、前巻「初音」の段階では、玉鬘は点描されるに過ぎない。髭黒大将の初登場等、玉鬘の花婿候補が勢揃《せいぞろ》いするのも、「胡蝶」巻である。土御門邸で実際に催された船遊びは、季節を春爛漫の三月下旬に変えてはいるものの、「胡蝶」巻の着想を容易にし、結果的に玉鬘十帖独自の手法を可能とすることに大いに寄与したのである。

7 「紅梅」巻——紅梅大納言の春日明神祈願（長和二年二月の春日祭）

長和二年（一〇一三）**二月十日、春日祭**が例年通り催された。春日祭とは二月・十一月の上申の日に行われた奈良の春日大社の例祭である。『御堂関白記』には、この年二回の例祭に出立させる春日祭使についての記述が頻繁《ひんぱん》に見られ、路頭の儀も盛大であったという。

二月の春日祭――この時節における発表を目指して、「紅梅」巻は執筆された。巻名は、按察大納言（＝紅梅大納言）が匂宮に「軒近き紅梅の、いと、おもしろく匂ひたる」を贈ったことに拠る。二月は梅の花が咲き誇る頃である。[12] 藤原氏の氏神、春日明神信仰については、巻頭近くに次のように語られている。

> （紅梅大納言は）先づ、春宮の御事（＝大君の参入）を急ぎ給ひて、「春日の神の御ことわりも、我が世にや、もし出で来て、故おとどの、院の女御（＝弘徽殿女御）の御事を、胸痛く思して止みにし、慰めの事も、あらなむ」と、心のうちに祈りて、参らせ奉り給うつ。いと、時めき給ふよし、人々、聞こゆ。
>
> （「紅梅」巻）

紅梅大納言は娘の大君を春宮に入内させる際、皇后は藤原氏より立つべき由の春日明神の御神託（「春日の神の御ことわり」）を頼みとして祈願したとある。これまで皇族出身者が引き続いて立后することに対して世間の批判があったことは、「乙女」「若菜下」巻に記されている。[13] しかし、この御神託に言及したのは、初めてであり、五十四帖中、春日明神について語られるのも、「紅梅」巻のみである。こうした突然、語られる春日明神信仰の必然性は、春日祭との関係から導き出せよう。「紅梅」は、紅梅大納言が神仏に祈って真木柱腹の男君を望み、授かったことから語り出される。[14] これは、神仏祈願が「紅梅」巻の着想に深くかかわっている証左である。

8 「蜻蛉」巻――明石中宮主催の法華八講《ほけはっこう》（一条天皇三回忌法華八講）

一条天皇の三回忌法華八講は、国忌として崩御日（六月二十二日）に合わせて、**長和二年**（一〇一三）**六月二十二日〜二十六日**、営まれた。宇治十帖第八巻「蜻蛉」は、この三回忌法華八講の影響下、執筆された。

「蜻蛉」巻には、明石中宮が故光源氏・紫の上、両人のために法華八講を催す条が、次のように描かれている。

> 蓮の花の盛りに、（明石中宮は）御八講せらる。六条院の御ため、紫の上など、皆、思し分けつつ、御経・仏など、供養ぜさせ給ひて、厳めしく、尊くなむありける。五巻の日などは、いみじき見物なりければ、こなた・かなた、女房につきて参りて、物見る人、多かりけり。（「蜻蛉」巻）

傍線部「蓮の花の盛りに」は、一条天皇の四十九日法要を見据えて、その極楽往生の祈りが込められた「鈴虫」巻頭「夏頃、蓮の花の盛りに……」を想起させる（Ⅷの5、参照）。また、「蜻蛉」巻で目を引くのは、法要関係の記述の多さである。浮舟失踪後の混乱の中で行われた火葬、蜻蛉式部卿宮（没落ぶりが哀れを誘う宮の君の父宮）の服喪、巻前半を締めくくる浮舟の四十九日法要、そして巻後半の語り出しとなる明石中宮主催の法華八講――これらは浮舟を失った薫・匂宮の悲嘆の深さとともに、「蜻蛉」巻における追悼色の強さを物語っている。巻末における薫の独詠歌由来の〝蜻蛉〟という巻名も、世の無常・はかなさを象徴して止まない。(15) さらに「蜻蛉」巻の前後巻「浮舟」「手習」の内容は本来、「蜻蛉」巻を挿入する余地のない程、直結している。すなわち、「浮舟」巻末が浮舟の入水直前、「手習」巻頭がその直後と、連続しており、(16) 失踪《しっそう》後の後日談的物語である「蜻蛉」巻が、あえて挿入される必然性は構想上、認められない。これも、初めに一条天皇三回忌の法華八講ありきの証左と言えよう。**「蜻蛉」巻の発表時期**は、この法華八講が催された六月二十二日以降で、その余韻、覚めやらぬ**翌月頃**がふさわしい。この巻における法華八講を催した明石中宮のモデルは、自ずと彰子皇太后となろう。

XI その他、モデル・准拠の問題点

1 道長は光源氏か——土御門邸と六条院の関係を手掛かりとして

光源氏のモデルとして、一般的に引き合いに出されるのが、藤原道長である。摂関政治の頂点に立ち、「この世をば我が世とぞ思ふ」と謳歌《おうか》した道長に、光源氏を重ね合わせることは、確かに説得力がある。加えて紫式部妾《めかけ》説（『尊卑分脈』）もあり、『紫式部日記』には、紫式部が彰子中宮に同行して土御門邸に滞在していた折、道長が彼女の寝所のあった渡殿《わたどの》を訪ね、夜通し、戸を叩き続けたと記されている（153頁）。

それでは、やはり道長は光源氏か？——この問題を考える際、最初に確認しておかなければならないのが、道長摂関家における紫式部の立ち位置である。紫式部は、あくまで彰子中宮に仕える一女房であり、その背後には、大輔命婦の存在からも窺われたように（Ⅷの1、参照）、紫式部の実質的後見人である彰子の母倫子《りんし》がいた（紫式部とは再従姉妹《またいとこ》で、勧修寺流の繋《つな》がりから、倫子を介して彰子中宮へ出仕(1)）。彰子の父、倫子の夫として道長は、二人を庇護者的立場から包むようにして屹立《きつりつ》するが、紫式部からすれば、あくまで間接的な関係に止どまる。

これまでの本書における考察は、それを示していた。すなわち、「桐壺」「若紫」「御法」「幻」巻における光源氏のモデルとして浮かび上がるのは、道長ならぬ一条天皇であり（Ⅱの3、Ⅲの2、Ⅷの6、参照）、それは、一条天皇あっての彰子中宮サロンという大前提と照応する。「藤裏葉」「鈴虫」「匂宮」「蜻蛉」巻が一条天皇の影響下、執筆されていることも、一条天皇の存在の大きさを物語る（Ⅹの5、Ⅷの5、Ⅶの2、Ⅹの8、参照）。また「浮舟」巻では、源時方・仲信親子（時方・仲信のモデル）を介して、明石中宮一家の繁栄を、母方の倫子の系譜と重ね合わせるという物語享受の在り方が窺われた（Ⅷの8、参照）。

しかしながら、道長が光源氏と無関係かと言えば、そうではない。六条院の准拠として土御門邸は重要な役割を果たしており（Ⅹの3、参照）、土御門邸の実質的な主人と言ってよい道長は、光源氏のモデルと見なしうる。特に「胡蝶」以降の玉鬘十帖の巻々における光源氏像は、道長に拠るところが大きい。道長が紫式部の寝所の戸を叩いて一夜を共にすることを迫った、かの一件は、光源氏の求愛に苦悩する玉鬘に投影されている（Ⅸの3、参照）。

この道長との一件が起こる前、同じく彰子中宮の退下先の土御門邸で、紫式部は道長と一対一で和歌を交わしている（152頁）。それは初出仕から二年半程経た、寛弘五年（一〇〇八）五月下旬から六月初旬の頃である。そして、この半年後の御冊子作りの際には、道長自ら持参した硯などを、彰子中宮が紫式部に与えるのを見て、惜しがって騒ぐ姿が点描されている。[2]「胡蝶」巻発表は、その翌年春（三月？）であるから、玉鬘十帖における道長投影は、昨年のこれら土御門邸での出来事を踏まえての事となる。

紫式部妾説にしても、真偽は藪の中とは言え、その根拠となった道長が夜通し戸を叩いたエピソードでは、「ただならぬ気配で戸を叩いておりましたから、開けましたなら、どんなにか悔しい思いをしたことでしょうか」（153頁）と、二人の関係は否定されている。紫式部が拒否の姿勢を貫けたのも、宣孝死去後、再婚を潔しとしなかった儒教的貞操観に加えて、倫子が後ろ盾という大義名分があったからであろう。また、親しい小少将の君が道長の愛人（『栄花物語』「初花」巻によれば大納言の君）であったことも、その一因となったかもしれない。道長との男女関係を受け入れることは、新たなストレスの火種となるだけでなく、これまでそれなりに築き上げてきた周囲との良好な信頼関係を揺るがす恐れもある。宮仕えに対する抵抗感は、当初より軽減しつつあったとは言え、紫式部にとって、そうした危険を冒す心情的な余裕は、もとよりなかったと思われる。

このように、道長は光源氏のモデルではあるが、それが直接、窺われるのは、寛弘五年五・六月頃の土御門邸滞在期間中における道長との直接的な交流以降に執筆された巻々である。具体的には玉鬘十帖（第三巻「胡蝶」以降の巻々）に顕著となる。第二部前半（「若菜上」〜「横笛」）においても、女三の宮のモデルが小少将の君であるならば（215頁の註7、参照）、光源氏＝道長（そして紫の上＝倫子）という見方もできる(3)。光源氏の栄光は、道長の存在なくして語れないのも事実であろう。土御門邸が六条院の准拠となっている意味は大きい。宇治十帖（「椎本」巻）における故光源氏所有の宇治の別荘も、道長所有の宇治の別荘と重ね合わせている（3、参照）。第一義的ではなくとも、光源氏の複合モデルとしての可能性は、残されていると言わねばなるまい(4)。光源氏没後における明石中宮一家の繁栄は、母方の倫子の系譜と重ね合わせるところがあった。紫式部にとって彰子中宮に次ぐ重要な人物である倫子は、道長と連動して理想の正妻・紫の上、一族繁栄の基礎を築いた明石の君にも擬せられる。それも、背後に道長がいればこそである。物語における道長の存在感の大きさは明らかであろう。

2　醍醐・朱雀・冷泉天皇の准拠——村上天皇スキップの理由

「物語の時代は、醍醐・朱雀・村上、三代に准スル歟《か》」――『河海抄』には、このように『源氏物語』における皇位継承の准拠が示されている。確かに「桐壺」巻頭「いづれの御時にか」は醍醐天皇（八八五〜九三〇）の御代を前提としており、桐壺帝のモデルは醍醐天皇である（Ⅱの2、参照）。そして朱雀帝は、父桐壺帝の後を継いでいる。しかし、物語と史実には、左記の通りの相違がある。

《物語》桐壺帝　→　朱雀帝　→　冷泉帝

《史実》醍醐天皇　→　朱雀天皇　→　**村上天皇**　→　冷泉天皇

物語では村上天皇が唯一、外されている。本来、村上天皇であるべきなのを冷泉天皇としたところに、その不整合の根本原因が求められるのである。

それでは、この皇位継承における准拠上の不整合は、なぜ起こったのか。それについては、大きく二つの理由が挙げられる。

一つは、冷泉帝が光源氏と藤壺の不義密通の御子という物語の展開上の理由である。すなわち〝天暦《てんりゃく》の治《ち》〟と称賛された村上天皇（九二六〜九六七）の御代を冷泉帝とすることによって、村上天皇に不義密通の御子という汚名を着せることを回避させる意図があったと思われる。このような配慮は、何も村上天皇に限らない。冷泉天皇（九五〇〜一〇一一）は生後二カ月で立太子、十三歳の折、父村上天皇崩御に伴い即位したが、わずか二年で弟円融天皇（一条天皇の父帝）に譲位している。狂気の天皇であったとは言え、安和《あんな》の変のわずか五カ月後の退位であった。この冷泉天皇を聖代と称えられた村上天皇の御代にオーバーラップさせることは、冷泉天皇に対する敬意にほかならない。それは不義密通の御子という設定に対するバランス上の配慮ともなる。また、朱雀天皇（九二三〜九五二）の場合、史実は弟の村上天皇の流れに皇位は継承されるが、物語上では朱雀帝の皇子が今上帝となり、明石中宮との間に産まれた皇子たちへと継承されるべく描かれている。これも、物語中、敗者的イメージの強い朱雀帝に対する作者のバランス感覚の現れと見なせよう。

村上天皇がスキップされた、もう一つの理由は、帚木三帖の存在が挙げられる。「夕顔」巻における具平親王と雑仕女のエピソードに象徴されているように、帚木三帖における光源氏のモデルは具平親王である（I、参照）。したがって、この巻々の帝のモデルは、親王の父村上天皇にほかならない。これに対して、「桐壺」巻は醍醐天皇の御代を前提としていた。もし冷泉帝の位置に村上天皇を配したとしたならば、こうした矛盾が表面化し、帚木三帖の孤立化は避けられず、物語における皇位継承の整合性は、ほとんど成立しなくなる。これは換言するならば、村上天皇スキップという、ある意味、大胆な決断が、皇位継承の歪《ゆが》み・非照応を最低限に押さえたという積極的な見方もできる。結果として「いづれの御時にか」と語り出した長編物語の体裁は保たれ、『源氏物語』の名声を高める一助となったのである。

3　物語世界から現実世界へ——道長、宇治遊覧の背景

宇治十帖第二巻「椎本」は、次のように、匂宮が大君・中の君姉妹との交流を期待して、宇治に赴くところから始まる。

二月の二十日の程に、兵部卿の宮（＝匂宮）、初瀬に詣で給ふ。……宇治のわたりの御中宿りのゆ

かしさに、多くは、もよほされ給へるなるべし。……六条の院（＝光源氏）より伝はりて、右の大殿（＝夕霧）、知り給ふ所は、川より遠《をち》に、いと広く、おもしろくてあるに、御設けせさせ給へり。……夕つ方ぞ、御琴など召して、遊び給ふ。……

（「椎本」巻頭）

匂宮の宿泊場所は、夕霧右大臣が光源氏より伝領した所で、宇治川の対岸に、広々と趣向を凝らしてあった。夕方には、琴などを取り寄せ、管弦の遊びが催されたとある。この夕霧伝領の宇治の別荘に比されるのが、「宇治殿」とも称された、道長所有の宇治の別荘である。もと、河原左大臣 源《みなもとの》融《とおる》の別荘で、長徳四年（九九八）十月、六条左大臣源重信（倫子の父方の叔父）の未亡人より道長が買取り、この別荘に遊覧している。翌年八月にも、上達部たちを引き連れて宇治を訪れ、寛弘元年（一〇〇四）閏《うるう》九月には、遊宴がなされている。以後、一〇〇五年十月、一〇一〇年六月、この別荘を訪れた記録がある。

「椎本」巻は長和元年（一〇一二）後半、発表。右の巻頭で語られている宇治の別邸での管弦の遊びは、こうした宇治での遊宴等の事実に基づく。しかし、道長所有の宇治の別荘との関連は、それだけではない。着目すべきは、この「椎本」巻発表の翌年以降、三年連続、十月に宇治で遊宴がなされている点である。(5) 長和二年（一〇一三）の場合は、賀茂川尻で乗船し、戌《いぬ》の刻（午後八時頃）宇治に到着するまでの半日、船中で管弦・詩歌の宴がなされている。この年の宇治遊覧は、三日前、道長が大井川に遊覧した際、思い立ったようであるが、これら一連の宇治行きの背景に、「椎本」巻を含む宇治十帖が無関係であったとは言い切れまい。

そもそも、帚木三帖を除く『源氏物語』は、道長摂関家の繁栄とタイアップした形で展開するところが多かった。「桐壺」巻は道長摂関家の代弁者的意図が隠されているし（Ⅱの3、参照）、「若紫」巻では若紫像に彰子中宮を重ね合わせていた（Ⅲの2、参照）。「明石」巻における明石の君の懐妊も、彰子中宮懐妊を踏まえている（Ⅸの2、参照）。また、土御門邸は六条院に比され（Ⅹの3〜6、参照）、玉鬘十帖では道長自身、光源氏のモデルともなっていた（Ⅸの3、Ⅺの1、参照）。さらに「匂宮」巻に至っては、幼い敦良親王を匂宮に重ね合わせる等、次世代を見据えた展開となっている（Ⅶの2、参照）。

そうした中、宇治の地が舞台となっている物語が描かれ、「椎本」巻では宇治の別荘が書かれるに及んで、道長の意識が宇治に傾いたとしても不思議ではあるまい。長和二年十月六日の宇治遊覧の時点では、「手習」巻も発表され（Ⅷの9、参照）、宇治十帖も終盤に近づいていた。そうした評判も道長の耳に届いていた頃であろう。

元来、「椎本」巻における匂宮の宇治訪問は、道長の宇治別邸購入からも窺われるように、宇治の地への関心が高まりつつあった機運を踏まえての着想であったと思われる。宇治十帖自体、そうした機運を察知しての物語という言い方もできる。言わば、時代の流れが「椎本」巻を生み、それが道長を宇治の地に赴かせる機縁となったのである。また、道長摂関家の栄華を言祝《ことほ》ぐような『源氏物語』の性格を考慮した場合、道長に、もう少し実利的計算があった可能性もある。「匂宮」巻では道長摂関家の更なる繁栄を先取りし、次世代の世界に踏み込んでいた。道長自ら宇治訪問するとしたならば、その予言を実践するような心理的効果（いわゆる縁起担ぎ）が期待されよう。彰子の懐妊を祈って吉野詣でまで決行した道長である（214頁の註3、参照）。たとえ、そうした縁起担ぎを抜きにしても、『源氏物語』の評判に便乗した形で、自らの権力を誇示する意味も含めて、宇治別邸行きを楽しんだのではなかったか。

このように、「椎本」巻頭で語られる匂宮の宇治宿泊は、永承七年（一〇五二）、頼通による平等院建立へと繋がる、宇治ブームの火付け役としての役割を果たした可能性が高い。そもそも『源氏物語』は御冊子作りの巻々の時点で、既に一条天皇のお墨付きを賜っている。[6] その後、執筆した玉鬘十帖では、〈巻々の時間の流れと四季の歩みとの一致〉という、画期的な物語手法が駆使されていた。[7] 巻の発表が進む度に、この前代未聞の挑戦は感嘆の声を呼び起こしたことであろう。妍子、東宮参入の献上本という栄誉も獲得している。[8] この変奏曲的長編物語に対して、続く「若菜上」「若菜下」巻では、〈長編物語中の長編〉という意表を突く方法で、玉鬘十帖と遜色《そんしょく》のない物語を創作しえた。そして以後も、一条天皇崩御という非常事態に対応した巻々を執筆し、光源氏の代を終え、次世代まで筆を進めている。その初巻となる「匂宮」巻では、道長の三男顕信の出家を予告したかのような薫像も描いている（Ⅶの1、参照）。『源氏物語』は、既に紫式部生前の段階において伝説化していたと言えよう。その影響力は個人レベルでは、当初より見られた。物語中、筆誅を加えられた源明子（源典侍）の辞表提出が、それである（Ⅷの2、参照）。しかし、宇治十帖の終盤の時点に及んでは、道長摂関家の栄華を象徴する物語へと成長し、その内容は現実世界とも、もはや無関係ではありえないまでの影響力をもつに至っている。本書の主眼は史実から物語への影響であるが、最後に、こうした『源氏物語』世界から現実世界への方向性もあることを示唆して擱筆したい。

おわりに——史実との照応による〈五期構成説〉と〈寛弘二年出仕説〉の妥当性

本書の考察の際、前提とした〈五期構成説〉と〈寛弘二年出仕説〉については、かつて、その妥当性を検証した（拙著『源氏物語　成立研究』（笠間書院、平13）第四章「五十四帖の成立」、拙著『紫式部伝』（笠間書院、平17）「初出仕」）。しかし本書を書き終えた段階で、改めてその信憑性を問うことは、本書で浮かび上がった様々な史実との照応が、単なる偶然の域を超えるものであることを証明するためにも、有意義かと思われる。この二説を検証する際、〈五期構成説〉を最初にし、その結果を踏まえて〈寛弘二年出仕説〉について調べるという手順を踏んだ。

細かな考証については、自著二冊での前考察、及び前著『源氏物語の誕生——披露の場と季節』（笠間書院、平25）第一章「五十四帖の執筆・発表時期」を御参照願いたい。ここでの目的は、大局的な見地からの確認と、本書の成果「五十四帖の出来事と史実の関係一覧」（231頁〜235頁）の読み方の指南的役割を提示することである。

五期構成説の妥当性——第一・三期について

五期構成説（222頁）に基づく執筆順序において、大局的に問題とすべきは、第一期（帚木三帖）と第三期（「蓬生」「関屋」巻と玉鬘十帖）である。五期構成説最大の特徴は、三部構成説（223頁）における第一部三十三巻を、第一期から第三期に分けたところにあるからである。

第一期についてであるが、そもそも、『源氏物語』執筆が彰子中宮出仕以前であることは、出仕当初、新参者の紫式部に対して、同僚の女房たちが抱いていた「物語好み、よしめき、歌がちに……」という先入観（23頁）によって窺われる。紫式部が具平親王家ゆかりの人物であることは、道長の口から語られている通りである（18頁）。そこからは、宮中出仕以前、具平親王をモデルとして親王家サロン周辺で発表された帚木三帖の評判が、摂関家の耳に達して、紫式部の出仕要請となったという事情が浮かび上がる。帚木三帖が具平親王を中心とした作者直結の世界であることは、その証左である（Ⅰ、参照）。一方、「桐壺」巻は、紫式部の私的世界を引きずりながらも、彰子中宮サロンを包み込む一条朝後宮の世界を前面に打ち出した世界であった（Ⅱ、参照）。この両巻の明白な主題の違いは左記の通り、執筆順序のみならず、発表時期と発表の場に、そのまま投影されている。

《発表時期》	《発表の場》	《巻名》
寡居時代	具平親王家サロン周辺	帚木三帖
宮仕え時代	彰子中宮サロン	「桐壺」「若紫」巻以降の巻々

しかし、「桐壺」巻に先行する第一期（帚木三帖）を認めない場合、帚木三帖と「桐壺」巻以降の巻々における発表時期と発表の場の明確な照応関係が消え、右の図式は崩れ去る。当然ながら、「いづれの御時にか……」（「桐壺」巻頭）「光源氏、名のみ事々しう……」（「帚木」巻頭）——物語の始まりにふさわしい、この堂々たる冒頭の併存に象徴される様々な矛盾も放置される。

次に第三期についてはどうか。「乙女」巻と「梅枝」「藤裏葉」巻の間に第三期十三巻を想定することによって、以下のような史実との関連が可能となる。先ず「蓬生」「関屋」「玉鬘」巻については、次の通りである。

寛弘五年十一月　御冊子作り（初旬〜中旬）

　同　月　紫式部、里下がり

　同　月　彰子中宮の内裏還啓に同行（十七日）。翌月まで宮中（〜二十八日）。

　同　月　紫式部、再度の里下がり（丸一ヶ月の滞在）

　　「蓬生」＊1「関屋」「玉鬘」＊2巻の執筆

　十二月　紫式部、出仕（二十九日）

＊1……御冊子作り直後の里下がりにおける自己凝視の体験の影響（Ⅷの4、参照）

＊2……「年の暮」の衣配り（「玉鬘」巻末）は、里邸より帰参した「十二月二十九日」と照応。

ちなみに、御冊子作り直後の最初の里下がりの折は、彰子中宮のもとを去る危険をはらんでいた。また、十二月に出仕した折には、「玉鬘」巻を書き終えた感慨も加わったのであろう、「師走の二十九日に参る。初めて参りしも今宵の事ぞかし」（『紫式部日記』）とある。

一方、「玉鬘」巻以降の玉鬘十帖においては、次の通りである。

寛弘六年　正月　『紫式部日記』正月の条（一日〜三日）。以下、翌年正月の条まで一年間の空白。

　同月　**「初音」巻**＊1

二月〜三月　彰子中宮、第二御子懐妊、確定。妍子東宮参入が翌年に延期。

　春　**「胡蝶」巻**＊2　長編物語のヒロインとして玉鬘、登場。結果、前巻「初音」巻末に予告された女楽は未実現。

五月　**「螢」**巻＊3

六月　**「常夏」**巻＊4

七月　**「篝火」**巻＊5

八月　**「野分」**巻＊6

年後半　**「行幸」「藤袴」**巻

十一月　彰子中宮の第二御子（敦良親王）誕生（「十一月」二十五日）

十二月　**「真木柱」**巻（巻末で玉鬘の男児「十一月」誕生）

寛弘七年　正月　『紫式部日記』正月の条（一日〜三日・十五日）

二月　妍子、東宮参入（実姉彰子中宮から玉鬘十帖が献上される？）

春　紫式部、古い手紙を処分。

夏頃　出家をほのめかした『紫式部日記』跋文、執筆。

（寛弘八年　正月　**「若菜上」巻、発表**）

＊1……「年立ち返る朝の空の景色」（巻頭）

＊2……「三月の二十日余りの頃ほひ」（巻頭）

＊3……「五月雨になりぬる憂へをし給ひて」

＊4……「いと暑き日、東の釣殿に出で給ひて」（巻頭）

＊5……「秋になりぬ。……五・六日の夕月夜は」

＊6……「八月は……野分、例の年よりも」

こうした寛弘五年十一月の御冊子作りから寛弘七年春の手紙処分以降に至る出来事と、物語との一連の関係は、第三期の存在を認めない限り、成立しない。

このように、第一期、第三期、ともに紫式部の生きた現実世界との強い照応関係が見いだされた。筆者が五期構成説を提唱するゆえんである。それでは、寛弘二年出仕説についてはどうか。この結果を踏まえ、五期構成説を前提として検証したい。

寛弘二年出仕説の妥当性――寛弘二年以外の場合

『源氏物語』五十四帖中、巻々の成立時期が最も明白なのは、第二期の最後を飾る「梅枝」「藤裏葉」巻である。すなわち、「梅枝」巻の薫物競べは、寛弘五年（一〇〇八）八月における土御門邸での薫物配りを、「藤裏葉」巻末における冷泉帝・朱雀院の六条院行幸は、翌々月の一条天皇、土御門邸行幸を踏まえて執筆された（Xの4・5、参照）。この両巻の執筆・発表が寛弘五年内に限定されるのは、第二期の巻々の完結を示す同年十一月に御冊子作り（220頁）がなされていることである。寛弘二年説の場合、これを基点にする形で、第二期の巻々は、史実との関連が多く見られる。その主要な例を列挙するならば、次の通りとなる。

（寛弘二年十二月二十九日　彰子中宮のもとに初出仕）
寛弘四年四月　王朝時代最大の葵祭　↓　車争い（「葵」巻）＊1
　五月　源明子、辞表提出　↓　源典侍、再度登場（同巻）＊2
　十二月　彰子中宮、懐妊　↓　明石の君、懐妊（「明石」巻）＊3
寛弘五年四月　彰子中宮、土御門邸退下　↓　六条院構想の萌芽（「松風」巻）＊4

七月　彰子中宮、土御門邸再退下　→　六条院の完成（「乙女」巻）＊4
八月　土御門邸での薫物配り　→　六条院での薫物競べ（「梅枝」巻）
十月　土御門邸への一条天皇行幸　→　六条院への冷泉帝行幸（「藤裏葉」巻末）
十一月　土御門邸での御冊子作り　→　第二期の完結

＊1〜4については、それぞれXの2・Ⅷの2・Ⅸの2・Xの3、参照。

右のうち、寛弘五年四月（彰子中宮、土御門邸退下）・七月（彰子中宮、土御門邸再退下）・八月（土御門邸での薫物配り）・十月（土御門邸への一条天皇行幸）・十一月（土御門邸での御冊子作り）は、「松風」巻から「藤裏葉」巻までの一連の出来事との強い照応関係が認められる。また、寛弘四年十二月の彰子中宮懐妊から明石の君懐妊（「明石」巻）への展開も、彰子中宮が八年間、懐妊することがなかった事実を踏まえるならば、首肯しうるところであろう。

寛弘三年説に基づく場合も、ここまでは寛弘二年説と同じ立場が採れる。しかし、それ以前の四月（王朝時代最大の葵祭）・五月（源明子、辞表提出）との関連づけは困難である。もし、これを関連づけるならば、「桐壺」巻から「葵」巻までの六巻が、寛弘四年前半で一挙に執筆されたことになる。しかも、出仕当初より、紫式部と同僚たちの間には半年に及ぶ強い確執があった（51頁〜53頁）。そうした出仕もはかばかしくなく、本格的な宮仕え経験のない時期での執筆が前提とされる。

寛弘三年説のデメリットは、これに止どまらない。それと同様に大きな影響は「末摘花」巻（「若紫」次巻）から「賢木」巻（「須磨」前々巻）との関連である。この五巻について、寛弘二年説では、左記のような発表時期との関係が浮かび上がる。

「末摘花」巻……「八月二十余日」（末摘花との逢瀬）と推定発表時期の八月
「紅葉賀」巻……「神無月の十日余り」（巻頭）と推定発表時期の十月
「花宴」巻………「二月の二十日余り」（巻頭）と発表時期の春（前年三月には三十二年ぶりの花宴）
「葵」巻…………四月（車争い）と盛況を極めた葵祭の年の四月（発表は翌五月）
「賢木」巻………「九月七日ばかり」（野宮訪問）と発表時期の九月

以上の詳細については、前掲の拙著『源氏物語の誕生』第一章第二・三節、参照。

右に示されている一連の時節的照応は、特筆すべきである。中でも「朱雀院の行幸は、神無月の十日余りなり」（「紅葉賀」巻頭）「二月の二十日余り、南殿の桜の宴せさせ給ふ」（「花宴」巻頭）に見られる二巻一対の意識が、そのまま発表時期と重ね合わされることは、軽視できまい。しかし、寛弘三年の場合、その照応は、年後半の「末摘花」「紅葉賀」（「賢木」？）巻に限られる。

こうした寛弘三年説における非照応は、寛弘四年説ではさらに大きくなる。この説に至っては、「末摘花」巻から「賢木」巻までの非照応のみならず、最初に列挙した寛弘五年の史実との照応も危うくなる。

ちなみに、寛弘元年説の場合ではどうか。先ず、帚木三帖の執筆が大宣孝の三回忌の年になされたことになる（しかも「帚木」巻は、四月下旬の三回忌を終えたばかりの翌五月）。紫式部の強い儒教的倫理観からすれば、これは不自然と言わねばなるまい。後年、「年頃、つれづれに、ながめ明かし暮らしつつ……」と寡居時代を回顧した『紫式部日記』の記述（21頁〜22頁）とも食い違う。そして何より、最初に述べた寛弘五年（「明石」巻〜「藤裏葉」巻）の照応関係を前提とするならば、寛弘二年から寛弘四年までの丸三年に九巻（「桐壺」巻〜「須磨」巻）の発表（翌五年の一年間は「明石」巻〜「藤裏葉」巻の九巻）という想定を強いられる。その間遠な執筆ペースを示唆する根拠が全く見いだせないにもかかわらず、である。「末摘花」巻から「賢木」巻に見られた一連の時節的照応も、当然ながら、この長い期間内でのこととなり、八月・十月・翌年二月・五月・九月というコンパクトな連続性は著しく損なわれる。

以上のように、寛弘二年出仕説以外を採った場合、いずれの年も、紫式部の生きた現実世界との照応は希薄なものに止どまる。寛弘二年説の優位性は明らかであろう。

以上、第三期までの巻々の範囲内ながら、〈寛弘二年出仕説〉〈五期構成説〉、いずれに拠らない場合おいても、史実との整合性が劣ることを確認した。これに対して、この二説を採った場合、その整合性は著しく高まる。『源氏物語』のモデルと准拠を語る際、この二説に立つことの有効性を主張するゆえんである。

〈註〉

註

I 帚木三帖（「帚木」「空蟬」「夕顔」）——作者直結の世界

（1）空蟬が紫式部の自画像に近い女君であることは、島津久基著『源氏物語新考』（明治書院、昭11）等、早くから指摘され、定説化している。
ちなみに、空蟬同様、受領層出身の明石の君も、紫式部の自画像の一人と見なされている。名門としての誇りを堅持する一方、光源氏と自らとの懸隔から常に「身の程」意識にさいなまれるという人物像は、強い家門意識をもちながら、受領階級に定着してしまった作者紫式部自身の自我構造と酷似する。生き方においても、紫式部と通ずる点が多い。明石の君の謙退の精神は、紫式部の重んじた美徳である。強いパフォーマンス好きな清少納言への痛烈な批判（『紫式部日記』）は、それを端的に物語っている。強い自制心により忍従と謙退の態度を貫き通し、光源氏の信頼を勝ち得た明石の君の在り方は、夫宣孝の妻の一人に過ぎず、通いの少なさを耐える時期もあった紫式部にとって、理想的自画像であったと言ってよい。

（2）光源氏は方違え先の紀伊守邸で空蟬と出会い、契るが、その場所については、「紀の守にて、親しくつかうまつる人の、中川のわたりなる家」（「帚木」巻）と語られている。「中川」とは、京都御苑の東隣にある梨木神社辺りを南北に流れていた川で、現在は暗渠となっている。東川（鴨川）と西川（桂川）の中間にあったため、その名が付けられたと言われる。ちなみに、梨木神社参道前の通りを挟んで、東側真向かいに堤中納言邸跡とされる廬山寺がある。
『源氏物語』の本文は、山岸徳平校注『源氏物語』一〜五（日本古典文学大系、岩波書店）に拠った。ただし、読解の便宜を図るため、表記は適宜、改めた。以下、同。

（3）「いづれを三の品に置きてか分くべき。……」と（光源氏が頭中将に）問ひ給ふ程に、左の馬頭、藤式部の丞、「御物忌に籠もらむ」とて、参れる。……（「帚木」巻）

ちなみに、右の引用のとおり、藤式部丞とともに登場し、同じくこの巻限定のキャラクター「左馬頭」のモデルは、右馬頭であった在原業平（八二五～八八〇）かと言われている。

（4）その登場は次の通りである。

「式部が所にぞ気色ある事はあらむ。……」と（頭中将は）責めらる。……（藤式部丞は）思ひめぐらすに、「まだ、文章の生に侍りし時、賢き女の例をなむ見給へし。……才の際、なまなまの博士、はづかしく、全て口あかすべくなむ侍らざりし。……」（「帚木」巻）

（5）「中務の宮（＝具平親王）の御心用ゐなど、世の常に、なべてに、おはしまさず、いみじう御才賢う、おはする余りに、陰陽道も医師の方も、よろづに、あさましきまで足らはせ給へり。作文・和歌などの方、世に優れ、めでたう、おはします。心憎く、はづかしき事、限りなくおはします」（『栄花物語』「初花」巻）

（6）紫式部の出生年次については、諸説に分かれているものの、九七三年前後に集中している。

その決め手となる最大の根拠は二つある。ひとつは、紫式部の厄年を窺わせる、出家するにふさわしい年齢に達してきた（「年もはた、（出家には）よき程になりもてまかる」）という『紫式部日記』跋文（一〇一〇年執筆）中の記述である。出家するにふさわしい年齢とは、『源氏物語』に厄年として強調されている三十七歳であろう（この年齢に達して藤壺は出家・死去し、紫の上も発病して出家を願っている。特に紫の上の場合、本来、三十九歳であるべきところ、「今年は三十七にぞなり給ふ」（「若菜下」巻）とある）。この厄年に対する紫式部のこだわりを踏まえて、彼女が出家するにふさわしい年齢に達してきたとした一〇一〇年を、厄年となる前年の三十六歳とするならば、逆算すると出生年は九七五年となる。

もうひとつの根拠は、父為時が結婚前、播磨国（兵庫県）行きを命ぜられた文書である。そこには、九六八年十一月、前任地（不明）から都に戻ることなく直接、新しい任地である播磨国に行くように指示されている（『類聚符宣抄』）。この命令は、そのまま実行されたであろうから、為時の任期を通例の四年とした場合、その帰京は、九七一年末頃となり、帰京早々の結婚、姉とは一つ違いとしても、紫式部の出生は早くとも九七四末頃年以降となる。これは、為時の播磨権少掾就任から導き出された推定年次の九七五年と、ほぼ一致する。

為信女は、為時と播磨国からの帰京早々に結婚し、その翌年（九七三）末頃から翌々年の間に姉、九七五年には紫式部を、そして九七六年に惟規と引き続き出産して体力を消耗した結果、程なく他界したと思われる。

諸説中、最も引かれることの多いのは、折衷案的な性格の強い九七三年説であるが、この説によると、紫式部の出生は、播磨国在任中となる。しかし、その場合、為時と為信女との結婚は、為時の一時的な帰京を前提とし、かつ、いまだ夫婦としての信頼関係が築かれていない段階で、不慣れな遠い地に妻を伴って任国に下向したことになり、当時の結婚形態からすると極めて不自然と言わざるをえない。

（7）『紫式部日記』の本文は、山本利達校注『紫式部日記　紫式部集』（新潮日本古典集成、新潮社、昭55）に拠った。ただし、読解の便宜を図るため、表記は適宜、改めた。以下、同。

（8）『栄花物語』には、両家の縁談について次のように記されている。

（具平親王は）この左衛門督殿（＝頼通）を心ざし聞こえさせ給へば、大殿（＝道長）聞こし召して、「いと、かたじけなき事なり」と畏まり聞こえさせ給ひて、「男は妻がらなり。いと、やむごとなきあたりに参りぬべきなめり」と聞こえ給ふ程に、内々に思し設けたりければ、今日明日になりぬ。……

（『栄花物語』「初花」巻）

道長を絶賛する立場の『栄花物語』では、右のように具平親王側から縁談をもちかけられ、その申し出に恐縮した道長が「男は妻の出自次第だ。頼通は高貴な家の婿になるのがよかろう」と承諾したとある。この頼通と隆姫の縁談・結婚の記述は、寛弘六年四月から秋の間にある。

（9）『紫式部集』の本文は、南波浩校注の岩波文庫本『紫式部集』に拠った。ただし、読解の便宜を図るため、表記は適宜、改めた。以下、同。

（10）『枕草子』には、この主従関係を前提とした「我が宿の八重山吹は……」歌を踏まえ、定子中宮が、道長方との内通を疑われて里邸に引きこもった清少納言の帰参を成功させたエピソードが記されている（第一三六段）。そこでは、この和歌の「我が宿」を定子サロン、「八重山吹」を自らに仕える女房たちと重ね合わせ、凋落する我がサロンから一人、また一人と去って行くのを嘆き、せめて清少納言だけでも残ってほしいと訴えている。

『枕草子』の章段は渡辺実校注『枕草子』（新日本古典文学大系、岩波書店、平3）に拠る。以下、同。

（11）伊藤博著『源氏物語の原点』（明治書院、昭55）「紫式部のふるさと」、後藤祥子「紫式部集評釈」（『国文学』学燈社、昭57・10）参照。

（12）代明親王の北の方（具平親王祖母）亡き後、その幼い御子たちは、母北の方の実家である定方邸に、父代明親王とともに移り住んだ。しかし、代明親王は故北の方の妹に振られ、御子たちの養育を里邸の人たちに託して邸を去った（『大和物語』第九四段）とある。

（13）為時の母は、荘子女王の姉である恵子女王の成人後、彼女に付き添い、伊尹家の女房として出仕したと伝えられている。陽明文庫蔵『後拾遺和歌抄』第三「夏」一三七番歌の作者「藤原為頼朝臣」に施された脚注には、「母一条摂政家女房」とある。この二人の関係は、為時の母が、その実家である定方邸で育てられた代明親王の御子たち（恵子女王や荘子女王たち）の養育に深く関わっていた証左である。

（14）川口久雄編『本朝麗藻簡注』（勉誠社、平5）参照。ただし、「桃花閣」は「排花閣」とされている伝本もある。

（15）新編日本文学全集・新潮日本古典集成等、紀伊守が仕える対象を左大臣家と採る説が多い中、『岷江入楚』には「紀伊守　源氏の家人也」とあり、山岸徳平校注の日本古典文学大系（岩波書店）も、光源氏と採る。

(16) 空蟬についての初出は、方違え先として訪問した紀伊守邸における次の場面である。
君は、のどやかに（紀伊守邸を）ながめ給ひて、「かの中の品に取り出でて言ひし、この並ならむかし」と思し出づ。思ひあがれる気色に聞きおき給へる女なれば、ゆかしくて、耳とどめ給へるに、……

（「帚木」巻）

(17) 「伊予の介、のぼりぬ。まづ、急ぎ参れり。船路のしわざとて、少し黒み、やつれたる旅姿、いと、ふつつかに、心づきなし」（「夕顔」巻）

(18) "雨夜の品定め"直後、左大臣家の姫君のもとに赴いたものの、早々に方違えで退出することとなり、「中川のわたり」の紀伊守邸に宿泊することになる。しかし、その宿泊決定に至る前、父伊予介邸での忌み事があって、空蟬一行が自邸に滞在していることを理由に、紀伊守は光源氏に一旦、断りの申し出をしている。

(19) 惟規は、死去三年前の寛弘五年七月十七日、出産のため前日に土御門邸へ退下した彰子中宮のもとに、一条天皇からの御書を携え、勅使として参上したが、この晴れ舞台で、公卿たち四・五人から勧められるままに酒杯を重ね、「酔フコト泥ノ如シ」という失態を演じている（『不知記』）。また同年十二月十五日、御仏名結願の後夜、導師の弟子たちへの綿の分配方法を誤り、僧たちが綿を奪い合うという事態を招き、公卿たちに不審を抱かせている（『小右記』）。

(20) 「斎院に、中将の君と言ふ人、侍るなりと聞き侍る、便りありて、人のもとに書き交はしたる文を、みそかに人の取りて見せ侍りし。いとこそ艶に、我のみ世には物のゆゑ知り、心深き類ひはあらじ、すべて世の人は、心も肝もなきやうに思ひて侍るべかめる、見侍りしに、すずろに心やましう、おほやけ腹とか、よからぬ人の言ふやうに、憎くこそ思う給へられしか」（『紫式部日記』消息的部分）

(21) 兼輔は延長五年（九二七）、権中納言となり、同八年に右衛門督を兼ねている。

(22) 光源氏は、「帚木」巻で次のように語っている。

「(空蟬については)上(=帝)にも聞こし召しおきて、『宮仕へに出だし立てむ』と、もらし奏せし、『いかになりにけむ』と、いつぞや宣はせし。世こそ定めなき物なれ」と、いと、およずけ宣ふ。

(23) ただし、他撰説も唱えられている。徳原茂美著『紫式部集の新解釈』(和泉書院、平20)第九章「『紫式部集』自撰説を疑う」参照。

(24) 角田文衛「夕顔の死」(『角田文衛著作集7 紫式部の世界』法蔵館、昭59)参照。

(25) 『拾芥抄』に拠れば「千種殿」と呼ばれ、六条坊門南、西洞院東にあった。

(26) 「六条の家の今は野のやうになりにたるに、桜のいと面白く咲きたりけるを、源為善朝臣折りて、もて来たりければ、詠める　　中務卿具平親王

いたづらに　咲きて散りぬる　桜花　昔の春の　しるしなりけり」(『新拾遺和歌集』巻第二・春歌下)

(27) 夕顔に関する惟光の報告に対して、光源氏は当初、次のような感想を抱いている。

これこそ、かの、人(=左馬頭)の定めあなづりし下の品ならめ。(「夕顔」巻)

(28) 「土御門の大臣の母は式部卿為平の御子の御女のよし、系図に註せる、おぼつかなき事なり。尋ね侍るべし」(『古今著聞集』)

(29) 『日本古典文学大辞典』(岩波書店、昭60)「古今著聞集」(執筆担当、永積安明)参照。

(30) 夕顔を廃院に連れ出す前日の「八月十五夜」以降、夕顔が謎の死を遂げ、その葬送を見届ける十八日の朝方まで、次のように逐一、その時間が記されている。

「明け方も近うなりにけり」「明けゆく空」「日たくる程に起き給ひて」「夕べの空を眺め給ひて」「宵過ぐる程」「名対面(=午後九時)は過ぎぬらむ」「夜中も過ぎにけむかし」「夜の明くる程の久しさは」「からうじて鶏の声、はるかに聞こゆるに」「明け離るる程」「日高くなれど」「日暮れて」「十七日の月さし出でて」「初夜も皆、行ひ果てて」「夜は明け方になり侍りぬらむ」「いとどしき朝霧」

(31) 註12、参照。

（32）「女御庄子（＝荘子女王）於民部大輔保光坊城宅有産男子事、具平親王也」（『日本紀略』康保元年（九六四）六月十九日の条）

（33）このほか、紫式部の弟惟規の「惟」が、惟光の命名に関わっていた可能性も指摘できよう。

（34）光源氏が「（嵯峨の）大覚寺の南」に造営した御堂（「松風」巻）は、古注より源融の棲霞観（現在、清涼寺内の阿弥陀堂）とされる。「松風」巻における光源氏のモデルとして源融が挙げられよう。ちなみに源融モデル説は、この他、某廃院（「夕顔」巻）が源融の河原院に、そして夕霧所有の宇治の別邸（「椎本」巻）が源融の宇治の別荘に、それぞれ比定されることからも、主張されている。しかし、この河原院・宇治の別荘をもって、光源氏の第一義的モデルとすることはできない。その詳細については、Ⅳの1「京極御息所――「夕顔」巻」、Ⅺの3「物語世界から現実世界へ――道長、宇治遊覧の背景」参照。

Ⅱ「桐壺」巻――多重構造の世界

（1）神田秀夫「白楽天の影響に関する比較文学的一考察」（『国語と国文学』昭23・10）、丸山キヨ子著『源氏物語と白氏文集』（東京女子大学学会、昭39）、大曽根章介「漢文学と源氏物語との関係――長恨歌を中心として――」（『国文学　解釈と鑑賞』昭43・6）等、参照。

（2）新間一美「李夫人と桐壺巻」（『論集日本語日本文学　中古2』角川書店、昭52）〈新間著『源氏物語と白居易の文学』（和泉書院、平15）に再録〉参照。

（3）藤井貞和「源氏物語と中国文学」（『講座日本文学　源氏物語上』至文堂、昭53）等、参照。

（4）『伊勢集』には「長恨歌の屏風を、亭子院の帝、描かせ給ひて、その所々、詠ませ給ひける」とある詞書に続き、玄宗皇帝の立場からの五首、楊貴妃の立場からの五首、計十首が詠まれている。

（5）村瀬敏夫著『平安朝歌人の研究』（新典社、平6）「伊勢の御と紫式部」参照。

（6）本節の詳細については、拙論「『源氏物語』始発のモデルと准拠――成立論からの照射――」（森一郎他編『源氏物語の展望』第5輯、三弥井書店、平21・3）〈拙著『源氏物語の誕生――披露の場と季節』（笠間書院、平25）第二章第二節「「桐壺」巻――敦康親王と光る君」に再録〉参照。

（7）「昨御読書始、於飛香舎（＝藤壺）被行、密々主上（＝一条天皇）渡御件舎、是后宮（＝彰子中宮）御在所也」（『小右記』寛弘二年十一月十四日の条）

（8）山中裕著『平安人物志』（東京大学出版会、昭49）第五章「敦康親王」参照。

（9）例えば、一条天皇譲位に伴い、敦成親王が敦康親王を差し置いて立坊した際、彰子中宮について次のように記されている。

（敦康親王の）御心のうち、推し量られ、心苦しうて、中宮も、あいなう御面、赤む心地せさせ給ふ。

（『栄花物語』「岩蔭」巻）

（10）註7、参照。

（11）増田繁夫「源氏物語の後宮――桐壺・藤壺・弘徽殿――」『国文学解釈と鑑賞　別冊　源氏物語の研究と基礎知識』№1桐壺（至文堂、平10・10）所収、参照。

（12）彰子の入内時は里内裏の一条院を使用していたが、翌年の長保二年（一〇〇〇）十月、本内裏へ遷御しており、その一年弱の期間、及び長保五年（一〇〇三）十月から、寛弘二年（一〇〇五）十一月までの二年弱の期間は、本内裏が使われている。阿部秋生著『源氏物語研究序説』（東京大学出版会、昭34）第一篇第一章二「作者のゐた内裏」参照。

（13）「桐壺」巻における弘徽殿女御のモデルとして、藤原義子が挙げられることについては、河内山清彦著『紫式部集・紫式部日記の研究』（桜楓社、昭55）第三編第一章「藤壺女御と弘徽殿女御――紫式部の出仕志向に及ぶ――」参照。

（14）それは『紫式部日記』中に記されている、後年に起こった左京の君の一件からも知られる。御冊子作り直後の寛弘五年（一〇〇八）十一月下旬、童女御覧の儀の当日、かつて弘徽殿女御のもと、宮中で幅を利かせていた左京の君という女房が、大勢の奉仕人の中、五節の舞姫の介添えの一人として加わっていた。それを目ざとく見つけた彰子中宮方の女房たちは、彼女に手の込んだいたずらをし、紫式部も左京の君の零落ぶりを揶揄した歌を詠んで、このからかいに積極的に加担し、同僚たちと一体となって興じている。

(15)「（桐壺更衣が桐壺帝のもとに）まう上り給ふにも、あまり、うちしきる折々は、打橋・渡殿のここかしこの道に、あやしきわざをしつつ、御送り迎への人の衣の裾、堪へ難う、まさなき事どもあり」（「桐壺」巻）

(16) ちなみに、定子皇后をモデルとしているのは、「桐壺」巻における桐壺更衣に限定されない。「朝顔」巻には、光源氏の言葉を通して次のように語られている。

ひと年、中宮（＝藤壺）の御前に、雪の山、作られたりし、世に古りたる事なれど、なほ、珍しくも、はかなき事を、しなし給へりしかな。

この雪山の条は、『枕草子』第八三段「職の御曹司におはします頃、……」で語られている、長徳四年（九九八）十二月〜翌年正月の間、定子中宮の御前で雪山が作られた事実を准拠としている（『河海抄』）。朝顔斎院との交渉を語る「朝顔」巻の主題は、夢に現れた藤壺を光源氏が偲ぶ巻末に象徴されるように、藤壺追悼にある。そうした中、定子のエピソードを藤壺の思い出と重ね合わせた意味は軽視できまい。藤壺は「桐壺」巻において、彰子中宮をモデルとしていた。「若紫」巻においては、彰子は若紫のモデルとなるが（Ⅲの２、参照）、「若紫」巻以降の藤壺のイメージに定子皇后が付与されていた可能性も浮上する。少なくとも、藤壺の死に関しては定子皇后に代替されていると言えよう。これは、彰子中宮サロンという発表の場という観点からすると、藤壺の死という重大事に伴う負のイメージが、道長摂関家と抵触しないという利点を意味すると思われる。

（17）勧修寺流とは、醍醐天皇の生母胤子の父藤原高藤を祖とする一門で、醍醐天皇の母方の実家として一定の勢力を保ち続けた。紫式部の父方の祖母が高藤男の三条右大臣定方女であることに象徴されるように、堤中納言として名高い曾祖父兼輔の代より、紫式部の一門は、この勧修寺流との繋がりの中で活路を見いだしていった。紫式部自身、幼少期からの具平親王邸への出入りはもとより、彼女の夫となった宣孝、そして彰子中宮出仕の際、後見人的役割を果たした道長の正室倫子は、ともに定方の曾孫であり、紫式部の人生も、勧修寺流の係累の影響下にあったと言ってよい。拙著『紫式部伝』（笠間書院、平17）参照。

（18）延喜二十一年（九二一）正月、兼輔は待望の参議となった際、貫之はそのお祝いに馳せ参じて、兼輔一門の繁栄の吉兆を期した歌「春ごとに　咲きまさるべき　花なれば　今年をもまだ　あかずとぞ見る」（『貫之集』）を詠んでいる。

（19）『後撰和歌集』には「隣に住み侍りける時、九月八日、伊勢が家の菊に、（雅正が）綿を着せに遣はしたりければ、またの朝、折りて返すとて」という詞書がある二人の贈答歌が収められている。

（20）註5、参照。

Ⅲ　若紫――「若紫」巻における複合モデル

（1）玉上琢彌著『源氏物語評釈』第二巻（角川書店、昭40）「若紫」の「この巻を読む前に」、原岡文子著『『源氏物語』に仕掛けられた謎――「若紫」からのメッセージ』（角川学芸出版、平20）第一章1「「若紫」の冒頭」等、参照。

（2）夫宣孝の死を嘆いた四十八番歌（「見し人の煙となりし夕べより……」）以降、寡居期の歌が続き、直前の五十三番歌も「世の中の騒がしき頃」と、夫と死別した年と同年の歌となっている。そして、摂関家の出仕要請に揺れ動く心境を吐露したと思われる五十五・五十六番歌（「数ならぬ心に身をば任せねど……」「心だに如何なる身にか適ふらむ……」）の後、「初めて内裏わたりを見る……」（五十七番歌、詞書）と、以下、六十五番まで一連の出仕当初の歌が続く。

（3）この親子関係のほか、若紫の乳母である少納言の乳母（「若紫」巻）に、唐竹を瓶に差して賢子の回復を祈る紫式部の侍女（60頁の五十四番歌詞書、参照）を重ねることもできよう。

（4）『紫式部日記』寛弘五年十二月二十九日の条には、「師走の二十九日に参る。初めて参りしも今宵の事ぞかし」とある。彰子中宮への出仕年度は、ほぼ寛弘二年説か三年説に絞られている中、寛弘二年説とすべきことについては、Ⅱの註17の拙著『紫式部伝』「初出仕」参照。

（5）「『この寺にありし源氏の君こそ、おはしたなれ。など見給はぬ』と（若紫が）宣ふを、人々『いと、かたはら痛し』と思ひて、『あなかま』と聞こゆ。……（光源氏は）『げに、言ふかひなの気配や。さりとも、いとよう教へてむ』と思す」（「若紫」巻）

（6）父宮の来訪と思って起き出した若紫は、光源氏の「こちらに」という誘いには応じず、少納言の乳母のもとに行くが、乳母が光源氏側に彼女を押しやると、「何心もなく居給へるに」とある。また、その直後、若紫の手を取り、添い寝しようとする光源氏に対して、さすがに恐ろしくなって震えるものの、彼女の気を引くような優しい言葉に「幼き心地にも、いと、いたうも怖ぢず」とある。

（7）「（少納言の乳母や女房たちが）『（かの添い寝の後、直接、光源氏様がおいでなく、惟光様とは）あぢきなうも、あるかな。戯れにても、物の始めに、この御事よ。宮（＝父宮）、聞こし召しつけてば、さぶらふ人々（＝私たち女房）の疎かなるにぞ、さいなまれむ。あな、かしこ。物のついでに、いはけなく（父宮様に、このことを）うち出で聞こえさせ給ふな』など言ふも、それをば何とも思したらぬぞ、あさましきや」（「若紫」巻）

（8）賢子の出仕時期は不明であるが、万寿二年（一〇二五）、親仁親王（＝後冷泉天皇）の乳母に任ぜられた際、

『栄花物語』には「大宮（＝彰子）の御方の紫式部が女の越後の弁」（「楚王の夢」巻）と紹介されており、彰子のもとに出仕していたことが知られる。そうした中、遅くとも二十代前半には出仕していたことは、『大弐三位集』中の贈答歌から確認される。中周子「解説　藤三位集」（『藤三位集』和歌文学大系二〇所収、明治書院、平12）参照。

（9）　左衛門の督（＝公任）、「あな、かしこ。このわたりに、若紫やさぶらふ」と、うかがひ給ふ。「源氏に似るべき人も見え給はぬに、かの上は、まいて、いかでものし給はむ」と、聞き居たり。（『紫式部日記』寛弘五年十一月一日の条）

この一件からは、当代の歌壇の権威である公任に読まれるまでに「若紫」巻の評判が高かったことが窺われる。

（10）本文「すみつき」は「墨付き」ではなく、「墨継ぎ」の可能性もある。「墨付き」は、濃淡等の墨の付き具合であるが、「墨継ぎ」の場合は、墨の継ぎ方、すなわち、筆の墨がなくなりかけた辺りから、新たに墨を含ませて書き始めた辺りまでの書き方となる。それは、書の善し悪しを決定する見せ所の大きな一つであり、したがって、「墨継ぎ」ならば、書の真価を問う、より技巧的な視点からの評価となる。

（11）このほか、「玉鬘」巻においては「女君、二十七、八になり給ひぬらむかし」とある。若紫の年齢の詳細は、久保田孝夫「若紫の君、幼き登場の意味――「片生ひ」と菟原処女から――」（『同志社国文学』第61号、平16・11）等、参照。

（12）十二歳での元服以降、光源氏の年齢が明記されているのは、「若菜上」巻で、「今年ぞ四十になり給ひければ」とある。「若紫」巻における年齢を「十ばかりにやあらむ」から十歳とした場合、この「若菜上」巻の時点で紫の上は三十二歳となり、二人の年齢差は八歳になる。

Ⅳ　六条御息所——巻を隔てた複合モデル

（1）『江談抄』第三「融大臣ノ霊、寛平法皇ノ御腰ヲ抱ク事」

（2）「六条わたりの御忍び歩きの頃、内裏よりまかで給ふ中宿りに、……（大弐乳母の）五条なる家、訪ねておはしたり」「そのわたり近き某の院に、おはしまし着きて」（「夕顔」巻）とある。

（3）夕顔を取り殺す物の怪の正体については、「夕顔」巻末近くで、光源氏が「荒れたりし所に住みけむ物の、我に見入れけむ便りに、かくなりぬる事」と述懐する言葉を、そのまま受け入れるべきである。

（4）Ⅰの註25（193頁）参照。

（5）Ⅰの註26（193頁）参照。

（6）Ⅰの註27（193頁）参照。

Ⅴ　朝顔斎院——連動するモデル

（1）「斎院は、（桐壺院の）御服にて、おり居給ひにしかば、朝顔の姫君は、代はりに居給ひにき。賀茂のいつきには、孫王の居給ふ例、多くもあらざりけれど、さるべき女御子や、おはせざりけむ」（「賢木」巻）

（2）拙著『紫式部伝』（笠間書院、平17）における系図1〜10、参照。

（3）「号桃園中納言」（『尊卑分脈』『公卿補任』）、「桃園納言」（『権記』長保二年正月一日の条）等。

（4）「藤原行成供養建立世尊寺。件寺者、故中納言保光卿旧家也」（『日本紀略』長保三年二月二十九日の条）。また『拾芥抄』（鎌倉中期成立の有職書）には、「桃園　同世尊寺南、保光卿家行成卿伝之」とある。

（5）増田繁夫「桃園・世尊寺、および源氏物語の「桃園の宮」」（『源氏物語と平安京』（おうふう、平6）、瀧浪貞子著『古代宮廷社会の研究』（思文閣、平3）「桃園と世尊寺」等、参照。

（6）宰相中将伊尹君達春秋歌合には次のようにある。

宰相の中将君達（＝恵子女王と一条摂政伊尹との間に生まれた子女たち）、春秋、比べ給うて、「春をのみ、をかしきものにし給ひて、秋をば言ふかひもなく、心もとなきものに言ひなし給ふなり」とて、桃園の宮の御方より、……「おもしろき花どもを折りて、撒き捨て給ふなる事、いと心憂し」と聞こえ給へるに……。

この後、春に心を寄せる「麗景殿女御（＝妹の荘子女王）」と、それぞれ春の方・秋の方に分かれて、雅な歌合が繰り広げられる。

（7）Ｉの註12（191頁）参照。

（8）恵子女王の女懐子（冷泉天皇女御）は天延三年（九七五）、花山天皇の八歳の折、三十一歳で逝去しており、花山天皇にとって祖母恵子女王は母代わり的存在であった。「花山法皇ノ外祖母恵子女王ニ封戸・年官・年爵ヲ充ツル勅」には、次のようにある。

朕、幼日ニ当リテ、早ク先妣ニ別ル。祖母、朕ヲ視ルコト、亦猶ホ子ノゴトシ。（『本朝文粋』）

（9）註6、参照。

（10）ちなみに、「若紫やさぶらふ」と紫式部に言葉を懸けた、かの藤原公任は、代明親王の孫（公任の母厳子女王は荘子女王の姉妹）であり、公任と為時一家との近しい関係の一端は、この代明親王の系譜から導き出される。

（11）註5の増田繁夫氏の論等、参照。

（12）この「秘密の通い所が知られたのでは」と光源氏が一瞬、ドキリとした原因の女性については、古注より一貫して藤壺と見なされている。しかし、それは現行巻序に置き換えられた後の解釈である。帚木三帖の場面上のみならず、人物構成・時間的構成上、本来は六条の御方とすべきであり、そうでないと帚木三帖のおもしろさも損なわれる。拙著『源氏物語　展開の方法』（笠間書院、平7）第二章第一・三節「帚木三帖の人物構図」「帚木三帖における藤壺の存否」、及び、拙著『源氏物語　成立研究』（笠間書院、平13）第一章第一節「帚木三帖の時間的構成」、第二章第一節「初期の巻々」二の「帚木三帖における藤壺の存否、再検討」参照。

（13）註12の拙論「帚木三帖の時間的構成」参照。

（14）「帚木」巻において次のようにある。

・まだ、中将などに、ものし給ひし時は、内裏にのみ、さぶらひようし給ひて、大殿には、絶え絶えまかで給ふ。「忍ぶの乱れや」と、疑ひ聞こゆる事もありしかど、

・やむごとなく、切に隠し給ふべきなどは、かやうに、おほざうなる御厨子などに、うち置き散らし給ふべくもあらず、深く取り置き給ふべかめれば、これは、二の町の、心安きなるべし。

・忍び忍びの御方違へ所は、あまた、ありぬべけれど、

（15）「帚木」巻の次に言及される朝顔の姫君の記述は、左記の通りである。

かかる事（＝六条御息所に対する光源氏の冷淡さ）を聞き給ふにも、朝顔の姫君は、「いかで人に似じ」と深う思せば、はかなき様なりし御返りなども、をさをさなし。……（「葵」巻）

このほか、「葵」「賢木」巻に各一例、六条御息所との対照的な扱いが見られる。

このように初期の巻々において、朝顔は物語の展開とは、ほぼ無関係に、六条御息所とタイアップして登場するが、それは『源氏物語』の謎のひとつとされている。

（16）註15の本文引用、参照。

（17）註1、参照。

（18）恵子女王は、花山院にとって母代わり的存在であった（註8、参照）。花山院と道長は、長保末年を境として親密となり、特にその晩年である寛弘年代に入ると、院の芸術家としての高い評価も幸いしてか、両者の関係は一層、強まっている（今井源衛著『花山院の生涯』（桜楓社、昭43）第四章四「花山院と道

長」参照）。この花山院と道長の良好な関係は、彰子中宮サロンという発表の場においても、恵子女王をモデルとする朝顔の登場に、何ら不都合がなかった証左となろう。ちなみに、恵子女王の没年は九九二年。花山院崩御は、一〇〇八年二月（「朝顔」巻発表は同年後半）である。

Ⅵ　玉鬘――変容するモデル

（1）筑紫の五節は、周囲に知れぬよう算段して光源氏に和歌を送っており、光源氏は、その若い彼女の一途な思いを余裕で受け止めている（「須磨」巻）。

（2）二条東院完成後の「松風」巻頭においても、次のように語られている。

東の院つくり果てて、花散里と聞こえし、移ろはし給ふ。……北の対は、殊に広く造らせ給ひて、かりにても「あはれ」と思して、行く末かけて契り頼め給ひし人々、集ひ住むべきさまに、隔て隔てしつらはせ給へるしも、なつかしう見所ありて、こまかなり。

（3）筑紫の五節についての言及は、「幻」巻における五節の折の次の述懐の場面でもって終わる。

五節など言ひて、世の中、そこはかとなく、いまめかしげなる頃、大将殿（＝夕霧）の君たち、童殿上し給へる、率て参り給へり。……思ふ事なげなるさまどもを、見給ふに、いにしへ、あやしかりし日陰の折、思し出でらるべし。

宮人は　豊の明りに　急ぐ今日　日陰も知らで　暮らしつるかな

（4）「『かしこき筋にもなるべき人の、怪しき世界にて生まれたらむは、いとほしう、かたじけなくもあるべきかな。この程すぐして、迎へてむ』と思して、東の院、急ぎ造らすべきよし、もよほし仰せ給ふ」（「澪標」巻）

（5）「明石には……上りぬべき事をば宣へど、女（＝明石の君）は、なほ我が身の程を思ひ知るに、『こよなく、やむごとなき際の人々だに、なかなか、さて、かけ離れぬ御有様のつれなきを見つつ、物思ひ勝りぬべく聞くを、まして、何ばかりのおぼえなりとてか、差し出で交じらはむ。……』」（「松風」巻）

（6）伊井春樹著『源氏物語論考』（風間書房、昭56）「五節と花散里の登場の意義」には、次のようにある。

六条院の構想の具体化によって今度は花散里が活躍することとなり、五節は養女の世話もすることがなくなると二条東院の住人としての存在意義もなくなり、やがては物語世界から消え去る運命となってしまったのである。

（7）岩波日本古典文学大系本では「紫上などに出来た姫君」、小学館新編日本古典文学全集本も「紫の上など妻妾の誰かが出産する」とする。

（8）「宿曜に『御子三人。帝・后、必ず並びて生まれ給ふべし。中の劣りは、太政大臣にて、位を極むべし』と勘へ申したりし……」（「澪標」巻）

（9）光源氏の養女となる秋好中宮は、気兼ねのない邸宅としての二条東院では紫の上の格下扱いとなり、この場合において当てはまらない。事実、後に秋好中宮は二条院の寝殿を住まいとしている。また、その後見が受領階級の筑紫の五節では身分的に不釣り合いとなる。森一郎著『源氏物語の方法』（桜楓社、昭44）「二条東院造営」等、参照。

（10）「かの右の大殿より、いと恐ろしき事の聞こえまで来しに、物怖ぢを、わりなくし給ひし御心に、せむ方なく思し怖ぢて、西の京に、御乳母住み侍る所になむ、はひ隠れ給へりし」（「夕顔」巻）

（11）夕顔が失跡した年に、その乳母子の右近から「一昨年の春ぞ、ものし給へりし」（「夕顔」巻）と玉鬘の誕生が告げられている。

（12）ちなみに、六条院に迎え入れられる前年の玉鬘について、「二十ばかりになり給ふままに、ととのひ果て……」（「玉鬘」巻）とあるように、彼女が実際に養女として六条院に迎えられるのは二十一歳頃、鬚黒大将との結婚は、その二年後の二十三歳頃であり、当時としては、やや婚期が遅れた結果となっている。

(13) 伊藤博著『源氏物語の基底と創造』(武蔵野書院、平6)「玉鬘＝六条院物語の成立」、目加田さくを著『源氏物語論』(笠間書院、昭50)「偶然律」参照。

(14) 乳母一家については、次のように紹介されている。

この家あるじぞ、西の京の乳母の女なりける。(乳母には)三人、その子はありて……(「夕顔」巻)

乳母の娘が宮仕えをしていたことは、惟光によって次のように語られている。

「女なむ、若く事好みて、はらからなど、宮仕へ人にて、来通ふ」と(宿守は)申す。(同巻)

(15) 宮仕えをしている姉妹と思われる行動について、次のように記されている。

「もし見給へうる事もや侍る」と、はかなきついで作り出でて、消息など遣はしたりき。書き馴れたる手して、口疾く返り言など、し侍りき。いと口惜しうはあらぬ若人どもなむ、侍るめる。(「夕顔」巻)

また、五条界隈にたまたま立ち寄った光源氏に、夕顔との出会いの契機となる歌を詠みかけたのも、この宮仕え人の姉妹であることが、光源氏の推測を通して次のように語られている。

「さらば、その宮仕へ人ななり。したり顔に、物慣れて言へるかな」と、「めざましかるべき際にやあらむ」と思せど、……

しかし、筑紫下向時に強引に求婚してきた大夫の監に対する返歌の際には、母の乳母が娘たちに詠ませようとしたものの、「まろは、まして、物もおぼえず」と恐ろしさに返歌できず、結局、乳母自身が詠むはめになっている。註13の伊藤博著『源氏物語の基底と創造』「玉鬘＝六条院物語の成立」参照。

(16) 伊藤博氏は註13の論において、次のように述べられている。

そもそも乳母一行が筑紫に下ったとき、揚名介の妻はどうしたのか、宮仕人だった娘たちは宮仕えをやめたのか、なんの説明もなく、都に残った旨の記述も別れの叙述も欠くので、筑紫に下った「むすめども」二人と夕顔巻での三人の娘とは全く連関の糸がつかめず、相互に無関係の形象と考えたくなる。

（1）・公忠の朝臣の、殊に選びつかうまつれりし百歩の方など思ひ得て……（「梅枝」巻）
・四十二ニハ毛孔ヨリ香気ヲ出シ、四十三ニハ口ヨリ無上ノ香ヲ出ス。（『大品経』二十四巻）
・其ノ身ヲ抱クニ及ベバ、太ダ香シク世ノ臭トスル所ニ非ズ（『聖徳太子伝略』上）

（2）石田穣二・清水好子校注『源氏物語』六（新潮日本古典集成、新潮社、昭57）等、参照。

（3）無動寺での顕信の入寂を記す『小右記』万寿四年（一〇二七）五月十五日の条に、「年三十四」とある。
『御堂関白記』長和元年正月十六日の条には次のように、顕信の出家の件が記されている。

巳時許、慶命僧都来云、山侍間、此暁、馬頭（＝顕信）出家、来給無動寺座。為之如何者。命云、有本意所為にこそあらめ。今無云益。早返上、可然事等おきて可置給者也。左衛門督（＝頼通）など登山。人々多来問。渡近衛御門（＝源明子）、母（＝源明子）・乳母不覚。付見心神不覚也。

〈午前十時頃、慶命僧都が私のもとに、やって来て「比叡山におりましたところ、今日の暁、顕信様が出家し、無動寺においでになっております。どう致しましょうか」と問うたので、「かねてからの志があってした事であろう。今となっては、何と言おうと無駄である。早く比叡山に戻って、然るべき事等などを指図して、置いておかれるべきである」と命じた。頼通等が比叡山に赴いた。多くの人々が、この邸に来訪した。明子のもとに渡ったところ、明子も乳母も我を失っていた。それを見るにつけても、気が動転し我を失った。〉

『栄花物語』でも、この顕信出家の一件は語られており、『大鏡』では、次のように、その衝撃の程を伝えている。

この馬頭殿（＝顕信）の御出家こそ、親たちの栄えさせ給ふ事の初めをうち捨てて、いと、ありがたく悲しかりし御事よ。……

（4）「丞相（＝道長）密々命云、以顕信可為蔵人頭由頻有仰事、然而為避衆人之謗固辞、不覚者之替命補不足職之者、定有所言歟云々」（『権記』）

（5）関口力氏は「藤原道雅の狂言」（『風俗』一八巻二号、昭55）において、『小右記』寛弘八年八月十五日の条に記されている「中将（＝頼宗）并舎弟等相引所吐之悪言云々」に着目し、頼宗と共に悪言を吐いた弟を顕信として、次のように述べられている。

　出家への直接の引き金となった大きな理由は、北野斎場事件後の父道長による叱責と、蔵人頭見送りによる父への怒り恨みの爆発であったのではなかろうか。

（6）「匂宮」巻において薫の年齢が記されているのは、これ以外に「十四にて、二月に侍従になり給ふ」のみである。

（7）「光、隠れ給ひにし後、かの御影に立ち継ぎ給ふべき人、そこらの御末々に、ありがたかりけり。……当代の三の宮（＝匂宮）と、同じ大殿にて生ひ出で給ひし宮の若君（＝薫）と、この二所なむ、とりどりに、清らなる御名とり給ひて、げに、いと、なべてならぬ御有様どもなれど、いと、まばゆき際には、おはせざるべし。……」（「匂宮」巻頭）

（8）頼宗・能信・長家三兄弟については、角田文衞監修『平安時代史事典』（角川学芸出版、平18）の各項（執筆担当、関口力）参照。

（9）　賭弓の還饗のまうけ、六条院にて、いと心殊にし給ひて、親王をも、おはしまさせむの心遣ひ、し給へり。……（「匂宮」巻）

　年中行事のひとつである賭弓は、例年、正月十八日に催された。

（10）「（薫は）かく、いと怪しきまで、人の咎《とが》むる香に、しみ給へるを、兵部卿の宮なむ、異事《ことごと》よりも、挑ましく思して、それは、わざと、よろづの勝れたる移しを、しめ給ひ、朝夕の事わざに、合はせ営み、……香を愛づる思ひをなむ、たてて好ましう、おはしける。かかる程に、『少し、なよび柔らぎ過ぎて、好い

たる方に引かれ給へり』と、世の人は、思ひ聞こえたり。……」（「匂宮」巻）

（11）「大将も笑ひて『二の宮は、こよなく、兄《このかみ》心に、ところ避《さ》り聞こえ給ふ、御心深くなむ、おはしますめる。……』など（光源氏に）聞こえ給ふ」（「横笛」巻）

（12）ちなみに、「匂宮」巻発表と推定される長和元年正月、紫式部は傷心の彰子中宮を励ます次の歌を詠んでいる。

はかなくて司召の程にもなりぬれば、世には司召と、ののしるにも、中宮、世の中を思し出づる御気色なれば、藤式部、

雲の上を　雲のよそにて　思ひやる　月は変はらず　天の下にて（『栄花物語』「日蔭のかづら」巻）

司召の除目の頃、三条天皇の新治世下、人事で慌ただしい世間をよそに、彰子中宮が一条天皇の御代を思い出している様子であった。それを察した紫式部は「宮中（「雲の上」）に外から思いを馳せてはいても、月は変わることなく、世の中を照らし続けております」と、月を彰子中宮に譬え、変わらぬ中宮の存在の大きさを強調している。

Ⅷ　その他のモデルたち

（1）『紫式部日記』寛弘五年九月十五日の条には、次のように記されている。

大輔の命婦は、唐衣は手もふれず（＝趣向も凝らさず）、裳を白銀の泥して、いと鮮やかに大海に摺りたるこそ、けちえんならぬものから、目やすけれ。

（2）「（道長様が）大輔命婦に忍びて召し問はせ給へば、『（寛弘四年）十二月と霜月との中になむ、例の事は見えさせ給ひし。この月（＝正月）は、まだ二十日にさぶらへば、今しばし試みてこそは、御前（＝道長）にも聞こえさせめと思う給ひてなむ。……』と聞こえさすれば、殿の御前（＝道長）、何となく御

目に涙の浮かせ給ふにも、御心のうちには『御獄の御験にや』と、あはれに、うれしう思さるべし」
（『栄花物語』「初花」巻）

（3）道長の正室源倫子は、夫宣孝同様、三条右大臣定方の曽孫であり、紫式部とは再従姉妹の関係（倫子の母穆子は、紫式部の祖母定方女の姪）にある。倫子が紫式部にとって特別な存在であったことは、寛弘五年重陽の節句の折、倫子が紫式部に菊の着せ綿を御指名で贈っていること（『紫式部日記』）や、その二カ月後、御冊子作りの大役を果たして里下がりした紫式部のもとに、直々の手紙を送り、早々に帰参するよう促していること（同）から知られる。8の144頁、参照。

（4）・又典侍源明子朝臣当使巡。而依縫殿頭貞清喪俄不供奉。……（『権記』長保三年四月二十日の条）
・参一品（＝敦康親王）、御除服。一品宮（＝脩子内親王）同之。……宮（＝脩子内親王）日来御典侍明子朝臣一条宅。（『権記』寛弘七年閏二月二日の条）

（5）足立祐子「典侍源明子考」（『武庫川国文』第66号、平17・11）参照。ただし、源明子の種姓と経歴については、この一条天皇の乳母（源師保女）説以外に、三条天皇乳母の橘清子女説や源信明女説等がある。

（6）源明子を藤原説孝室とするのは、『御堂関白記』寛弘元年（一〇〇四）十二月二十七日の条に「典侍源□子」の記述が見られ、同年前月十一月十五日の条に「源典侍説孝室」とあることに拠る。角田文衛「源典侍と紫式部」（『角田文衛著作集7　紫式部の世界』法蔵館、昭59）、註5の足立祐子「典侍源明子考」参照。

（7）角田文衛「源典侍のことども」（『角田文衛著作集6　平安人物誌下』法蔵館、昭60）には、次のようにある。

　こうあからさまに書かれては、さすがの明子も宮廷に居たたまれなくなり、寛弘四年五月、辞表を出してしまった。……これは、大変な名誉棄損であり、プライヴァシーの侵害であった。しかし当時はそれを訴える方法もなかったし、また臑に傷をもつ明子は泣き寝入りするより方法がなかったであろう。

（8）「右頭中将下典侍明子以所帯典侍譲前掌侍橘朝臣隆子文、七日状、」（『権記』寛弘四年五月十一日の条）

（9）「左衛門の内侍と言ふ人、侍り。あやしう、すずろに、よからず思ひけるも、え知り侍らぬ心憂き、しりう言の、多う聞こえ侍りし。内の上（＝一条天皇）の、源氏の物語、人に読ませ給ひつつ聞こし召しけるに、『この人は、日本紀をこそ読みたるべけれ。まことに才あるべし』と、宣はせけるを、（内侍は）ふと、推しはかりに、『いみじうなむ、才がる』と殿上人などに言ひ散らして、日本紀の御局とぞ付けたりける。いと、をかしくぞ侍る。この古里の女の前にてだに、つつみ侍るものを、さる所にて、才、賢し出で侍らむよ」（『紫式部日記』）

（10）註4の『権記』寛弘七年閏二月二日の条、参照。

（11）三人の子持ちの老女が情愛深い男を望み、三男の計らいで業平と関係をもつ話（『伊勢物語』第六三段）で、「つくも髪」は業平の次の歌に、老女に譬えて詠まれている。

百年《ももとせ》に　一年《ひととせ》たらぬ　つくも髪　われを恋ふらし　面影に見ゆ

（12）「良少将、太刀の緒にすべき革を求めければ、監の命婦なむ、『我がもとにあり』と言ひて久しく出ださざりければ、

あだ人の　頼めわたりし　そめかはの　色の深さを　見でや止みなむ

と言へりければ、監の命婦、愛《め》でくつがへりて、求めてやりけり」（『大和物語』第二二段）

（13）源典侍と寝ている現場に頭中将が踏み込んだ際、光源氏は次のような感想を抱いている。

この中将とは思ひ寄らず、「なほ忘れ難くすなる、修理の大夫にこそあらめ」と思すに、……。（「紅葉賀」巻）

（14）例えば、寛弘五年（一〇〇八）五月、内裏女房が中宮女房に無礼を働き、一条天皇によって追放されるという事件も起こっている。

（15）紫式部における彰子中宮サロンとしての仲間意識・連帯感は、御冊子作り直後の寛弘五年（一〇〇八）十一月下旬、童女御覧の儀の当日に起こった、左京の君の一件から窺われる。Ⅱの註14（195頁）参照。

（16）註4の『権記』寛弘七年閏二月二日の条、参照。

（17）「何ばかりの御装ひなく、うちやつして、御前などもなく、忍びて中川の程、おはし過ぐるに、ささやかなる家の、木立など、よしばめるに、よく鳴る琴を、あづまに調べて掻き合はせ、にぎははしく弾きなすなり」（「花散里」巻）

（18）末摘花の兄である醍醐の阿闍梨「禅師の君」のモデルの候補として、紫式部の異母兄弟の藤原定暹（生没年未詳）が指摘されている。父為時が後年、三井寺に出家したのは、三井寺の阿闍梨であった、この異母兄弟の縁による。禅師の君は、浮き世離れした頼りない肉親として「蓬生」巻で初登場するが、この君への連想は、本節で主張する、この巻限定の末摘花＝紫式部説の傍証になるかと思われる。

（19）『紫式部日記』には、御冊子作り以降、翌年の正月までの紫式部の詳細な動向が残されている。すなわち、御冊子作り直後の里下がりを経て、同十一月十七日、彰子中宮の内裏還啓に同行。同月二十日の五節の舞姫の参入から二十八日の賀茂臨時祭の奉幣使まで、紫式部は宮中で仕えていたことが知られる。そし再び里下がりし、「師走の二十九日に参る。はじめて参りしも今宵の事ぞかし」（『紫式部日記』）とあるように、一カ月後の十二月二十九日に帰参している。

（20）「霜月ばかりになれば、雪・霰がちにて、ほかには消ゆる間もあるを、朝日・夕日を防ぐ、蓬・葎の陰に、深う積もりて、越の白山、思ひやらるる雪のうちに、出で入る下人だになくて、つれづれとながめ給ふ。はかなき事を聞こえ慰め、泣きみ笑ひみ、紛らはしつる人さへなくて、夜も塵がましき御帳のうちも、かたはら寂しく、物悲しく思さる。……（光源氏においては末摘花を）訪ね給ふべき御心ざしも急がで、あり経るに、年、変はりぬ」（「蓬生」巻）

（21）『紫式部集』八十二番歌には次のようにある。

名に高き　越の白山　ゆき馴れて　伊吹の岳を　何とこそ見ね

(22) 夕霧が無二の親友である柏木から落葉の宮の事を遺託されたのは「柏木」巻であり、巻の後半には、未亡人となった落葉の宮のもとを懇ろに度々見舞う夕霧の姿が描かれている。そして次巻「横笛」では、柏木の一周忌を迎え、落葉の宮と想夫恋を合奏するまでに至る。この落葉の宮邸訪問の直後、子供の世話にかまけて女らしさの見えない雲居雁の姿を目の当たりにするにつけ、夕霧の心は一層、落葉の宮へと傾いていく。生真面目な夕霧が本腰を入れ始めた恋。この顛末は、どうなっていくのか。しかし、それが語られるのは「鈴虫」巻ではなく、「鈴虫」巻を飛び越した「夕霧」巻である。このように「鈴虫」巻が挿入されることによって物語の流れが一時、中断されている。

(23) 「六条の院（＝光源氏）は、中宮の御方（＝秋好中宮）に渡り給ひて、御物語など聞こえ給ふ。……『などか、その人まねに競ふ御道心は、かへりて癖々しう推し量り聞こえさする人もこそ侍れ。かけても（出家は）いと、あるまじき御事になむ』と聞こえ給ふを、（秋好中宮は）『深うも汲み測り給はぬなめりかし』と、辛う思ひ聞こえ給ふ。……」（「鈴虫」巻）

(24) 「何事も御心やれる（秋好中宮の）有様ながら、ただ、かの御息所（＝六条御息所）の御事を思しやりつつ、行ひの御心すすみにたるを、（出家は）人の許し聞こえ給ふまじき事なれば、（追善供養による）功徳《くどく》の事をたてて思し営み、いと心深う、世の中を思しとれるさまに、なりまさり給ふ」（「鈴虫」巻末）

(25) 一条天皇崩御から間もない同年秋頃、紫式部最愛の弟惟規は、父為時の任国越後で死去した。当時においても哀れを誘った、この遠国での客死が、如何に紫式部に大きな精神的衝撃を与えたかは想像するに余りある。この年の後半発表の「御法」「幻」巻は、惟規死去後と推定され（前巻「鈴虫」発表は同年八〜九月。この巻も、弟死去後であった可能性は高い）、この肉親の死が一層、彰子中宮への感情移入を容易として、「御法」「幻」両巻執筆に駆り立てたと思われる。惟規の死去に関する詳細については、拙著『紫式部伝』（笠間書院、平17）「晩期」参照。

(26)「幻」巻は次のように、出家間近と思われる光源氏の最後の姿を印象的に映し出して閉じられている。
「年暮れぬ」と思すも、(光源氏は)心細きに、若宮(＝匂宮)の「儺《な》やらはむに。音、高かるべき事。何わざを、せさせむ」と走り歩き給ふも、「をかしき御有様を見ざらむ事」と、よろづに忍び難し。
物思ふと　過ぐる月日も　知らぬまに　年も我が世も　今日や尽きぬる
朔日の程の事、「常よりも殊なるべく」と、おきてさせ給ふ。親王たち・大臣の御引出物、品々の禄どもなど、「二なう思し設けて」とぞ。(「幻」巻末)

(27)荒木浩著『かくして『源氏物語』は誕生する』(笠間書院、平26)第七章「宇治八の宮再読―敦実《あつみ》親王准拠説とその意義」参照。

(28)寛弘七年(一〇一〇)正月、土御門邸で催された彰子中宮の臨時客でのこと。為時は管弦の遊びに伺候せず、早々に退出してしまう。これに機嫌を損ねた道長が、酔いに任せて紫式部に「など御父の、御前の御遊びに召しつるに、さぶらはで急ぎまかでにける。ひがみたり」と語ったとある(『紫式部日記』寛弘七年正月二日の条)

(29)「尼君の、昔の婿の君、今は中将にて、物し給ひける……。……(小野は)垣ほに植ゑたる撫子も、おもしろく、女郎花・桔梗など、咲き始めたるに、……。……八月十余日の程に(中将は)小鷹狩のついでに、(小野に)おはしたり。……九月になりて、この尼君、初瀬に詣づ。……」(「手習」巻)

IX　その他の着想的モデルたち

(1)在原行平(八一八～八九三)は、文徳天皇の御代(在位八五〇～八五八)、須磨に謫居している。須磨流謫の着想は、従来、指摘されている通り、この行平の謫居に加えて、紫式部生前ながら、父為時が九六八年、播磨国に播磨権少掾として赴任していることも関係していると思われる。明石入道のモデルについては、財をなし、七十一歳（八十五歳?）という高齢で没した「入道前播磨守」源清延（九二六?〜九九六）が指摘されている。島津久基著『源氏物語の芸術を憶ふ』（要書房、昭24）・岡一男著『源氏物語事典』第七章Ⅱ『源氏物語』のモデル」（春秋社、昭39）参照。明石入道の「先祖の大臣」については、朝廷に忠誠を尽くしながら奸計に陥ったとされる右大臣・菅原道真（八四五〜九〇三）といった人物が想定される。拙著『源氏物語　展開の方法』（笠間書院、平7）「明石入道」参照。

　ちなみに、一世源氏、源高明（九一四〜九八二）も、須磨流謫における光源氏のモデルとして、古来、その名が挙げられている。貴種流離譚的な発想からすれば、着想的モデルの一人として、それも首肯されるが、光源氏の謫居先が「須磨」である必然性までもつとするには、説得力が欠けると言わざるを得まい。

（2）Ⅷの註2（208頁）参照。

（3）道長の吉野参詣のハイライトとなる埋経は、その当日、「小守三所」に参詣してから行われている。「小守三所（＝吉野水分神社、子守明神）」は古くは青根ケ峯山頂に芳野分水峯の神として鎮座し、祈雨等、農耕の水の神であったが、ミクマリ（「水分」）からミコモリ（「子守」）となって、平安時代以降、子育て・安産の神として信仰を集めていた。参詣の翌年早々に彰子中宮の懐妊を知った道長は「御心のうちには『御嶽の御験にや』と、あはれに、うれしう思さるべし」（『栄花物語』「初花」巻）とある。蛭田廣一「藤原道長金峰詣の道筋試論」（『古代文化史論攷』創刊号、昭55）等、参照。

（4）拙著『紫式部伝』（笠間書院、平17）「玉鬘十帖の誕生」参照。

（5）妍子は『栄花物語』において、「御顔の薫り、めでたく、気高く、愛敬づきておはしますものから、花々と匂はせ給へり」（「初花」巻、寛弘五年の条）と評されている。妍子の華やかなものを好む性向は、後年ながら、万寿二年（一〇二五）の妍子皇太后大饗において喧伝された女房たちの華美な装束からも窺われるところである。普通、六枚を越えない袿を十八枚・二十枚と着せて周囲を呆れさせ、兄の関白頼通から意見されている（『栄花物語』「若ばえ」巻）。こうした妍子像は、華麗な王朝絵巻の枠とも言うべき玉鬘十帖のヒロイン玉鬘の人物造型にも影響を与えたと思われる。

(6)「姫君(＝玉鬘)は、かく、さすがなる(光源氏の)御気色を、『我が身づからの憂さぞかし。親などに知られ奉り、世の人めきたる様にて、かやうなる御心ばへならましかば、などかは、いと、似げなくもあらまし。人に似ぬ有様こそ、つひに、世語りにやならむ』と、起き伏し、思し悩む」(「螢」巻)

(7) 小少将の君(生没年未詳)については、左記の通り『紫式部日記』における彼女についての描写が、「若菜下」巻における女三の宮の描写と重ね合わされることから、女三の宮のモデル説が主張されている。註1の岡一男著『源氏物語事典』「『源氏物語』のモデル」等、参照。

・小少将の君は、そこはかとなく、あてに、なまめかしう、二月ばかりのしだり柳のさましたり。様態、いと、うつくしげに、……あまり見苦しきまで児めい給へり。……あまり、うしろめたげなる。

(『紫式部日記』消息的部分)

・(女三の宮は)人より、けに小さく、うつくしげにて、ただ御衣のみある心地す。匂ひやかなる方はおくれて、ただ、いと、あてやかに、をかしく、二月の中の十日ばかりの青柳の、わづかに、しだり始めたらむ心地して、……あえかに見え給ふ。(「若菜下」巻)

傍線部に示されているように、共に「二月のしだり柳」に譬え、波線部の通り、「あて」(「あてやか」)「うつくしげ」と、同じ形容がなされている。一方、容貌のみならず、その性格についても、前巻「若菜上」における光源氏の女三の宮に対する初印象には、「ひたみちに若びたり」「いと、あまり物の栄えなき御さま」とある。これは、傍点部「あまり見苦しきまで児めい給へり」「あまり、うしろめたげなる」と似通う。女三の宮像の有力な一人として小少将の君が、その登場当初より意識されていたことは明らかであろう。

小少将の君の容姿に言及した『紫式部日記』消息的部分の執筆は、寛弘七年(一〇一〇)夏頃であり、「若菜上」「若菜下」巻が執筆された、消息的部分執筆後の同年後半と直結する。この両巻発表と推定される翌年正月には、宮中における小少将の君の姿が点描されている（『紫式部日記』寛弘七年正月十五日の条）。小少将の君は、おばの倫子黙認の、道長の愛人であった。同情すべき境遇とは言え、主体性なく周囲に流される彼女の姿を見るにつけても、親友として女三の宮に批判的メッセージを込めた部分が少なからずあったと思われる。彼女を女三の宮のモデルとすることで、道長は光源氏のモデルとなり、紫式部が宮仕えする上での実質的な後見人であった倫子（144頁）は、紫の上のモデルとなる。小少将の君をモデルにすることで、彰子中宮サロンにおいて反感を招くリスクは少なかったはずである。

（8）『紫式部集』二十九番歌には、次のように、紫式部への求愛期間、宣孝が近江守の女にも懸想していたことが詠まれている。

近江守の女、懸想ずと聞く人の、「二心なし」など、常に言ひわたりければ、うるさくて

湖に　友呼ぶ千鳥　ことならば　八十の湊に　声絶えなせそ

「近江の君」の命名には、十年以上前、夫の恋敵であった、この女性の存在が関与していると思われる。ちなみに『紫式部日記』には、この近江守の女に対する、わだかまりが窺われる箇所がある。彼女の父「近江守」と目される人物は、平惟仲である（南波浩著『紫式部集全注釈』笠間書院、昭58、169頁〜172頁）。『紫式部日記』消息的文体における容姿に関する女房評の一人に、惟仲の養女として大切にされていた「五節の弁」が紹介されている（「五節の弁と言ふ人、侍り。平中納言（＝平惟仲）の女にして、かしづくと聞き侍りし人」）。彼女は、絵に描いたような美しい顔の持ち主で、紫式部が最初に見た春には、髪も豊かであったが、その後、驚くほど、抜け落ちてしまったとある。この女性は、寛弘二年（一〇〇五）三月における養父惟仲の死去に伴い、彰子中宮のもとに出仕したのであろう。翌年の春、出仕して間もない紫式部が目にした美人の、余りの変貌ぶりを語ったとは言え、その言及には、やや唐突感が伴う。五節の弁を〈近江守の女ゆかりの女性〉とすることで、その言及の理由の一端が知れよう。

（9）「いかに、今は言忌《ことい》みし侍らじ。人、と言ふとも、かく言ふとも、ただ阿弥陀仏に、たゆみなく経を習

ひ侍らむ。……年も、はた、（出家には）よき程になりもてまかる。……御文に、え書き続け侍らぬ事を、よきもあしきも、世にある事、身の上の憂へにても、残らず聞こえさせおかまほしう侍るぞかし。……この頃、反古も皆、破り焼き失ひ、雛などの屋作りに、この春、し侍りにし後、人の文も侍らず。……」

（『紫式部日記』消息的部分の跋文）

（10）紫式部の出生が九七五年である妥当性については、Ⅰの註6（189頁）参照。

（11）註9、参照。

Ⅹ　発表の場から浮かび上がる准拠

（1）『紫式部集』六十一番歌（52頁）参照。

（2）なお、「花宴」巻から登場する朧月夜の君のモデルとして、兼家の三女・藤原綏子（九七四〜一〇〇四）が指摘される。劣り腹（母は元・実頼の召人で「世のたはれ人（＝天下の浮気女）」（『栄花物語』）と喧伝された対の御方）ながら、兼家鍾愛の彼女は永延元年（九八七）、「尚侍」に任ぜられ、東宮居貞親王に寵愛されるも、長徳年間（九九五〜九九九）、源頼定（九七七〜一〇二〇）と密通事件を起こし、東宮の勘気を被った。頼定は「天下之一物」（『続本朝往生伝』）「かたちよき君達」（『枕草子』）と評された美男子である。『大鏡』では、東宮の依頼を受けた道長が、密通の噂の真偽を確かめるべく、綏子のもとに乗り込んで証拠をつかんでいる。「賢木」巻における朧月夜の君との密会露見は、この准拠に基づくと思われる。Ⅸの註1の岡一男著『源氏物語事典』「『源氏物語』のモデル」、野口孝子「麗景殿の尚侍藤原綏子について」（『古代文化史論攷』四、奈良・平安文化史研究会、昭58・12）参照。

「花宴」「賢木」巻執筆の三年前、綏子は尚侍のまま逝去している（父兼家は九九〇年没）。一方、頼定（為平親王二男、源高明女所生）は、『紫式部日記』にもその名が見えるが、かの伊周の花山院に対する不敬事件に連坐したことから知れるように、元来、中関白家に近い人物であった。また、道長の妻明子の甥という血縁からしても、この綏子密通事件を准拠とすることによって生ずる彰子中宮サロン内での不都合はなかったと思われる。

（3）Ⅸの註3（214頁）参照。

（4）三谷栄一「物語の享受とその季節――『大斎院前の御集』の物語司を軸として――」（『日本文学』昭41・1）参照。

（5）「葵」巻には「祭の程、限りある公事に添ふ事、多く、見所こよなし」以外にも次のようにある。

今日の物見には、大将殿（＝光源氏）をこそは、あやしき山賊《やまがつ》さへ見奉らむとすなれ、遠き国々より、妻子を引き具しつつも、まうで来なるを、……。

（6）『紫式部日記』消息的部分の跋文に続く某月十一日の断簡は、この寛弘五年五月の法華三十講結願の記事と考えられる。また、この記事に続く、彰子中宮の御前にあった『源氏物語』を契機として道長が紫式部に詠んだ歌は、梅の実に敷かれた紙に書かれたとある。ここからも、梅の実の採れる頃、すなわち法華三十講が終わった五月末から六月初旬頃、紫式部がこの長い里下がりに随行していたことが知られる。さらに『紫式部集』には、法華三十講の五巻が講ぜられた、同年五月五日を愛でて詠んだ紫式部の次の歌が収められている。

妙なりや　今日は五月の　五日とて　五つの巻に　あへる御法も

（7）山中裕著『歴史物語成立序説』（東京大学出版会、昭37）「源氏物語の内容」参照。

（8）Ⅺの註2（220頁）参照。

（9）島津久基著『源氏物語新考』（明治書院、昭11）「源氏物語論考」、及び註7の山中裕氏の論、参照。

（10）年末（「玉鬘」巻）・元旦（「初音」巻）・春（「胡蝶」巻）・五月雨（「螢」巻）・盛夏（「常夏」巻）・初秋（「篝火」巻）・野分（「野分」巻）――この季節的連続性は、そのまま発表の季節と照応する。拙著

『源氏物語の誕生』（笠間書院、平25）第一章第四節「第三期（「蓬生」「関屋」と玉鬘十帖）」参照。

（11）これを裏づけるのが、「初音」巻末において語られる女楽の予告である。「初音」巻は、六条院で繰り広げられた男踏歌の後、光源氏が後宴として女楽を催す計画を語るところで終わる。しかし、この女楽それ自体の記述は後になく、ただそれが行われた事実のみが匂宮三帖の最終巻「竹河」において、回想形式で語られるに止どまる。『源氏物語』中、巻末において予告された出来事がそのまま捨て置かれるのは、この「初音」巻以外に見いだせない。女楽が描かれなかった背景には、玉鬘求婚譚構想を最優先とする事情、すなわち、妍子参入時期の延期による物語の方向性の変化が窺われるのである。註10の拙著『源氏物語の誕生』第一章第四節二「玉鬘十帖の発表時期」参照。

（12）『源氏物語』『枕草子』等から窺われる梅花の盛りの時期は、正月下旬から二月初旬である。註10の拙著『源氏物語の誕生』97頁、参照。

（13）・源氏の、うち頻り、后に居給はむ事、世の人、許し聞こえず。（「乙女」巻）
・源氏の、うち続き、后に居給ふべき事を、世の人、飽かず思へるにつけても、……。（「若菜下」巻）

（14）「その頃、按察の大納言と聞こゆるは、故致仕のおとどの二郎なり。……御子は、故北の方の御腹に、女、二人のみぞ、おはしければ、『さうざうし』とて、神仏に祈りて、今の御腹（＝真木柱腹）にぞ、男君一人、まうけ給へる」（「紅梅」巻頭）

（15）「怪しう、つらかりける契りどもを、つくづくと思ひ続け、ながめ給ふ夕暮、蜻蛉の、物はかなげに飛びちがふを、
『ありと見て　手には取られず　見ればまた　行方も知らず　消えし蜻蛉
あるか無きかの』と、例の、独りごち給ふとかや」（「蜻蛉」巻末）

（16）「浮舟」巻は、入水を決意し、悲しみに衣に顔を押し当てて伏せる浮舟の姿をクローズアップさせて終わる。これに対して「手習」巻頭では、浮舟が発見されるまでの経緯が詳細に語られている。

Ⅺ　その他、モデル・準拠の問題点

（1）紫式部にとって倫子が如何に重要な存在であったかについては、144頁参照。

（2）『紫式部日記』寛弘五年十一月の条には、御冊子作りの様子が次のように記されている。

御前には、御冊子つくり営ませ給ふとて、明けたてば、まづ向かひさぶらひて、色々の紙、選り整へて、物語の本ども添へつつ、所々に文書き配る。……「なぞの子持ちか、冷たきに、かかるわざは、せさせ給ふ」と（道長様は中宮様に）聞こえ給ふものから、よき薄様ども、筆・墨など、持て参り給ひつつ、御硯をさへ持て参り給へれば、（中宮様が私に）取らせ給へるを、惜しみののしりて、「物の奥にて、向かひさぶらひて、かかるわざし出づ」とさいなむ。されど、よきつぎ・墨・筆など、賜はせたり。

（3）「横笛」巻の、匂宮三歳時における微笑ましい光源氏を長とする一家団らんの一コマは、そうした見方を推し進める（Ⅶの2、参照）。なお、それを演繹するならば、この場面における夕霧のモデルは道長の嫡男頼通となる。この夕霧＝頼通モデル説は、今後の課題として提示しておきたい。

（4）例えば、光源氏以外でも、「賢木」巻末における朧月夜の君との密通を暴いた右大臣のモデルは、『大鏡』に記されているエピソードからすれば、道長と見なされよう。Ⅹの註2（217頁）参照。

（5）道長の宇治への遊覧は、長和二年十月六・七日（『御堂関白記』）、同三年十月二十六日（『小右記』）、同四年十月十二日（『御堂関白記』）になされた。この期間における宇治の別荘行きは、これら以外にも、長和四年二月二十三日・三月十六日なされている（『御堂関白記』）。

（6）「内裏の上（＝一条天皇）の、源氏の物語、人に読ませ給ひつつ、聞こし召しけるに、『この人は日本紀をこそ読みたるべけれ。まことに才あるべし』と宣はせけるを、……」（『紫式部日記』）

（7）Ⅹの註10（218頁）参照。

（8）Ⅸの註4（214頁）参照。

【五十四帖の構成】

《現行巻序》

篇	部	巻
正篇	第一部	「桐壺」
		「帚木」
		「空蟬」
		「夕顔」
		「若紫」
		「末摘花」
		「紅葉賀」
		「花宴」
		「葵」
		「賢木」
		「花散里」
		「須磨」
		「明石」
		「澪標」
		「蓬生」
		「関屋」
		「絵合」
		「松風」
		「薄雲」
		「朝顔」
		「乙女」
		玉鬘十帖
		「梅枝」
		「藤裏葉」
	第二部	「若菜上」
		「若菜下」
		「柏木」
		「横笛」
		「鈴虫」
		「夕霧」
		「御法」
		「幻」
続篇	第三部	「匂宮」
		「紅梅」
		「竹河」
		「橋姫」
		「椎本」
		「総角」
		「早蕨」
		「宿木」
		「東屋」
		「浮舟」
		「蜻蛉」
		「手習」
		「夢浮橋」

《推定巻序》

期	巻
第一期	**「帚木」**
	「空蟬」
	「夕顔」
第二期	「桐壺」
	「若紫」
	「末摘花」
	「紅葉賀」
	「花宴」
	「葵」
	「賢木」
	「花散里」
	「須磨」
	「明石」
	「澪標」
	「絵合」
	「松風」
	「薄雲」
	「朝顔」
	「乙女」
	「梅枝」
	「藤裏葉」
第三期	**「蓬生」**
	「関屋」
	玉鬘十帖
第四期	「若菜上」
	「若菜下」
	「柏木」
	「横笛」
	「鈴虫」
	「御法」
	「幻」
	「夕霧」
第五期	「匂宮」
	「橋姫」
	「椎本」
	「総角」
	「早蕨」
	「紅梅」
	「宿木」
	「東屋」
	「浮舟」
	「蜻蛉」
	「手習」
	「夢浮橋」
	「竹河」

（　　は巻序が異なる巻）

第一期……寡居期、具平親王家サロン周辺で発表された帚木三帖。

第二期……彰子中宮に出仕した寛弘二年（一〇〇五）十二月二十九日後、寛弘五年（一〇〇八）十一月の御冊子作りまでに執筆された巻々十八帖。

第三期……御冊子作り以後、寛弘七年（一〇一〇）二月の妍子の東宮入内までに執筆された十二帖。このうち玉鬘十帖は、妍子参入の献上本として執筆されたと思われる。

第四期……『紫式部日記』跋文を執筆した寛弘七年の翌年（一〇一一）正月以降、丸一年がかりで発表された八帖。第五帖「鈴虫」以降の四巻は、この年六月の一条天皇崩御の影響が著しい。

第五期……一条天皇崩御の翌年の長和元年（一〇一二）正月から、彰子のもとを辞していた長和三年（一〇一四）正月までに発表された十三帖。

参考までに、『源氏物語』の構成についての従来の通説である正篇・続篇の二部説と三部構成説を併記した。正篇・続篇の二部説とは、「桐壺」巻から「幻」巻までの光源氏の生涯を描いた四十一帖と、次代を描く「匂宮」巻以降、最終巻「夢浮橋」までの十三巻を分けて、それぞれ正篇・続篇とするものであり、三部構成説は、このうち正篇を「藤裏葉」巻までと次巻「若菜上」巻以降との二つに分けて、五十四帖を三部とする考え方である。

【五十四帖の執筆・発表年譜】

年号	西暦	執筆・発表時期	巻名	巻中の出来事	関係事項
長保三	一〇〇一				宣孝、没（四月二十五日）。
寛弘元	一〇〇四	五月初め	**帚木**	雨夜の品定め（「長雨、晴れ間なき頃」）。	
		六月？	**空蝉**	軒端の荻との逢瀬（「生絹なる単衣」の季節）。	
		八月？	**夕顔**	夕顔、怪死（「八月十五日」の翌日夜）。	
二	一〇〇五				具平親王、「大顔の車」の契機となる内裏作文会に参加（七月七日）。 敦康親王、読書始の儀（十一月十三日）。 紫式部、彰子中宮のもとに初出仕（十二月二十九日）。
三	一〇〇六	春	桐壺		
		五月初め	若紫		紫式部、同僚から薬玉を贈られる（五月五日）。
		八月？	末摘花	末摘花との逢瀬（「八月二十余日」）。	
		十月？	紅葉賀	朱雀院の行幸（「神無月の十日余り」）〔巻頭〕。	
四	一〇〇七	春	花宴	花宴（「二月の二十日余り」）〔巻頭〕。	前年、東三条院で花宴（三月四日）。
		五月初め	葵	車争い（「御禊の日」）。	過去にない盛況ぶりの葵祭（四月十九日）。
				源典侍、再登場。	源明子、辞表提出（五月八日）。

		九月	賢木	野宮、訪問（「九月七日ばかり」）〔巻頭〕。	道長、吉野参詣（八月）。
		年後半	花散里		
		〃	須磨		
五	一〇〇八	一月？	明石	明石の君、懐妊。	彰子中宮、懐妊（前年十二月）。
		春	澪標		
		四月頃	絵合		
		四月以降	松風	（二条東院構想の挫折、六条院構想の萌芽）	彰子中宮、土御門邸で法華三十講（四月二十三日〜六月二十二日）。
		年後半	薄雲		
		〃	朝顔		
		八月	乙女	六条院、完成（「八月」）。	彰子中宮、土御門邸へ再び退下（七月十六日）。
		八月〜十月	梅枝	薫物競べ。	土御門邸での薫物配り（八月二十六日）。彰子中宮、敦成親王を出産（九月十一日）。
		九月〜十一月	藤裏葉	冷泉帝・朱雀院、六条院へ行幸（「神無月の二十日余りの程」）〔巻末〕。	一条天皇、土御門邸へ行幸（十月十六日）。御冊子作り（十一月初旬〜中旬）。
		十一月	**蓬生**	救出直前の末摘花の状況（「霜月ばかり」）。	彰子中宮、里内裏の一条院に還啓（同月十七日）。紫式部も同行し、以後、同十一月二十八日まで宮中、翌十二月二十九日に里邸より戻る。
		〜	**関屋**		
		十二月	**玉鬘**	衣配り（「年の暮」）〔巻末〕。	
六	一〇〇九	正月	**初音**	正月の六条院（「年立ち返る朝」）〔巻頭〕。（巻末で予告した女楽は未実現）	『紫式部日記』正月の条（一日〜三日）。以後、一年間の空白。

		三月？	**胡蝶**	船楽（「三月の二十日余りの頃ほひ」）〔巻頭〕。	彰子中宮、第二御子懐妊（二〜三月）。
		五月	**螢**	兵部卿宮、玉鬘を垣間見る（「五月雨」）〔巻頭〕。	
		六月	**常夏**	釣殿での納涼（「いと暑き日」）〔巻頭〕。	
		七月	**篝火**	光源氏、玉鬘と添臥（「秋」「五・六日」）。	
		八月	**野分**	野分（「八月」）〔巻頭〕。	
		年後半	**行幸**		
		〃	**藤袴**		
		十一月〜十二月	**真木柱**	玉鬘の男児誕生（「十一月」）〔巻末〕。	彰子中宮、敦良親王を出産（十一月二十五日）。
七	一〇一〇				『紫式部日記』寛弘七年正月の条（正月一日〜三日・十五日）。妍子、東宮居貞親王に参入（二月二十日）。紫式部、雛の家造りとして手紙を処分（春）。『紫式部日記』消息的部分、執筆（夏頃）。
八	一〇一一	正月	若菜上	女楽（「正月二十日」）。	
			若菜下		
		三月？	柏木	薫、五十日の祝（「三月」）。	
		五月初め	横笛		一条天皇、発病(五月二十二日)。一条天皇、崩御(六月二十二日)。
		八月〜九月	鈴虫	鈴虫の宴（八月十五日）。	一条天皇、四十九日法要（八月十一日）。
		年後半	御法		
		〃	幻		
		〃	**夕霧**		

長和元	一〇一二	正月？	匂宮	賭弓の還饗（「正月」）〔巻末〕。	紫式部、彰子中宮に司召の詠歌（正月）。一条天皇追善法華八講（五月十五日）。
		年半ば	橋姫		
		八月前後	椎本	八の宮の訃報（「八月二十日の程」）。	
		十二月	総角	薫、帰京時の故八の宮邸（「年の暮れ方」）〔巻末〕。	
二	一〇一三	正月	早蕨	正月の故八の宮邸（「春の光」）〔巻頭〕。	
		二月	**紅梅**	按察大納言、匂宮に紅梅を贈る（「紅梅、いとおもしろく匂ひたる」）。	春日祭（二月十日）。
		五月初め？	宿木	薫、浮舟を垣間見る（「（四月）二十日余りの程」）〔巻末〕。	紫式部、実資側の啓上を取り次ぐ（五月二十五日）。
		五月～七月？	東屋		
		〃	浮舟		
		七月頃	蜻蛉	明石中宮主催の法華八講（「蓮の花の盛り」）。	一条天皇三回忌法華八講（六月二十二日）。
		九月？	手習	浮舟、出家（「九月」）。	源信門下、寂照の書状が道長に届けられる（九月十一日）。
		年後半	夢浮橋		
三	一〇一四	正月	**竹河**	男踏歌（「（正月）十四日」）。	実資の彰子皇太后への取り次ぎは道長二男頼宗（正月二十日）。紫式部、没（春）。為時、越後守を辞し、帰京（六月）。

（ゴシック体は現行巻序と異なる巻）

【巻々の主要なモデル一覧】

巻名	モデル
帚木	光源氏（具平親王）／空蟬（紫式部）／伊予介・紀伊守親子（伯父為頼・父為時兄弟と夫宣孝・継子隆光親子） 藤式部丞（父為時）／韮食いの女（紫式部）／小君（弟惟規）／衛門督（曾祖父兼輔） 式部卿宮（具平親王の母方の祖父、代明親王）／帝（村上天皇）／左大臣家の姫君（具平親王正妻、為平親王女）
空蟬	光源氏・空蟬・軒端の荻（夫宣孝・紫式部の故姉君・紫式部）
夕顔	夕顔（具平親王寵愛の雑仕女）／六条の御方（京極御息所）／撫子（具平親王御落胤、藤原頼成） 左大臣家の姫君（具平親王室、為平親王女）／惟光（具平親王のおじたち三兄弟、源重光・保光・延光）
桐壺	桐壺帝（漢の武帝・玄宗皇帝・醍醐天皇・宇多天皇・一条天皇）／光る君（敦康親王）／藤壺（李夫人・彰子中宮） 桐壺更衣（楊貴妃・中関白家三姉妹・紫式部・桑子）／弘徽殿女御（藤原義子）／靫負命婦と典侍（方士）
若紫	若紫（彰子中宮・賢子）／光源氏（一条天皇）／北山尼君（紫式部）／少納言乳母（紫式部の侍女） 明石入道（源清延）／明石入道の先祖の大臣（菅原道真）
末摘花	末摘花（左近の命婦・肥後の采女）／大輔命婦（大輔命婦）
紅葉賀	源典侍（源明子）
花宴	朧月夜の君（藤原綏子）
葵	六条御息所（中将御息所）
賢木	六条御息所（斎宮女御）／斎宮（規子内親王）／右大臣（道長）
花散里	麗景殿女御（麗景殿女御で具平親王母、荘子女王）／筑紫の五節（筑紫へ行く人の女）
須磨	光源氏（在原行平）

明石	明石の君の懐妊（彰子中宮の懐妊）
澪標	
絵合	
松風	光源氏（源融）
薄雲	
朝顔	朝顔斎院（具平親王の伯母、恵子女王）／女五の宮（恵子女王のおば、婉子内親王・恭子内親王姉妹） 藤壺（故定子皇后）
乙女	
梅枝	
藤裏葉	冷泉帝（一条天皇）
蓬生	末摘花（紫式部）／禅師の君（紫式部の異母兄弟、定暹）
関屋	空蝉（紫式部）／紀伊守（継子隆光・伯父為頼）
玉鬘	玉鬘（筑紫へ行く人の女）／姉おもと・兵部の君（筑紫へ行く人の女・紫式部）
初音	
胡蝶	光源氏（道長）／玉鬘（妍子・小少将の君・紫式部）／紫の上（倫子）
螢	
常夏	近江の君（近江守の女）
篝火	
野分	
行幸	
藤袴	
真木柱	玉鬘の男児誕生（彰子中宮の敦良親王出産）
若菜上	女三の宮（小少将の君）／光源氏（道長）／紫の上（倫子）／夕霧（頼通）

若菜下	紫の上三十七歳、発病（紫式部、三十七歳）。
柏木	
横笛	三の宮（後の後朱雀天皇、敦良親王）／二の宮（後の後一条天皇、敦成親王）
鈴虫	秋好中宮（彰子中宮）
御法	光源氏（一条天皇）／紫の上（彰子中宮）
幻	光源氏（一条天皇）／紫の上（彰子中宮）
夕霧	
匂宮	薫（道長三男、藤原顕信）／匂宮（敦良親王）／二の宮（敦成親王）
橋姫	八の宮一家（父為時と紫式部・故姉君・惟規）
椎本	
総角	大君と中の君（故姉君と紫式部）
早蕨	
紅梅	
宿木	
東屋	
浮舟	時方と仲信（源時方・仲信親子）
蜻蛉	明石中宮（彰子皇太后）
手習	横川僧都（源信）
夢浮橋	浮舟と小君（紫式部と惟規）
竹河	

（ゴシック体は現行巻序と異なる巻）

【五十四帖の出来事と史実の関係一覧】

年号	西暦	執筆・発表時期	巻名	巻中の出来事	関係事項
長保三	一〇〇一				宣孝、没（四月二十五日）。
寛弘元	一〇〇四	五月初め	**帚木**	光源氏の登場。	具平親王は紫式部の主家筋。おじは〝延喜時の三光（源重光・保光・延光）〟。
				藤式部丞の登場。	九八四年、父為時、式部丞。後に紫式部は「藤式部」と称される。
				紀伊守邸は「中川のわたり」。	紫式部の里邸は「中川のわたり」。
		六月？	**空蟬**	軒端の荻との逢世。	宣孝との謎めいた和歌贈答（青春期）。
		八月？	**夕顔**	夕顔、怪死。	長保年間？、具平親王寵愛の雑仕女、怪死。
二	一〇〇五				紫式部、彰子中宮のもとに初出仕（十二月二十九日）。
三	一〇〇六	春	桐壺	光源氏、読書始の儀。	前年、敦康親王、読書始の儀（十一月十三日）。
		五月初め	若紫	若紫の登場。	賢子、満六～七歳。彰子、満十七歳（入内時十二歳）。
		八月？	末摘花	大輔命婦の登場。	大輔命婦は倫子の代からの古参女房。
				赤鼻の末摘花、登場。	清涼殿の女房詰所における、赤鼻の「左近の命婦」「肥後の采女」。
		十月？	紅葉賀	源典侍の登場。	源明子（源典侍）は一条天皇乳母で、橘隆子（左衛門の内侍）の上司。

四	一〇〇七	春	花宴	花宴（巻頭）。	前年、東三条院で花宴（三月四日）。
		五月初め	葵	車争い。	王朝時代最大の葵祭（四月）。
				源典侍、再登場。	源明子、辞表提出（五月八日）。
		九月	賢木	六条御息所、伊勢下向。	九七七年、斎宮女御（徽子女王）、規子内親王を伴い伊勢下向。
				朧月夜の君との密会露見。	長徳年間（九九五～九九九）、源頼定、東宮居貞親王寵愛の藤原綏子と密通。
		年後半	花散里	麗景殿女御の登場。	村上天皇の御代、荘子女王（具平親王母）は麗景殿女御。
		〃	須磨	須磨流謫。	九八六年、父為時、播磨国に赴任。文徳天皇の御代、在原行平、須磨に謫居。
五	一〇〇八	一月？	明石	明石の君、懐妊。	彰子中宮、懐妊（前年十二月）。
		春	澪標		
		四月頃	絵合		
		四月以降	松風	（二条東院構想の挫折、六条院構想の萌芽）	彰子中宮、土御門邸へ退下（四月十三日～六月十四日）。
		年後半	薄雲		
		〃	朝顔	朝顔斎院、「桃園の宮」に退下。	具平親王の伯母、恵子女王は「桃園の御方」。
		八月	乙女	六条院、完成（八月）。	彰子中宮、土御門邸へ再び退下（七月十六日）。
		八月～十月	梅枝	薫物競べ。	土御門邸での薫物配り（八月二十六日）。彰子中宮、敦成親王を出産（九月十一日）。
		九月初旬～	藤裏葉	冷泉帝・朱雀院、六	一条天皇、土御門邸へ行幸（十月十六日）。

		十一月下旬		条院へ行幸（十月）。	御冊子作り（十一月初旬～中旬）。
		十一月	蓬生	末摘花の再登場。	紫式部、里下がり（十一月）での自己凝視の体験。
		〜	関屋		
		十二月	玉鬘	「年の暮」の衣配り（巻末）。	紫式部、里邸より帰参（十二月二十九日）。
六	一〇〇九	正月	初音	（巻末で予告した女楽は未実現）	『紫式部日記』正月の条（一日～三日）。以後、一年間の空白。
		三月？	胡蝶	玉鬘、長編物語のヒロインとしての登場。	彰子中宮、第二御子懐妊（二～三月）により、妍子の東宮参入は延期。
				六条院、紫の上の御殿で船楽（巻頭）。	前年五月二十二日・九月十六日、土御門邸において船遊び。
				光源氏の求愛に玉鬘、苦悩（巻末）。	前年五月下旬～六月初旬頃、土御門邸にて道長、紫式部の寝所の戸を叩く。
		五月	蛍		
		六月	常夏		
		七月	篝火		
		八月	野分		
		年後半	行幸		
		〃	藤袴		
		十一月〜十二月	真木柱	玉鬘の男児誕生（十一月、巻末）。	彰子中宮、敦良親王を出産（十一月二十五日）。
七	一〇一〇				『紫式部日記』寛弘七年正月の条（正月一日～三日・十五日）。

八	一〇一一	正月	若菜上		妍子、東宮居貞親王に参入（二月二十日）。紫式部、雛の家造りとして手紙を処分（春）。『紫式部日記』消息的部分、執筆（夏頃）。
			若菜下	紫の上、発病（三十七歳）。	紫式部、三十七歳。
		三月？	柏木		
		五月初め	横笛	三の宮、三歳。	敦良親王（三の宮）、三歳。一条天皇、崩御（六月二十二日）。
		八月〜九月	鈴虫	鈴虫の宴（八月十五日）。	一条天皇、四十九日法要（八月十一日）。弟惟規、越後にて没（秋頃）。
		年後半	御法		
		〃	幻		
		〃	**夕霧**		
長和元	一〇一二	正月？	匂宮	道心の主人公、薫の登場。十九歳で三位中将。	藤原顕信（明子腹）十九歳は、剃髪（正月十六日）後、比叡山に入る。
		年半ば	橋姫	八の宮一家の登場。	父為時は処世下手、青春時代頃に死去した姉は年子。
		八月前後	椎本	匂宮、宇治の別荘で管弦の遊びを催す。	翌年十月六日、道長、宇治で舟遊び。翌々年十月二十六日も宇治へ。
		十二月	総角		
二	一〇一三	正月	早蕨		

		二月	**紅梅**	紅梅大納言、春日明神の御神託を頼みとする。	春日祭（二月十日）。
		五月初め？	宿木		
		五月〜七月？	東屋		
		〃	浮舟	時方（匂宮の乳母子）、仲信（大蔵大輔）の登場。	時方は倫子の同母兄弟。仲信（大蔵少輔）は時方男。
		七月頃	蜻蛉	「蓮の花の盛り」の明石中宮主催の法華八講。	国忌として一条天皇三回忌法華八講（六月二十二日）。
		九月？	手習	横川僧都の登場。	源信門下、寂照の書状が弟子念救を介して道長に届けられる（九月十一日）。
		年後半	夢浮橋	薫、比叡山へ（巻頭）。	前年三月五日、源顕信、比叡山で受戒。道長も参列。
三	一〇一四	正月	**竹河**		実資の彰子皇太后への取り次ぎは道長二男頼宗（正月二十日）。紫式部、没（春）。為時、越後守を辞し、帰京（六月）。

（ゴシック体は現行巻序と異なる巻）

【紫式部略年譜】

年号	西暦	紫式部推定年齢	事項	関係事項
安和元	九六八		為時、播磨権少掾（十一月）。	
二	九六九			安和の変（源高明、大宰府左遷）。
天禄三	九七二		為時、帰京?、藤原為信女と結婚?	
天延元	九七三		姉、誕生（年末）?	
三	九七五	1	紫式部、誕生?	
貞元元	九七六	2	弟惟規、誕生?、母為信女、没?	
二	九七七	3	為時、東宮読書始の儀において副侍読（三月）。	
永観二	九八四	10	花山天皇、即位。為時、式部丞・蔵人（十月）。	
寛和二	九八六	12	為時、具平親王邸の宴遊に列する。 花山天皇、退位・出家（六月）。	一条天皇、即位。
正暦元	九九〇	16	宣孝、御嶽詣で（三月）、筑前守（八月）。	定子、入内（正月）。
長徳元	九九五	21	宣孝、帰京? この年頃までに姉、死去? 宣孝、神楽人長（十一月）。	宋人七十余人、越前へ（九月）。
二	九九六	22	為時、越前守（正月）。紫式部、共に下向（夏）。	伊周・隆家兄弟、左遷（四月）。
三	九九七	23	紫式部、単身帰京（晩秋）。	
四	九九八	24	紫式部、宣孝と結婚（冬）。	
長保元	九九九	25	宣孝、宇佐使として豊前国へ下向（十一月）。 紫式部、賢子を出産（もしくは翌年）。	彰子、入内（十一月）。

二	一〇〇〇	26	宣孝、帰京（二月）。	皇后定子、崩御（十二月）。 疫病流行。
三	一〇〇一	27	宣孝、没（四月二十五日）。	東三条院詮子、崩御（閏十二月）。
寛弘二	一〇〇五	31	具平親王、内裏作文会に参加（七月七日）。 彰子中宮のもとに初出仕（十二月二十九日）。	敦康親王、読書始の儀（十一月十三日）。
三	一〇〇六	32	東三条院で花宴（三月四日）。	
四	一〇〇七	33	惟規、六位蔵人となる（一月）。 伊勢大輔、八重桜の歌を献詠（四月）。 源明子、辞表提出（五月八日）。 彰子中宮、懐妊（十二月頃）。	過去にない盛況ぶりの葵祭（四月十九日）。 道長、吉野参詣（八月）。
五	一〇〇八	34	彰子中宮に楽府を進講（夏頃〜）。 彰子中宮、土御門邸で法華三十講（四月二十三日〜五月二十二日）。 彰子中宮、再び土御門邸へ退下（七月十六日）。 『紫式部日記』冒頭の記述（同月下旬）。 薫物配り（八月二十六日）。 重陽の節句（九月九日）。 彰子中宮、敦成親王を出産（九月十一日）。 三・五・七・九夜の産養（同月十三日・十五日・十七日・十九日）。 一条天皇の土御門邸行幸（十月十六日）。 五十日の祝宴（十一月一日）。	花山院、崩御（二月）。

			御冊子作り（同月）。 彰子中宮、里内裏の一条院に還啓（同月十七日）。 五節の舞、見物（同月二十日）。	
六	一〇〇九	35	彰子中宮、敦良親王を出産（十一月二十五日）。	頼通・隆姫の婚姻。
七	一〇一〇	36	玉鬘十帖、完成（十二月下旬頃まで）。 敦良親王の五十日の祝宴（一月十五日）。 妍子、東宮居貞親王に参入（二月二十日）。 『紫式部日記』消息的部分、執筆（夏頃まで）。	具平親王、薨去（七月）。
八	一〇一一	37	一条天皇、崩御（六月二十二日）。 惟規、父為時の任国越後に赴き、没す（秋頃）。	三条天皇（居貞親王）即位。
長和元	一〇一二	38	彰子中宮、皇太后となる（二月十四日）。 一条院追善御八講（五月十五日）。	
二	一〇一三	39	紫式部、実資側の彰子への啓上を取り次ぐ（五月二十五日）。	
三	一〇一四	40	一条院三回忌御八講（六月二十二日）。 紫式部、没（春）？	
五	一〇一六		為時、越後守を辞し、帰京（六月）。	後一条天皇（敦成親王）即位。
寛仁二	一〇一八		為時、三井寺で出家（四月）。	
治安元	一〇二一		為時、摂政大饗料の屏風詩を献ずる（正月）。	菅原孝標女、『源氏物語』を通読。

万寿二	一〇二五		賢子、親仁親王（後冷泉天皇）の乳母となる。	親仁親王、誕生（八月）。
万寿三	一〇二六			彰子、落飾して上東門院と号す（一月）。
四	一〇二七			妍子、崩御（九月）。道長、薨去（十二月）。
長元四	一〇三一		賢子、上東門院彰子の住吉大社参詣に随行。	
九	一〇三六			後一条天皇、崩御。後朱雀天皇、即位。
寛徳二	一〇四五		賢子、従三位に叙せられる。	後朱雀天皇、崩御。後冷泉天皇、即位。
天喜元	一〇五三			倫子、逝去。
治暦四	一〇六八			後冷泉天皇、崩御。
延久六	一〇七四			頼通、薨去（二月）。上東門院彰子、崩御（十月）。
永保二	一〇八二		賢子、没？	

あとがき

『源氏物語』の真実は、モデルの特定なくして語られない――これは本書が導き出した結論である。「光源氏、名のみ事々しう……」（「帚木」巻頭）「いづれの御時にか……」（「桐壺」巻頭）に象徴されているように、『源氏物語』はモデル・准拠を前提としている。また、紫式部本人も物語中で、そこに物語の本質があることを認めている。『源氏物語』がこのようにして書かれた以上、モデルの解明なくしては、物語の正しい読みはありえない。『源氏物語』千年の謎も、まさに、ここに隠されている。本書では、その全貌に迫ることを試みた。

「はじめに」で『源氏物語』のモデルを特定するための必須条件として、正しい巻序と正しい出仕年度を提示した。その成果は、本書の最後に収めた「巻々の主要なモデル一覧」「五十四帖の出来事と史実の関係一覧」の各表で示した通りである。これは、「〈五期構成説の巻序〉〈寛弘二年出仕説〉という二つの視点に立たない限り『源氏物語』千年の秘密の扉は開けることができない」という事実を、何より物語っていると言うべきではないか。「おわりに」で確認した通り、本書で浮かび上がった様々な一致・事実が単なる偶然であるとは考えがたい。

本書に至るまでの考察は、四半世紀に及ぶ。本研究の端緒となった「帚木三帖における藤壺の存否」（昭和六十三年度中古文学会春季大会にて発表）以降、寡居時代執筆の帚木三帖における光源氏＝具平親王説や、宮仕え時代の第一巻「桐壺」における光る君＝敦康親王（定子皇后の遺児）説（紫式部千年祭、翌年の二〇〇九年三月、発表）、そして本書で提起した若紫・薫・匂宮のモデル説等々は、『源氏物語』の真実を照らし出すための不可欠な読み方であると思う。そうした中、大局的な流れとして、作品論に基づく成立論を経て、作家論を踏まえたモデル・准拠論に辿り着いたことは、何より自説の妥当性を証明するものと考えている。

昨年、恩師菊田茂男先生からの御芳信で、インターネット公開のフリー辞書「Wikipedia」の『源氏物語』の項に、筆者の名が載っていることを教えて頂いた。早速、検索したところ、武田（宗俊の玉鬘系後記）説以後の諸説として、仰ぎ見る諸先生方に並んで、前々著『紫式部伝』までの自説の一部が紹介されていることに驚き、長い研究生活が報われる思いであった。3・11の震災後、大阪に移り住んだ経緯については、前著『源氏物語の誕生』の「あとがき」で記した通りであるが、その後、森一郎先生と山本淳子先生から中古文学会関西部会の入会を薦めて頂いた。本書で披露した賢子・彰子中宮の若紫モデル説は、昨年の六月、関西部会で発表させて頂いた内容を、まとめたものである。本書の執筆も、こうした思わぬ交流の恩恵より受けた新たな刺激に拠るところが大きい。本年二月、物故された森先生に謹んでご冥福を申し上げる。

最後に、私事ながら、これまでの研究を支えてくれた家族に感謝したい。八十代後半を越えた母は、十年ほど前、肺がんの手術を受けたが、徹底した自己管理で長命を保っている。実家を顧みることなく、研究に専念できたのも、兄と姉一家の存在があったからである。妻の協力は言うまでもない。

震災の四ヵ月前に亡くなった父とは、専門の話は殆どした記憶がなかったが、印象に残っている会話がある。大学院最後の頃か、研究目標を見失っていた時、「職に就きさえすればいい」と自暴自棄的に吐いた一言に、「研究職に就く以上、社会的責任を伴う」と、たしなめてくれたのが父であった。

王朝文学空間を旅した記憶の中で、最も美しいと感じた景色に、中国の天台山がある。国清寺に隣接した宿泊ホテルの二階部屋からは、黄昏の中、松林の向こうに隋塔が聳えていた。夜になり、ベランダに出て見上げると、一瞬、息をのんだ。そこには見たことのない満天の星が輝いていた。オレンジ色にチラチラとした光を放つ星もあれば、ゴッゴッとした光もある。まさに、ちりばめられた宝石のような無数の光が、漆黒の闇から放たれて、いつまでも目をそらすことが出来なかった。慈覚大師円仁開基と伝えられる父の菩提寺の山号は「松風霊山」。父の法名「昇岳光辰上座」は、天台山の空高く輝いていた星々とともに思い起こされてならない。

出版という形で、長く研究をサポートして頂いた大久保康雄氏を始め笠間書院の皆様には、感謝の言葉も見当たらない。その縁を与えて下さった泉下の安井久善先生、今日まで暖かく見守って下さった菊田茂男先生・井上英明先生・鈴木則郎先生・藤田菖畔先生・故森一郎先生、多くの方々に心より御礼申し上げる次第である。

平成二十六年五月吉日

紫式部没後一千年に祈りを込めて　斎藤正昭

モデル名索引（実在人物）

モデル名索引（物語作中人物）

【あ行】

【か行】

【さ行】

【た行】

【な行】

【は行】

【ま行】

■著者略歴

斎藤正昭（さいとう　まさあき）
1955年　静岡県生まれ。
1987年　東北大学大学院博士課程国文学専攻単位取得退学。
元　いわき明星大学人文学部教授。文学博士。
著　書『源氏物語　展開の方法』（笠間書院、1995年）
〈私学研修福祉会研究成果刊行助成金図書〉
『源氏物語　成立研究―執筆順序と執筆時期―』（笠間書院、2001年）
『紫式部伝―源氏物語はいつ、いかにして書かれたか』（笠間書院、2005年）
『源氏物語の誕生―披露の場と季節』（笠間書院、2013年）

源氏物語のモデルたち

2014年10月30日　初版第1刷発行

著者　斎藤正昭

発行者　池田圭子
発行所　有限会社　笠間書院
東京都千代田区猿楽町2-2-3〔〒101-0064〕
NDC分類：913.36　電話　03-3295-1331　Fax03-3294-0996

ISBN978-4-305-70744-4　モリモト印刷
（本文用紙・中性紙使用）

乱丁・落丁本はお取り替えいたします。
出版目録は上記住所または下記まで。
http://www.kasamashoin.co.jp